新
황태자비
납치사건

新 황태자비 납치사건

초판 1쇄 발행 | 2014년 1월 23일
초판 13쇄 발행 | 2022년 10월 17일

지은이 김진명
발행인 이대식

편집 김수경 **마케팅** 김예진
관리 박미실 **디자인** 모리스

주소 서울시 종로구 평창길 329(우편번호 03003)
문의전화 02-394-1037(편집) 02-394-1047(마케팅)
팩스 02-394-1029
전자우편 saeum98@hanmail.net
블로그 blog.naver.com/saeumpub
페이스북 facebook.com/saeumbooks
인스타그램 instagram.com/saeumbooks

발행처 (주)새움출판사
출판등록 1998년 8월 28일(제10-1633호)

ⓒ 김진명, 2014
ISBN 978-89-93964-70-7 03810

• 잘못된 책은 바꾸어 드립니다.
• 책값은 뒤표지에 있습니다.

新
황태자비
납치사건

김진명 장편소설

새흄

차 례

이것은 나의 전쟁이다

『황태자비 납치사건』을 낸 지 십삼 년이 지났다. 당시 서문에 나는 무엇보다도 일본인들이 이 책을 읽기 바란다는 소망을 담았는데 반갑게도 NHK가 이 책을 한국어교본으로 사용했다. 그러나 기쁨은 잠시, 전임 모리 총리가 정신 나갔느냐며 NHK를 질타했고 결국 NHK는 이 책을 내리고 말았다.

이어 한 출판사가 번역까지 다 마친 상태에서 출판을 하지 못하는 어처구니없는 일이 일어났다. 당시 나는 이런 현상을 보며 언젠가 일본은 다시 옛날로 돌아갈 거라고 예측했었다.

십삼 년이 지난 지금.

일본 정부는 중고생은 물론 초등학생들에게까지 독도를 일본 영토라 가르친다. 그런 교육을 받고 자란 일본의 젊은이들은 울릉도와 독도 사이에 그어진 붉고 굵은 국경선을 보며 한국에 대해 거센 분노를 느끼고 있다.

이에 대한 우리의 대응은 어떠한가.

독도는 예전부터 우리 땅이므로 응대할 필요가 없다는 정부의 주장은 다소 무책임해 보인다. 자칫하면 억지를 부리고 있다는 인상을 줄 수도 있다. 왜 독도가 우리 영토인가, 즉 일본의 영토가 아닌가에 대해 듣는 사람의 공감을 쉽게 이끌어낼 확고하고도 간결한 논리를 세워줄 필요가 있다.

나는 여기서 1895년에 일어난 명성황후 능욕살해 사건을 상기시키고 싶다.

일본 의회도서관 헌정자료실 이토 백작 문고 한편에는 『이시즈카 에조의 보고서』*라는 제법 두툼한 문서가 자리 잡고 있다.

'미우라 공사에게는 배신의 극치지만……'이라는 문구로 시작되는 이 문서의 최대 가치는 무엇보다도 왕비 살해 순간을 있는 그대로 담고 있다는 데 있다.

낭인들은 깊이 안으로 들어가 왕비를 끌어내 칼로 두세 군데 상처를 입히고 발가벗겨 국부검사(局部檢查)를 했습니다. 우스우면서도 분노가 치밉니다. 마지막으로 기름을 부어 소실했

---

* 편집자주: 을미사변 당시 상황을 지켜봤던 이시즈카 에조(石塚英藏, 당시 조선 정부 내부 고문관)가 일본 정부 법제국에 보낸 보고서. 본문에서 '한성공사관 제 435호 전문'으로 명명되고 있는 이 보고서는 소설이 발표된 후 김진명 작가의 끈질긴 추적에 의해 그 실체가 발견되었다.

는데, 이 광경이 너무 참혹하여 차마 쓸 수가 없습니다. 궁내 대신 또한 몹시 참혹한 방법으로 살해했다고 합니다.

野次馬連は深く內部に入み王妃を引き出し二三個處刀傷を及し且つ裸體とし局部檢査(可笑又可怒)を爲し最後に油を注ぎ燒失せる芽 誠に之を筆にするに忍びざるなり其他宮內大臣は頗る慘酷なる方法を以て殺害したりと云う.

지금 일본은 독도 문제를 국제사법재판소로 가져가자고 한다. 즉, 독도는 영토 분쟁지역이며 국제법 문제라고 억지를 쓰는 것이다.

그러나 1895년의 명성황후 살해, 이로부터 십 년 후인 1905년의 독도 강탈, 다시 오 년 후인 1910년의 한국 병탄은 시리즈로 이어진 과거사 삼대 사건으로, 독도는 영토 문제가 아닌 명백한 과거사 문제다.

이를 확고히 하기 위해 우리는 지금이라도 명성황후 능욕 살해 사건을 조사하여 그들의 무도한 행위를 누구보다도 일본 국민들에게 알려야 한다.

보통의 일본인들은 이러한 비극적 사실을 알기만 하면 반성하고 사과할 줄 아는 사람들이다. 문제는 일본 정부가 이런 역사적 사실을 철저히 덮어온 탓에 국민들이 과거사를 전혀 알지 못하고 독도 문제에 부화뇌동하는 것이다.

또한 우리는 이 조사를 통해 독도 문제에서 일본 편을 드는 것은 바로 제국주의적 침략을 옹호하는 반역사적·반인류적 행위라는 걸 전 세계에 알려야 한다.

이런 이유로 나는 이 소설을 다시 썼다. 먼저 우리 독자들과 교감하고 다음으로는 중국의 독자들에게, 그다음으로는 미국을 비롯한 전 세계의 독자들에게, 마지막으로는 기필코 일본 국민들에게 이 책을 읽히고야 말겠다는 의지를 밝힌다.

2014년 1월

제천에서 김진명

가부키자

우러라 우러라 새야 사이코 사이코 우러라 새야.

구멍난 지카타비 고오이 안고 저미는 푸른 세월 웃어주련다.

시마쓰의 창가가 계속되는 동안 마사코는 연신 고개를 내밀며 아래층을 살폈다. 오랫동안 기다려오던 일이라 은근한 기대감에 약간 몸이 달아올랐다. 무대 위에서는 여전히 배우가 혼신의 힘을 다해 노래를 부르고 있었지만 마사코의 시선은 계속 아래층을 훑었다. 맨 오른쪽 구역 중간에 앉아 있는 두 명의 젊은 여자 역시, 모두가 열중해 있는 가부키 공연에는 관심이 없는 듯 어둠 속에서도 2층만 올려다보고 있었다.

"아!"

마침내 마사코의 눈에 낯익은 얼굴이 잡혔다. 이십 년 가까운 세월이 흘렀지만 아직도 먼 옛날의 추억을 조금씩은 간직하고 있는 모습들. 마침 두 여자도 마사코를 알아보았는지 살짝 고개를 숙여 보였다.

"고마코! 스미코!"

마사코의 입에서 자신도 모르게 옛 친구들의 이름이 흘러나왔다. 관객들은 모두 무대 위 공연에 열중해 있었지만 세 여자는 위아래에서 서로를 살피고 있었고, 또한 그런 그들을 지켜보는 눈들이 있었다.

"이봐, 마쓰모토."

"왜?"

"보고 있어?"

"그래."

"왜 저러시지?"

"가만, 눈길 가는 곳을 잘 봐."

"알아, 두 명의 여자야."

"누구지?"

"난들 어떻게 알겠어?"

"잘 살펴봐."

"자네나 두 눈 부릅뜨고 있어."

그러나 다음 순간 두 사람은 화들짝 놀라고 말았다. 황태자비가 자리에서 조용히 일어나 문을 향해 걸어가고 있었던 것이다.

대화를 나누던 경호원 하나가 날렵한 동작으로 황태자비를 뒤쫓으며 무전기에 대고 낮은 목소리로 빠르게 물었다.

"어디로 가시는 겁니까?"

황태자비의 두세 걸음 앞에서 걷고 있던 수행비서가 무전기에 대고 나지막한 소리로 대답했다.

"경호원들은 절대로 따라오지 말라는 분부셔요."

"무슨 소리요?"

"엄명이세요."

"어디로 가시는데요?"

사내의 볼멘 목소리가 약간 신경질적으로 터져나왔다.

"휴게실로 가세요. 잠시 고등학교 동창생들을 만나신답니다. 절대 경호원들이 눈에 띄지 않도록 하라고 당부하셨어요. 여자 둘이니, 막거나 신원 확인 같은 것은 하지 말라고 부탁하셨어요."

"알겠습니다."

대답은 공손하게 했지만 사내는 뒤따라오는 동료에게 들릴락말락한 소리로 내뱉었다.

"또 시작이야."

"어떡하겠어, 유일한 취미신데."

뒤편의 사내는 오히려 툴툴거리는 동료가 한심하게 생각됐다. 방위청 출신으로 오직 경호 업무밖에 모르는 그 친구의 굳은 머릿속에는 낭만이란 없겠지만, 문학석사 출신인 자신은 황태자비의 심정이 충분히 이해되었다. 황태자비는 궁중 생활에 한없이 권태를 느끼고 있는 거라고 사내는 짐작했다.

"지난번 신사에 참배 가셨을 때도 말이야, 지방에서 견학 온 중학교 선생들 무리에 갑자기 섞여버리셔서 얼마나 놀랐는지 알아? 간이 콩알만 해져서 쫓아갔더니, 글쎄 그 고지식한 선생들하고 난상토론을 벌이고 계시지 뭐야."

"그럴 수도 있지. 황태자비는 사람 아닌가."

마사코는 진정 자유를 동경하는 여자였다. 미국의 하버드대학교에서 오래 유학하면서 거칠 것 없는 서구의 자유를 맛본 그녀에게 황실의 법도와 예절은 때때로 참아내기 어려울 정도로 갑갑했다.

그러나 현명한 황태자비는 오랜 세월 동안 이어져온 황실 생활에 저항하지 않았다. 대신 그녀는 스트레스를 해소하는 자신만의 방법을 찾아냈다. 바깥나들이를 할 때 예정에 없이 기습적으로 보통 사람들과 어울리는 것이었다. 아마도 역대 황실 사람들 중 마사코만큼 일반인들과 아무 데서나 스스럼 없이 어울리는 사람은 없었을 것이다.

사내는 무전기로 극장 밖의 복도를 지키고 있는 또 다른 동료를 불렀다.

"이봐, 히라타. 지금 B1께서 휴게실로 가신다. 모습을 감추고 은밀히 경호해. 혹시 여자 둘이 따라 들어가더라도 제지하거나 검문하지 마. B1의 여고 동창생들이니까."

"벌써 공연이 끝났습니까?"

"아니야."

히라타로 불린 사내는 상관의 목소리가 별로 부드럽지 않다는 느낌에 서둘러 대답했다.

"잘 알겠습니다."

2층 복도에서 혼자 외곽 경호를 하던 히라타는 경호팀에 들어온 지 얼마 되지는 않았지만, 황태자비가 누군가를 만날 때 경호원이 눈에 띄는 것을 싫어한다는 걸 알고 있었던 터라, 상관의 지시에 따라 얼른 몸을 기둥 뒤에 숨기고 황태자비가 나오기를 기다렸다.

얼마 지나지 않아 날씬하고 세련된 모습의 수행비서가 나오고, 이어 아담한 몸매에 기품 있는 황태자비가 점잖은 걸음걸이로 뒤따라 나왔다.

'유키코.'

히라타는 수행비서 유키코의 모습을 보는 순간 황홀한 기분에 사로잡혔다. 세상 남자들은 모두 황태자비의 은은하고 영민한 모습을 사랑한다지만, 히라타에게는 오히려 유키코가 하늘의 태양과도 같은 존재였다. 약간 통통한 모습의 황태자비와는 달리 유키코는 날씬하게 쭉 뻗은 다리에 하늘하늘한 허리, 그리고 몸매와 잘 조화된 갸름한 얼굴이 전체적으로 서구형 미인이었다. 게다가 시원시원한 언행이며 드물게 한번씩 경호원들에게 홱 던졌다 돌려버리는 매정한 눈길이 더없이 매력적으로 느껴졌던 것이다.

황태자비는 푸르스름한 바탕색에 간간이 노란 은행잎 무늬가 그려진 재킷을 걸치고 있었다. 한눈에 보아도 황태자비의 모습은 정갈하고 신선해 보였다.

황태자비와 수행비서가 기둥을 향해 걸어오자 히라타는 조심스럽게 기둥을 안고 돌았다. 두 사람이 기둥 가까이 왔을 때쯤 발소리가 들렸고 그는 눈에 띄지 않기 위해 조심스럽게 몸을 움직였다.

황태자비는 물론 수행비서조차 히라타가 기둥 뒤에 숨어 있는 것을 전혀 눈치채지 못하고 지나쳐 아래층으로 향하는 계단을 밟아 내려갔다. 1층 계단 바로 오른쪽에는 히노키라는 이름의 휴게실이 있었다.

황태자비가 우아한 걸음걸이로 계단을 내려가 휴게실로 들어가자 히라타는 그림자처럼 조용히 계단을 미끄러지듯 내려가 휴게실 맞은편의 큰 기둥 뒤에 몸을 숨겼다.

곧이어 두 명의 여자가 극장 문을 열고 나와 조금도 망설임 없는 걸음걸이로 휴게실을 향해 걸어가는 것이 보였다. 상관이 말한 황태자비의 동창생들인 모양이었다.

한 여자는 아담한 체격인 반면 다른 한 여자는 눈에 띌 정도로 키가 컸다. 히라타의 스치는 짧은 눈길에도 두 사람은 화려한 의상에 한껏 멋을 부린 듯 보였다. 특히 키가 큰 여자는 빨간색 스커트에 다채로운 빛깔을 내뿜는 보석들로 화려하게 치장하고 있었다.

히라타는 그녀가 여자치고는 너무 큰 키에 대한 콤플렉스 때문에 저 많은 보석으로 치장한 게 아닐까 하는 생각을 짧게 했다.

신참 경호원인 히라타는 황태자비의 동창들을 편하게 해주기 위해서 모습을 보이지 않는 편이 좋겠다 싶어 아까와 마찬가지로 다시 한 번 기둥 뒤로 몸을 숨겼다. 남자의 진정한 매력은 여성에 대한 세심한 봉사라고 믿는 히라타의 진가는 지금 이 순간에도 어김없이 발휘되고 있었던 것이다.

황태자비는 휴게실에 그리 오래 머무르지 않았다. 오랜만에 만난 동창들과 회포를 풀자면 턱없이 짧은 시간이었을 테지만 공연 도중에 나온 그녀로서는 아무래도 오래 지체할 수 없었을 것이다. 황태자비의 성품이라면 배우들에 대한 예의도 고려하지 않을 리 없을 테니까.

사려 깊은 황태자비는 들어갈 때와는 달리 동창들을 먼저 내보냈다. 자신이 먼저 나온 후 마치 시녀나 수행원처럼 동창들이 뒤따르게 하지는 않은 것이다. 역시 그런 점이 황태자비의 매력이었다. 그녀는 소문대로 아무리 비천한 사람이라 하더라도 인간적인 세심한 배려를 아끼지 않는 휴머니스트임이 틀림없었다.

두 명의 여자는 처음 들어갈 때와 마찬가지로 꼭 붙어 팔짱을 끼고 나왔다. 걸음을 옮길 때마다 키가 큰 여자가 꾸민 보석들이 다양한 각도에서 샹들리에의 불빛을 반사해냈다. 히라타는 기둥 뒤로 몸을 숨기면서 잠시 후면 유키코를 다시 볼 수 있겠다는 생각에 흐뭇했다.

집표를 하는 두 중년 여자는 키 큰 여자의 몸에서 반짝이고 있는 보석들을 보고 넋을 잃었다. 저기 달려 있는 것들이 전부 진짜라면 도대체 저 여자는 몸에 얼마를 감고 다닌다는 말인가.

집표석 반대편 안내데스크의 남자 직원은 화려하게 꾸민 두 여자가 가부키자의 현관을 빠져나가는 모습을 보고 다른 급한 일이 있는 모양이라고 생각했다. 가부키 관람 도중에 나가는 사람들에게 일일이 사정을 물어볼 수도 없었기에 안내원은 보고 있던 잡지로 눈길을 되돌렸다.

다음 날 아침, 조간신문들은 일제히 일면 톱으로 황태자비 납치사건을 보도했다.

황태자비는 어젯밤 가부키자에서 가부키를 관람하던 도중 고등학교 동창생인 두 명의 여자와 휴게실에서 만났다. 잠시 후 동창생으로 보이는 두 여자가 나오고 한참 지나도록 황태자비가 나오지 않자 이상하게 여긴 경호원들이 휴게실로 가보았으나 황태자비는 사라지고 없었다. 그곳에는 수행비서 유키코와 여고 동창생 스미코가 정신을 잃고 쓰러져 있었다. 경찰은 동창생 스미코의 신원을 확인하고 있는 중인 것으로 알려졌다.

속보는 계속해서 쏟아져 나왔다.

경찰 확인 결과, 자신이 황태자비의 고등학교 동창이라는 스미코의 주장은 사실로 밝혀졌다. 황태자비와 고등학교 시절 가깝게 지냈던 스미코는 또 다른 동창생 고마코로부터 졸업 후 근 이십 년 만에 편지를 받았다고 주장했다. 편지는 가부키 관람 도중 시마쓰의 창가가 끝나면 1층 휴게실에서 황태자비를 만나기로 약속되어 있으니, 아예 극장의 지정석에서 만나자는 내용이었고, 공연표는 고마코가 미리 예매해서 보내주었다고 한다.

스미코는 고마코가 극이 시작된 후에야 어둠 속에서 나타나 제대로 대화도 나누지 못하고 시마쓰의 창가가 끝나자마자 서둘러 휴게실로 갔다고 경찰 신문에서 진술했다. 그녀는 또 극장 문을 나와서 휴게실까지는 불과 백 보도 안 되는 짧은 거리이고 황망 중이어서 그사이 고마코와 나눈 이야기는 없다고 진술했다.

경찰은 실제로 고마코라는 이름의 고등학교 동창이 있는 걸 확인했으며, 그녀의 신병을 파악하고 있는 중이다.

신문들은 호외까지 내보내며 수사 속보를 전했다.

경찰은 동창생 고마코를 집에서 체포해 신문 중이다. 하지만 경찰의 한 수사 관계자는 그녀의 알리바이가 확실해 범인이 아니라는 결론을 내렸다고 전했다. 또한 스미코는 그날 워낙 오랜만에 만난 데다 학창 시절 가장 키가 컸던 친구라 납치범을 당연히 동창생 고마코로 생각했다고 진술했다.

경찰에서 범인의 도주에 관해 확실한 정보를 발표하지 않자 각 신문은 스스로 의문점을 제기했다.

동창생 고마코로 위장한 범인은 어디로 사라진 것일까? 경찰은 사건 발생 직후 특급 비상검문을 실시했지만 범인을 검거하지 못했다. 황태자비를 납치한 범인은 교묘한 루트를 이용해 도주했을 것으로 추측된다. 경찰은 도쿄 일원에서 범인 검거에 실패하자 곧 전국으로 비상검문을 확대했다.

《선데이 재팬》같은 잡지는 선정적 색깔을 띠기 시작했다.

희대의 여성 범죄자 탄생. 단신으로 경호원들을 모두 따돌리고 황태자비를 납치한 여자의 정체에 관심이 집중되고 있다. 이 여자의 황태자비 납치 목적은 무엇일까? 어쩌면 그녀는 황태자비를 흠모하는 수많은 동성애자 중 한 명일지도 모른다. 황태자비를 흠모하는 사람들 중에는 여성도 많다는 소문이 있던 터이다.

황태자비 납치사건 뉴스는 하루 종일 일본 열도를 뒤덮었다. 아니 일본 열도만이 아니었다. 전 세계가 경악했다. 각국의 정상이나 언론은 물론 FBI나 CIA 같은 정보기관도 촉각을 곤두세우고 사건의 추이를 파악하느라 분주했다.

황실의 위엄

자동차 트렁크에 갇힌 황태자비는 납치범이 차를 세우는 소리에 정신을 차렸다. 짐작으로는 도쿄에서 상당히 멀리 떨어진 것 같았다. 황태자비는 트렁크가 열리는 순간 손목시계를 들여다봤다. 오전 7시. 자동차로 열 시간 이상을 달려온 셈이었다.

'도쿄에서 열 시간 이상 달려온 곳이라면 도대체 어디일까? 납치범은 도대체 어떤 자이기에, 무슨 목적으로 나를 납치한 것일까?'

황태자비는 지난밤 범인이 마치 사과상자를 다루듯 자신을 트렁크에 밀어넣던 생각이 났다. 그녀는 좁은 트렁크에 몸을 부딪히지 않기 위해서 양손으로 콧날을 감싸고 머리를 잔뜩 수그리고 있어야 했다.

일국의 황태자비로서 참으로 체면이 안 서는 일이었지만, 그것보다 더 치욕적인 것은 범인이 그녀의 몸을 트렁크에 구겨 넣을 때 치마가 말려올라가 다리가 무릎 위까지 보인 일이었다. 새하얀 피부가 드러났지만 다행히도 상대의 눈길은 다른 곳을 향하고 있었다.

황태자비는 트렁크 안에서 무수한 상념에 시달렸다. 그러나 트렁크가 열리는 순간 자신은 황실의 위엄을 지켜야만 한다고 생각했다. 그리고 지금 이 순간 황실의 위엄을 지킬 수 있는 길은 범인에게 어떤 요구도 하지 않고 오직 침묵하는 것이라고 판단했다.

이런 상황에서는 어떤 말도 범인에게는 애원쯤으로밖에 들리지 않을 것이었다. 황태자비인 자신이 누군가에게, 그것도 자신을 납치한 범인에게 애원을 한다는 것은 견딜 수 없이 모욕적인 일이었다.

트렁크가 열린 후 황태자비는 몸을 일으키려고 했으나 다리에 힘이 들어가지 않았다. 저린 통증만 느껴질 뿐 도저히 일어날 수 없었다. 황태자비는 자신이 마치 한 마리 벌레처럼 비참한 모습으로 노출되어 있다는 생각에 혀라도 깨물고 싶은 심정이었다.

그러나 이런 모습을 범인에게 보이는 것 자체가 황실의 위엄을 떨어뜨리는 일이라 생각한 황태자비는 이내 손을 뻗어 차체를 잡았다. 그러나 팔에도 역시 힘이 들어가지 않았다.

황태자비는 일어나려는 노력을 포기하고 두 손으로 얼굴을 가렸다. 너무도 환한 아침 햇살이 얼굴에 와 닿아 눈을 뜨지 못할 정도였다. 황태자비의 망막에 얼핏 범인의 모습이 맺혔다. 순간 범인의 눈길이 황태자비의 종아리에서부터 허벅지, 그리고 옆으로 누워 더욱 윤곽이 뚜렷한 둔부에 이르기까지 재빠르게 스치는 것 같았다. 황태자비는 수치심을 느꼈지만 다행히 범인의 눈길은 무심한 듯했다.

범인은 황태자비가 혼자 일어나지 못하는 것을 보고는 손을 내밀었다. 아무런 감정도 실리지 않은 손이었다. 그러나 황태자비는 범인의 손을 거부했다. 그러자 범인은 이내 자신의 양손을 황태자비의 허리 밑으로 넣었다. 그러고는 비좁은 트렁크에서 마치 어린아이라도 다루듯 손쉽게 황태자비를 밖으로 들어냈다.

황태자비는 두 다리의 마비가 심해 범인이 땅에 내려놓자 쓰러질 듯 비틀거렸다. 잠시 지켜보던 범인은 다시 황태자비를 안은 채 건물을 향해 발걸음을 옮겼다.

납치범은 근육질의 남자는 아니었으나 황태자비를 들고 옮기는 데 전혀 힘들어하지 않았다. 범인이 들어간 방은 다다미였지만 침대가 놓여 있었다. 범인은 황태자비를 침대 위에 눕혔다.

"아아!"

황태자비의 입에서 자신도 모르게 신음이 흘러나왔다. 열 시간이 넘도록 불편한 자세로 웅크리고 있다가 푹신한 침대에 몸을 펴고 눕자 끝없는 심연 속으로 빨려 들어가는 듯했다.

잠시 후 범인은 방 안을 한 번 휘 둘러보더니 밖으로 나갔다.

철커덕.

자물쇠 걸리는 소리가 나자 황태자비는 눈물이 쏟아질 것만 같았다. 그러나 눈물을 보이는 것은 범인에게 지는 것이란 생각이 들어 가까스로 참았다. 무슨 일이 있더라도 황실의 위엄을 지켜야 한다는 생각에 황태자비는 이를 악물었다.

남편인 황태자 나루히토와 시아버지인 천황의 근심 어린 표정, 그리고 친정 부모님의 얼굴이 눈앞에 어른거렸다. 황태자비는 마음을 다잡았다.

'저자가 시키거나 바라는 대로는 아무것도 하지 않으리라.'

민완형사 다나카

경시청 앞에 장사진을 치고 있던 기자들 사이에서 갑자기 웅성거리는 소리가 들렸다.

"다나카 경시정이 왔다!"

"다나카야!"

"마침내 그가 왔어!"

누군가가 큰 목소리로 외치자 웅성거림은 갑자기 취재 경쟁으로 번져, 기자들은 한 사람을 둘러싸고 카메라 플래시를 터뜨려댔다.

"미국에서 오는 길입니까?"

"황태자비 납치사건은 언제 알았습니까? 범인에 대한 감이 잡힙니까?"

"수사팀에 합류하게 됩니까?"

그러나 다나카라는 이름의 사내는 아무런 대답도 없이 담담한 표정으로 현관을 향해 걸어갈 뿐이었다. 그의 선선한 눈길은 부드러운 인상을 풍겼지만, 꽉 다문 입술과 유난히 검고

숱이 많은 눈썹은 의지가 강한 인물이라는 느낌을 주었다.

아우성치는 일본 기자들 사이에 낄 틈이 없어 한편에 물러나 있던 외신 기자들은 이 상황을 의아한 표정으로 바라보았다.

"저 사람이 도대체 누구야?"

"글쎄, 나도 궁금하던 참이야."

그러자 옆에서 듣고 있던 고참 특파원이 대신 일러주었다.

"다나카 마사오. 일본 제일의 민완형사지. 도쿄대학교 법학부에서 줄곧 수석을 차지한 수재지만 수사의 묘미에 이끌려 경찰을 지원했다더군. 누이동생이 괴한에 의해 살해되고 그 사건이 미제로 남자, 자신이 직접 수사관이 되어 사건을 해결했다는 얘기도 있고. 그에 대해서는 뜬소문도 많지만 어쨌든 일본 제일의 수사관임엔 틀림없어. 이제껏 해결하지 못한 사건이 하나도 없다지, 아마."

"대단하군요. 그래서 기자들이 저렇게 몰려드는군요."

"사건이 사건인 만큼 기자들이 그에게 몰려드는 것은 당연하지. 경시총감도 그의 얼굴만 쳐다볼 수밖에 없을 거야."

FBI의 초청으로 미국에 갔다가 황태자비 납치사건 때문에 급거 귀국한 다나카는 익숙한 걸음으로 수사부장의 방으로 향했다. 현관에서 기다리던 한 젊은 형사가 재빨리 뒤따르며 말을 건넸다.

"앞으로 경시정님을 모시고 수사에 참여할 모리입니다."

"그래? 그럼 먼저 이 사건과 관련된 모든 보고서와 신문 기사를 하나도 빠뜨리지 말고 내 책상 위에 갖다 놓아주게."

"알겠습니다."

모리는 목례를 건넨 후 재빠른 동작으로 한두 걸음 옮기다 말고 다시 돌아서서 약간 수줍은 목소리로 말했다.

"경시정님을 모시게 된 점, 개인적으로 큰 영광으로 생각하고 있습니다. 앞으로 수사관 생활에 잊지 못할 기억으로 남을 겁니다."

"그래, 열심히 하게."

다나카는 미소를 지어 보이고는 손을 내밀었다. 모리는 당황스러워하며 황송하다는 듯 두 손으로 다나카가 내민 손을 잡았다.

다나카는 웃음을 띠고 모리를 보낸 후 수사부장의 방으로 들어섰다.

"부장님."

"아, 다나카!"

수사부장은 보고 있던 보고서를 내던지면서 자신도 모르게 자리에서 벌떡 일어나 다나카를 포옹했다. 사건 발생 직후부터 내내 곤혹스러운 표정만 짓고 있던 수사부장의 얼굴에 갑자기 생기가 돌았다. 다나카는 산전수전 다 겪어 웬만한 일에는 꿈쩍도 않는 수사부장이 이럴 정도라면 초동수사에서 아무런 단서도 못 찾은 것이라고 직감적으로 간파했다.

"자, 앉게. 앉아."

수사부장은 다나카에게 자신의 자리를 내어주고 그 옆자리에 앉았다.

"부장님, 이러지 마세요. 평소대로 하십시오."

"아니야, 이 사건 수사가 종결될 때까지는 자네가 상관이야."

수사부장은 다나카의 만류에도 자신이 직접 커피까지 따라 내왔다. 여비서에게 시키지 않는 것은 노회한 부장의 제스처였다.

"자, 들게."

다나카는 수사부장이 자신에게 묵직한 압력을 준다고 생각했다. 하긴 사건의 성격을 생각하면 그러고도 남을 일이었다. 다나카는 쓸데없는 제스처나 말을 생략하고 사건을 직선으로 파고들었다.

"부장님, 도대체 어떻게 된 일입니까?"

"경호팀의 결정적 불찰이야. 그치들은 황태자비 핑계를 대지만 말도 안 되는 얘기지. 아무리 황태자비께서 동창들과의 만남에 방해가 되니 눈에 띄지 않게 하라고 하셨더라도, 그렇게 기둥 뒤에 숨어서 빙그르르 도는 경호란 게 세상에 어디 있나? 멍청한 놈들!"

수사부장은 불만으로 가득 찬 목소리를 토해냈다.

다나카는 고개를 끄덕였다. 어떤 상황이 벌어졌는지 충분히 짐작이 갔다. 경호팀의 어떤 물렁한 인간이 마사코의 구미에 맞는 경호를 하다가 생긴 문제일 것이다.

마사코. 그녀는 다나카의 대학 후배이기도 했다. 다나카의 기억 속에 그녀가 도쿄대학교의 호숫가를 거닐며 미래의 꿈을 야무지게 펼쳐 보이고, 밤이 깊도록 일본의 미래에 대해 열정적으로 토론하던 모습이 생생하게 떠올랐다. 대학 시절부터 격식을 싫어하던 마사코, 그녀는 자유 그 자체라 할 만했다. 다나카는 경호팀이 느꼈을 애로를 충분히 짐작할 수 있었다.

"사람들이란 일이 터지면 평소 칭찬하던 것도 도매금으로 넘겨 비판하기 마련이죠. 부장님도 평소에는 경호팀의 그 소리 없는 그림자 경호를 칭찬하지 않았습니까?"

수사부장은 찔리는 바가 있는지 잠시 말이 없더니 이내 현안으로 화제를 돌렸다.

"어쨌거나 자네가 즉각 수사팀에 합류해야겠네. 총감님은 일이 해결되고 나면 사임하실 모양이야. 하지만 수사가 미진하면 즉각 파면될지도 몰라."

"알겠습니다."

이때 전화벨이 울렸다. 수화기를 들고 잠시 통화를 하던 수사부장은 전화를 끊지 않은 채 다나카에게 물었다.

"총감실인데, 시간이 얼마나 필요한지 물으시는군. 기자들이 다그치는 모양이야. 내각에도 언질을 줘야 하고."

다나카는 본능적으로 고개를 가로저었다.

"쉽게 예측할 수 없는 일입니다. 범인은 어쨌든 경호원이 열명이나 붙어 있는 황태자비를 납치한 자가 아닙니까."

수사부장은 묵묵히 고개를 끄덕였다. 다나카의 말대로 범인은 결코 녹록한 자가 아니었다. 수사부장은 일단 '가서 보고 드리겠다'며 전화를 끊고는 일어섰다.

"자네, 나와 같이 총감님께 가야겠네."

수사부장은 황급히 양복 윗도리를 입고 사무실을 나섰다. 다나카는 평소 침착하기 그지없던 수사부장의 허둥거리는 모습에 고개를 가로저으며 뒤를 따랐다.

두 사람이 경시총감실에 들어서기가 바쁘게 다나카의 입에 마이크가 들이대어졌다. 이미 총감실은 기자들에게 완전히 점령당한 상태였다.

"단서가 잡혔습니까?"

"이제 막 도착해서 아직 수사 기록도 못 봤어요."

다나카는 나지막한 목소리로 점잖게 기자들을 제압하며 총감에게 다가갔다. 총감 역시 다나카를 보자 얼음장같이 굳어 있던 얼굴에 한 줄기 봄기운이 피어오르듯 밝은 표정이 떠올랐다.

"어서 오게, 다나카."

다나카는 말없이 고개만 숙여 인사했다.

총감은 수사부장과 다나카를 배석시키고 기자회견을 시작했다.

"고마코의 신원은 확인했습니까?"

"네, 확인했습니다."

"고마코는 정말 황태자비의 동창이 맞습니까?"

"네. 고마코는 황태자비의 고등학교 동창으로 확인됐습니다. 학교를 졸업한 후 오랫동안 소식을 나누지는 못했지만 황태자비는 물론 스미코와도 여고 시절 같은 반 친구였습니다."

"그렇다면 고마코가 범인입니까?"

"아닙니다. 고마코는 범인에 의해 사칭당했을 뿐입니다."

"범인과 고마코는 어떤 관계입니까?"

"지금까지의 수사에 의하면, 고마코는 범행을 저지른 여자와 아무런 관계도 없는 것으로 드러났습니다. 고마코는 범인이 어떤 사람인지도 모릅니다. 범인은 황태자비에 대해 많은 것을 연구하여 성품뿐만 아니라 고등학교 시절에 대해서도 훤히 아는 것으로 보입니다."

"범인이 황태자비의 고등학교 동창 관계를 범행에 이용했다는 뜻입니까?"

"그렇습니다. 범인은 고등학교 시절의 친구인 고마코를 가장하여, 스미코와 같이 황태자비를 만나려고 여러 번 시도했지만 경호가 워낙 엄중하여 만날 수 없었다는 불만을 토로한 편지를 황태자비께 보냈습니다. 이에 황태자비께서는 가부키자에서 잠시 만나자는 화답을 보내신 걸로 보입니다."

"범인은 황태자비의 심리를 예리하게 파악하고 있었다는 얘기군요? 경호원들 때문에 자신을 만날 수 없었다고 했으니, 황태자비로서는 가슴이 아팠을 테고, 결국 자동적으로 경호원들을 따돌리는 결과를 낳았다고 보고 있는 겁니까?"

"그렇습니다. 범인은 황태자비의 성품과 성향을 꿰뚫고 있었던 것으로 보입니다."

"납치범에 대해서 더 밝혀낸 것은 없습니까?"

총감은 잠깐 입을 다물었다가 침통한 목소리로 대답했다.

"계속 수사 중입니다."

"황태자비는 현재 안전합니까?"

"……"

총감의 표정이 참혹할 정도로 일그러졌다. 치안 총수로서 일국의 황태자비가 정체도 모르는 납치범의 손에서 어떤 상태에 있는지조차 알 수 없다는 것은 말도 안 되는 일이었다.

"총감, 세계적 망신이 아니오. 대체 세계 어느 나라에서 이런 일이 있을 수 있단 말이오? 일본을 이렇게 망신시키고도 당신은 그 자리에 그냥 앉아 있을 참이오?"

탁한 목소리의 주인공은 대표적 우익 언론인 〈산케이신문〉의 원로기자 구로다였다. 구로다의 날카로운 눈빛이 굵은 안경테 위를 스쳐 총감의 얼굴에 머물렀다.

"음……."

총감의 입에서는 대답 대신 낮은 신음 소리가 흘러나왔다.

"총감, 어서 대답하시오. 언제까지 범인을 찾아낼 수 있소?"

구로다는 불같이 호통을 쳤다.

"……."

"그 자리가 그렇게 입만 다물고 있으면 되는 자리요? 국민들에게 뭔가 책임 있는 얘기를 해줘야 할 것 아니오?"

구로다는 계속 총감을 몰아세웠다.

"……."

"당신은 경찰의 총수로서 허술한 경호의 책임을 지고 즉각 사임해야 하는 것 아니오?"

총감은 분노와 고통으로 일그러진 얼굴을 억지로 펴며 단호한 목소리로 힘주어 말했다.

"본인은 책임을 통감하고 있으며, 천황 폐하와 황태자 전하 및 국민 여러분께 죄송스러운 마음 금할 수 없습니다. 언제라도 사임할 각오는 되어 있으나 일단은 사건 해결이 우선이라고 생각하고 있습니다. 오늘 기자회견은 이것으로 마치고, 앞으로의 수사 진행상황은 수사본부장인 수사부장이 브리핑하도록 하겠습니다. 감사합니다."

총감은 쉰 목소리로 서둘러 기자회견을 마쳤다.

"만약 황태자비를 못 찾아내면 파면은 물론이고 형사책임까지 져야 할 거요. 총감뿐만 아니라 경찰 간부들도 모두 물갈이를 해야 해!"

구로다의 노골적인 협박 소리가 고개를 숙이는 총감의 머리 위로 날아가는 가운데 사진기자들의 카메라 플래시가 일시에 터져나왔다.

"저런 건방진 작자가 있나."

수사부장의 입술에서 들릴락말락한 소리가 새어나왔다. 수사부장뿐만이 아니었다. 그 자리에 있던 모든 경찰 간부는 붉어진 얼굴로 간신히 분노를 억누르고 있었다. 하지만 현실적으로 아무런 수사 성과도 내지 못하고 있는 상황이니 누구 하나 일어나서 반박할 처지가 아니었다.

기자들이 모두 나가고 나자 총감은 간신히 분노를 억누르고 다나카의 손을 잡았다.

"다나카, 직접 보고 들었겠지? 이 사건에 일본 경찰의 사활이 걸려 있네."

"……."

비록 대답은 하지 않았으나 다나카의 가슴 깊숙한 곳에서는 불길이 활활 타오르고 있었다. 그것은 비단 일본 경찰의 미래를 짊어진 한 경찰관으로서의 의무감만은 아니었다. 이 희대의 범죄를 연출한 납치범과 격돌하게 된 데 따른 투지 또한 있었다. 자신은 어쩌면 이런 존재와 맞붙기 위해 경찰에 지원했는지도 모른다. 그런 점에서 범인의 존재는 다나카의 인생에 등장한 하나의 큰 의미였다.

대담하고 용의주도한 상대

수사팀에 합류한 다나카는 먼저 그간의 수사 기록을 살핀 후 곧바로 사건 현장인 가부키자로 갔다. 관계자들의 진술을 듣기 전에 먼저 현장 구조를 파악해야 했다.

가부키자는 수사팀의 요청에 따라 공연을 무기한 중지하고 있었다. 다나카는 극장의 중앙 현관에 들어서는 순간 깜짝 놀랐다. 도저히 자신의 눈을 믿을 수가 없었다.

'이럴 수가!'

이렇게 단순한 구조의 건물에서 어떻게 황태자비를, 아니 황태자비가 아니라 하더라도 사람을 납치할 수 있었는지 상상이 가지 않았던 것이다.

"이런 바보들!"

곁에 있던 모리가 격분해 내뱉었다.

"바보 같은 경호팀 아닙니까? 경시정님, 이런 곳에서 황태자비가 납치당했다는 게 말이나 되는 일입니까?"

모리도 같은 생각인 모양이었다. 아니, 모리뿐 아니라 누구라도 이런 곳에서 사람이 납치당한다는 것은 이해가 되지 않을 터였다. 가부키자는 중앙 현관으로 들어가면 바로 옆에 안내데스크가 있고, 거기서 몇 칸 안 되는 층계를 올라가면 오른쪽에 집표원 두 사람, 왼쪽에 기념품 판매를 겸하는 안내원 한 사람이 있었다.

"바보 같은 새끼들!"

모리의 입에서 다시 한 번 분에 찬 목소리가 터져나왔다. 1층 관객은 다섯 개의 문을 통해서만 출입이 가능했고, 출입객은 모두 근거리에서 안내데스크 직원을 포함해 네 사람의 눈에 띄게 되어 있었다. 실제 범인은 그 많은 눈에 노출되었을 터이다. 하지만 아무도 그 범인에게 일말의 의심조차 품지 못했던 것이다.

"흠, 휘황한 보석으로 시선을 마비시킨다?"

다나카는 시간이 지나면서 비로소 상대방의 실체가 느껴졌다. 짐작하지 못했던 바는 아니지만 상대는 상상 이상으로 대담한 존재였다. 아니, 대담한 정도가 아니었다. 범인은 남들이 생각조차 못하는 불가능을 가능케 한 존재였다.

'범인이 과연 여자란 말인가? 여자의 몸으로 이렇게 대담한 범죄를 계획했단 말인가?'

다나카는 입술을 깨물었다.

"황태자비께서는 2층 로열석에서 관람하고 계셨습니다."

구속 상태에서 불려나온 경호원 야마다가 기어들어가는 목소리로 말했다. 다나카는 아무 말 없이 2층으로 올라가 로열석에 앉았다.

"음……."

생각할수록 기가 차는 일이었다.

'이런 곳에서 황태자비가 납치당했다니.'

다나카는 머릿속으로 연속되는 그림을 그려나갔다. 상대방은 비단 범행 장소만 연구한 것이 아니었다. 아주 입체적인 그림을 그리고 모두가 그 그림 속으로 들어가도록 상황을 유도했던 것이다.

"경시정님, 경호원들 중 누군가와 짜지 않고서야 이런 일이 가능했겠습니까? 혹시 범인과 내통한 자가 있는 건 아닐까요?"

"음, 그럴 경우 내통한 경호원이 노린 것은 무엇이겠어?"

"돈 아닐까요?"

다나카는 고개를 가로저었다. 이것은 돈을 노린 범행이 아니었다. 돈을 노리는 납치는 뉴스가 되지 않도록 은밀히 이루어지는 법이다.

"상대는 일본에서 가장 납치하기 어려운 로열패밀리인 데다 일거수일투족이 모조리 언론에 보도돼. 결코 돈을 노린 범행은 아니야."

"그렇다면 경호원 중 가담한 자는 없다는 결론인가요?"

"아마도."

다나카는 몸을 기울여 아래층의 두 여자 자리를 내려다보았다. 황태자비는 공연 도중 아래층에 와 있던 동창생 고마코와 스미코를 발견하고는 약속대로 밖으로 나갔을 것이다. 다나카는 스미코의 진술서를 떠올렸다.

'고마코는 저에게 시마쓰의 창가가 끝나면 1층 휴게실 히노키에서 황태자비와 만나기로 약속이 되어 있다고 했어요.'

다나카는 다시 경호원들의 진술도 떠올렸다.

'수행비서 유키코가 황태자비께서 경호원들이 절대로 눈에 띄지 않도록 하라고 엄명을 내리셨다고 했습니다. 공연 도중에 표나게 따라 나가는 것도 그렇고 해서 밖에 있는 경호원에게는 무전으로 그렇게 지시했습니다.'

다나카는 2층에서 내려와 바로 계단 옆에 붙어 있는 휴게실 히노키의 문을 열어보았다. 텅 빈 공간에 의자만 옆으로 길게 늘어서 있었다.

범인의 범행을 도운 절묘한 곳. 이 휴게실은 공연과 공연 사이의 쉬는 시간에 사람들이 커피를 사 가지고 들어가서 마시기도 하고, 어떤 때는 가부키자 직원이 기념품을 팔기도 하는 그런 장소였다.

중요한 것은 가부키자 직원이 항시 지키는 곳이 아니라는 사실이었다. 특히 공연 중에는 그냥 닫아놓을 뿐 잠그지도 않았고, 가부키자의 실내장식 때문에 휴게실 문의 바깥에는 벽과 구분이 되지 않도록 벽지를 발라놓아, 히노키라는 글자를 보지 않는다면 문과 벽을 구별하기도 어려운 곳이었다.

'무서운 인물이로군.'

다나카는 여기서 벌어졌을 장면들을 추측해보았다.

'비록 여자들이었다고 해도 셋이 아닌가. 혼자서 어떻게 세 사람을 그토록 간단히 제압할 수 있었을까?'

다나카는 혼자서 열두 명의 여자를 강간한 오카야마가 떠올랐다. 그는 여자 간호사들의 합숙소에 침입해 열두 여자를 모두 벽을 향해 무릎 꿇게 한 다음 한 명씩 불러내 강간한 후 살해했다. 그때마다 나머지 여자들은 모두 겁에 질려 아무도 저항하지 못했다. 한 여자가 강간당할 때 꿇어앉아 있던 그녀들 중 한 사람만이라도 일어나 저항했다면 범인은 열두 명의 여자에게 무너졌을 텐데도 말이다.

막상 공포의 순간에 봉착하면 이해가 되지 않을 정도로 굳어버리고 마는 인간의 심리를 파고든 범행이었다. 그러나 이번 경우는…… 다나카는 추리를 계속했다. 아마 황태자비는 경거망동하지 않도록 교육받았을 터이니, 저항할 수 있는 여자는 두 명이었던 셈이다…….

"정말 황당하군요."

또다시 모리의 격분한 목소리가 등 뒤에서 들렸다.

"한 사람이 세 사람을 제압하는데 눈치도 못 챈 놈들이 경호원이라고 할 수 있습니까? 더군다나 범인은 여잔데요."

다나카는 고개를 가로저었다. 모리는 자신의 말이 맞다는 것인지 틀리다는 것인지 고갯짓만 하고 있는 다나카를 보면서 처음 가부키자에 들어설 때와는 달리 그의 얼굴빛이 많이 어두워져 있음을 느꼈다.

그랬다. 범죄 현장만 보고도 범인을 짚어낸다는 일본 제일의 민완형사 다나카는 분명 당황하고 있었다. 현장만 보면 당장이라도 단서를 찾아낼 수 있을 것 같았던 자신감이 자꾸 수그러들었다.

다나카는 다시 2층으로 올라가 로열석에 앉아서는 수십 번이나 눈길을 아래층으로 보냈다.

'그림 속으로.'

범인은 현장의 모든 사람과 모든 상황을 자신이 그린 그림 속으로 집어넣었다. 그 그림 속의 시간과 공간은 모두 범인이 만들어낸 것이었다. 누구도 범인의 의사를 거스르지 못했고 눈치채지도 못했다.

다나카는 당시 현장에 있었을 사람들의 수를 꼽아보았다. 황태자비와 스미코의 눈을 속이고 경호원들을 따돌리며 가부키자 현관의 직원들 앞을 유유히 빠져나간 범인은 이 모든 사람들의 날카로운 시선을 자신의 호주머니에 슬쩍 거두어버린 것이 아닌가.

다나카는 다시 한 번 자리에서 일어나 1층의 히노키까지 걸어가보았다. 불과 이십 초도 걸리지 않고 오십 보도 채 안 되는 거리였다. 그 짧은 시간 동안 경호원들은 안중에도 없다는 듯 범인은 희대의 납치극을 자행했고, 이제 다나카로 하여금 그저 감탄할 수밖에 없게 만들었다.

다나카는 몇 번이나 반복해 히노키의 의자에 앉았다가는 다시 황태자비가 앉아 있던 2층 로열석으로 걸음을 옮겼다. 하지만 역시 아무런 단서도 찾아낼 수 없었다.

"썩을 놈들!"

다시 모리의 목소리가 들렸다. 어느새 그의 손에는 가판의 석간신문이 들려 있었다. 신문에는 대문짝만 한 글자로 '경호원 구속'이라는 제목이 박혀 있었다.

경시청에서는 경호 책임자를 비롯해 당시 현장에 있었던 경호원들을 모두 구속했다. 황실의 경호를 경찰이 맡고 있는 일본에서는 경호원들이 같은 경시청의 직원들이라 동정이 가지 않는 바는 아니었지만, 여론의 질타를 나 몰라라 할 수는 없는 일이었다.

흥분한 모리의 목소리가 이어졌다.

"바깥에 있던 놈들은 또 뭘 했단 말입니까? 한 놈이라도 제대로 지키고 있었어야 할 게 아닙니까?"

그러나 다나카는 고개를 가로저었다.

"경호원들이 있었다 해도 황태자비를 즉각 알아보지 못하는 한 소용이 없어. 수행비서의 진술서를 보니 범인은 황태자비를 짙게 화장시켰던데 도대체 누가 황태자비를 그런 식으로 변장시키리라고 상상이나 했겠어. 극장 직원들이나 경호원들이나 눈뜨고 당할 수밖에. 밖으로 나와선 대기하고 있던 차에 올라 유유히 사라졌을 테고."

모리는 고개를 끄덕였다.

"그럼 이 사건에는 틀림없이 자동차에 미리 타고 대기했던 공범이 있을 수밖에 없군요. 그런데 어떤 CCTV에도 자동차나 공범이 잡히지 않았습니다. 카메라에는 고마코를 사칭한 범인과 스미코가 각각 따로 들어가는 뒷모습과 범인이 변장시킨 황태자비와 함께 나오는 모습만 잠깐 잡혔을 뿐입니다."

다나카는 밖으로 나와 가부키자를 몇 번이나 빙빙 돌면서 건물의 바깥 구조를 살폈다. 가부키자는 긴 담으로 에워싸여 있었고, 그 사이사이로 몇 개의 작은 문이 있었다. 분장실이나 무대의 뒤편으로 통하는 문들 같았다. 보통의 납치범이라면 이런 작은 문을 이용했을 것이다. 하지만 범인은 정문을 이용했다. 건물 구조를 살펴볼수록 경호원들과 극장 직원들의 정면에서 황태자비를 데리고 나온 범인의 대담함에 감탄하지 않을 수 없었다.

정면에서 볼 때 건물의 왼편에는 간이식당을 비롯한 몇 개의 가게가 붙어 있었다. 다나카는 건물 오른쪽 골목 안의 도로를 살펴보았다. 이 측면도로는 한 방향으로만 주차를 할 수 있게 되어 있었고, 제법 많은 차량이 주차되어 있었다.

"여기서 좌회전을 했군!"

다나카의 혼잣말에 모리가 조심스럽게 물었다.

"뭐, 떠오른 게 있습니까?"

"공범은 자동차를 이곳에 대고 기다렸어. 극장을 나와서 몇 걸음도 안 되는 이 골목으로 들어오면 그만이니까."

"그러고 보니 골목 안이 상당히 어둡군요."

"이 골목에서 나와 극장 앞으로 우회전했다면 CCTV에도 찍히고 무엇보다 극장 건너편의 경호원들 앞으로 차를 바짝 붙이게 되어 있어."

"극장을 나와 황태자비를 차에 태우고 좌회전하기까지는 불과 몇 초밖에 걸리지 않았겠는데요. 그런데 여기서 좌회전했다면 범인들은 어느 방향으로 달아났을까요?"

"음……"

다나카는 잠시 생각하더니 모리에게 지시했다.

"모리, 범행 당일 전국의 검문 상황을 체크하게."

"이미 했습니다. 하지만 검문에서는 별다른 게 없었는데요."

"별다른 걸 찾는 게 우리의 임무란 걸 모르나?"

모리는 자신의 답변이 경솔했다는 것을 느끼고는 즉각 큰 소리로 대답했다.

"알겠습니다. 경시정님. 죄송합니다."

경시청으로 돌아온 모리는 즉시 컴퓨터로 사건 당일 밤 전국의 검문 상황을 검색했다. 경찰 컴퓨터에는 모든 검문 상황이 하나도 빠짐없이 기록되어 있었지만, 황태자비가 탄 차량을 발견했다는 기록은 말할 것도 없고 별다른 혐의점이 느껴지는 차량에 대한 검문 기록도 없었다.

다만 수십 건의 지명수배자 검거와 백여 건의 음주운전자 적발만 있을 뿐이었다. 이런 기록으로 봐서는 대단히 엄중한 검문을 한 것이 틀림없었다. 모리는 모니터에 뜬 검문 기록을 프린터로 뽑아 꼼꼼히 살폈다.

모리는 다시 한 번 검거된 지명수배자들의 전과를 살피고 수배 요청을 낸 경찰서에 전화해 납치 등의 전력이 없는지 확인했다. 그러나 아무런 소득 없이 모리는 검문 일지를 다나카의 책상에 올려놓았다.

다나카는 경시청 직원들이 흔들리고 있는 것을 느꼈다. 납치범의 행방이 오리무중인 상태에서 여론은 경찰을 때리기 시작했고, 그것은 바로 경찰 내부에 피바람을 예고했다. 수사부장은 경호뿐만 아니라 비상검문 등 문제가 되는 것은 모조리 문제 삼겠다고 나섰다. 그럴 수밖에 없는 것이, 여론의 압력이 엄청났다.

다나카는 수사부장에게 말했다.

"프랑스혁명 직후 로베스피에르가 곁에 있던 사람들을 닥치는 대로 단두대에 올렸던 것과 비슷한 상황이군요."

"무슨 소리야, 그건?"

"사태를 일파만파로 확대시키지는 마십시오. 지금 모든 경찰관이 사시나무 떨듯 떨고 있으니까요. 혹시나 범인이 자기 관할에 웅크리거나 지나가지 않았나 싶어 현장 근무자는 말할 것도 없고 관할 경찰서장까지 잔뜩 움츠려 있어요. 경찰 내부 분위기가 이러면 수사에도 도움이 되지 않습니다."

"그렇긴 하지만……."

"범인은 검문에 걸릴 인물도 아닙니다."

다나카는 담배를 빼물고는 다시 한 번 그림을 그려보았다. 이미 수십 번도 더 그려본 그림이었다. 범인은 히노키라는 절묘한 공간을 완전히 자기 것으로 만들었다. 모든 경호원을 따돌린 후 세 여자만 남겨 거기에서 황태자비를 완전히 변장시켰다. 어느 누구도 황태자비인지 알아볼 수 없도록 완벽하게. 그리고 범인 자신은 누가 봐도 주의를 확 끌 만큼 화려한 의상에 갖은 보석으로 치장하여, 황태자비가 아닌 자신에게 사람들의 시선이 쏠리게끔 만들었다.

다나카는 시간이 지날수록 이 납치범이 이제껏 자신이 상대해온 어떤 인물보다 뛰어난 자라는 생각이 들었다.

기발한 추리

다나카는 첫 신문 상대인 유키코와 마주 앉았다.

"이 편지들을 본 적이 있습니까?"

유키코는 말없이 고개만 끄덕였다. 그중에는 자신이 직접 황태자비에게 건네준 편지도 있었다.

"내용을 본 적이 있습니까?"

유키코는 고개를 가로저었다.

"황태자비께서는 이 편지들을 보고 어떤 반응을 보였습니까?"

"그것은 알 수 없었습니다. 개인적인 서신은 혼자서 읽으시니까요."

"그렇겠군요. 하지만 같은 사람에게서 온 편지를 계속 전해 받으실 때의 표정을 보면 그 편지 내용을 유추할 수 있지 않을까요? 예를 들면 반가운 편지다, 혹은 무엇인가를 부탁하는 편지다 하는 것쯤은 말입니다."

"이 여자 고마코에게서 온 편지를 받으면 표정이 밝아지셨어요. 무언가를 회상하는 듯한, 기분 좋은 추억을 떠올리는 듯한 표정을 지으셨던 기억이 나는군요."

"황태자비께서는 이 편지들을 읽고 나서 뭘 지시하거나 물어보지는 않았습니까?"

"지시하신 것은 없고, 다만 가부키자에 언제 가느냐고 날짜를 물어보신 적은 있어요."

"그랬군요. 유키코 씨는 현장에서 황태자비와 같이 휴게실에 앉자마자 두 명의 여자가 들어왔는데, 한 여자가 들어오면서 바로 다른 한 여자, 즉 스미코 씨를 뒤에서 끌어당기며 마취 수건으로 입과 코를 틀어막았다고 했죠. 맞습니까?"

"네."

"스미코 씨는 바로 쓰러졌나요?"

"네."

"스미코 씨는 마취당할 때 저항하지 않았나요?"

"워낙 신속한 동작이라 스미코 씨는 반항할 틈도 없었어요."

"그런데 유키코 씨는 왜 비명을 안 질렀죠?"

"스미코 씨를 마취시킴과 동시에 범인이 너무도 예리한 칼을 꺼내 황태자비 전하의 목에 들이댔어요. 숨소리라도 내면 바로 찔러버릴 기세였어요."

"그러니까 그 모든 동작이 동시에 이루어졌다는 말입니까?"

"네."

"알겠습니다. 그런 다음에는 어떻게 했죠?"

"범인은 준비해온 화장품을 제게 주었어요. 그러고는 자신의 얼굴과 황태자비 전하의 얼굴을 번갈아 가리키며 얼굴을 두드리는 손짓을 했어요. 전하를 자신처럼 진하게 화장시키라는 것이었죠."

"그대로 했나요?"

유키코는 고개를 끄덕였다.

"그러고 나서는요?"

"쓰러진 스미코 씨의 코트를 가리키며 전하께 입으라는 손짓을 했어요."

"황태자비는 그 코트를 입으셨나요?"

"제가 입혀드렸어요. 비록 품위는 유지하셨지만 전하께서는 두려워하고 계셨어요. 저도 마찬가지였고요. 범인에게서는 이상한 기운이 뻗쳐나왔어요. 화장을 짙게 한 그 얼굴에서는 마치 귀기와도 같은 것이 느껴졌죠. 저는 반항을 하기보다는 일단 시간을 끄는 것이 낫다고 생각했어요."

다나카는 고개를 끄덕이며 말했다.

"그다음에는요?"

"범인은 전하와 저에게 뒤로 돌아서라고 손짓했어요. 처음에는 약간 망설이다 주춤거리며 뒤로 돌자 범인은 순식간에 마취 수건을 저의 입과 코에 갖다 댔어요. 그 후로 저는 의식을 잃었어요. 경호원들이 깨울 때까지요."

"자, 유키코 씨. 그때의 상황을 잘 떠올려봐요. 혹시 말입니다, 범인이 남자라는 생각이 들지 않던가요?"

유키코는 당황하며 기억을 더듬었다. 범인에게는 확실히 강인하면서도 묘한 기운이 있었다. 유키코는 화려하게 치장한 그 여자가 자신과 황태자비를 압도하며 내뿜던 힘을 떠올리면서 다나카의 질문과 연관시켜보았다. 순간 유키코는 온몸에 소름이 끼쳤다.

"아, 어쩌면 범인은 남자일지도 모르겠네요."

"어째서요?"

"그 귀기 말이에요. 그때 느꼈던 귀기는 아마 제가 그 사람을 여자라고 생각했기 때문인 것 같아요. 남자가 여자처럼 분장을 한 데서 오는 낯설고 무서운 느낌 말이에요. 그래요, 남자였을지도 몰라요. 범인에게서는 저항할 수 없는 강력한 힘이 느껴졌거든요. 남자의 힘 같은 거 말이에요."

"그런데 이제껏 왜 한 번도 남자라고 의심하지 않았죠?"

"아마 화려한 치장과 보석에 현혹되어 당연히 여자라고만 생각했기 때문일 거예요. 여자들은 감각적으로 그런 데 민감하거든요."

"다시 한 번 기억을 잘 더듬어봐요. 범인이 남자라고 생각할 수 있는 다른 특징은 없었나요?"

유키코는 한참 생각하더니 말했다.

"범인이 황태자비 전하를 짙게 화장시키라고 할 때 손으로 화장품을 듬뿍 찍어 바르는 흉내를 냈어요. 그런데 그 동작이 화장을 늘 하는 여자들처럼 자연스럽지가 않았던 것 같아요. 제가 그게 무슨 뜻인지 곧바로 알아듣지 못하자 서투른 손동작을 몇 번이나 반복했어요."

"말로 하면 편하고 정확했을 것을 손으로 거북하게 지시했단 말이죠?"

"네."

"왜 그랬는지 생각해본 적은 없나요?"

"네? 왜 말로 안 했는지요?"

"입을 열어서는 안 될 어떤 이유가 있지 않았을까요, 범인에게는?"

유키코는 이 수사관이 아주 예리한 사람이라는 생각이 들었다. 또 그런 정도도 생각 못했느냐고 힐난당하는 것 같은 기분도 느꼈다. 비록 말씨는 점잖았지만 소문대로 다나카에게는 상대방을 압도하는 힘이 있었다.

"따로 생각해본 적은 없는데……"

"그것은 아마도 얼굴은 여자로 바꿀 수 있었어도 목소리는 불가능했기 때문이 아닐까요?"

"아!"

"그래서 스미코 씨와 한 마디도 나눌 수 없는 상황을 만든 거죠. 목소리를 드러내지 않기 위해."

이제 유키코는 범인이 남자라고 확신했다. 그러나 다나카는 다시 집요하게 물었다.

"혹시 범인의 손이 기억나나요? 남녀의 손은 차이가 분명하잖아요."

"그래요, 범인은 손이 무척 컸어요. 확실해요. 그러고 보니 남자 손이었어요. 게다가 그 사람은 그렇게 많은 보석으로 치장했으면서도 반지는 끼고 있지 않았어요. 여자라면 반지가 가장 기본인데 말이죠."

다나카는 비로소 만족스러운 표정으로 고개를 끄덕였다.

"고맙습니다. 아주 중요한 증언을 해주었어요. 수사에 도움이 될 만한 다른 사실이 떠오르면 내게 바로 연락을 주세요."

다나카는 명함을 내밀었다. 유키코는 범인이 남자라는 사실을 자신에게서 끄집어내는 다나카의 추리력에 놀라워하며 자리에서 일어났고, 다나카는 현관까지 친절하게 그녀를 배웅했다.

불길한 징조

"범인이 남자란 말인가?"

모니터로 조사실을 지켜보던 수사부장은 현관까지 쫓아나와 확인했다.

"틀림없습니다."

"그렇다면 여장을 한 남자?"

다나카는 묵묵히 고개를 끄덕였다.

"맞아, 여자로서는 불가능한 사건이야."

"그러니 기자들에게 신속하게 브리핑을 해서 동성애자니 정신이상자니 하는 쓸데없는 추측보도를 멈추라고 하세요."

"그런데 다나카, 자네 자신 있나? 언론에 얘기해도 되겠나?"

다나카는 말없이 고개만 끄덕였다. 그제야 수사부장은 안도의 미소와 함께 사건 이후 처음으로 만족감을 얼굴에 나타냈다. 그는 내처 물었다.

"자네 느낌은 어때? 상대가 어떤 자일 것 같은가? 그리고 황태자비는 지금 어떤 상태일까?"

"아직 알 수 있는 것은 아무것도 없습니다. 범인이 어떤 성격의 소유자인지, 범행 동기가 무엇인지 전혀 알 수 없습니다."

"범인이 황태자비를 살해할 생각은 아니겠지?"

"알 수 없는 일이긴 하지만, 범행의 계획성을 보면 살해할 생각은 없는 것 같습니다. 살해할 목적이었다면 현장에서 해버리는 게 가장 쉬웠을 테니까요."

"그렇군. 살해가 목적이라면 복잡하게 납치하거나 할 필요가 없었겠지. 정신적으로 문제가 있는 자일 가능성은?"

"전혀 없습니다. 상대는 수행비서와 황태자비를 완벽하게 제압했습니다. 정신이상은커녕 정반대로 강인하기 짝이 없는 자입니다."

"음……."

수사부장은 철석같이 믿고 있는 다나카가 상대방에 대한 경계의 빛을 얼굴에 잔뜩 드리우고 있는 걸 보자 위축되지 않을 수 없었다. 그러나 그는 이내 희망을 되찾았다. 그렇다. 수행비서 한 명을 조사하고 알아낼 수 있는 것에는 한계가 있지 않은가. 범인이 남자라는 사실을 밝혀낸 것만 해도 지금 상황에서는 오랜 가뭄 끝에 내린 단비였다. 수사부장은 즉각 상부에 이 사실을 보고하고는 언론에 브리핑을 했다.

"범인이 여장 남자라고요?"

56

"그렇습니다."

"범인이 남자라고 생각하는 근거는 무엇입니까?"

"여자로서는 이런 대담한 범행을 저지를 수 없습니다."

"그런 이유로 범인이 남자라고 주장하는 것은 어설프지 않습니까?"

"범인을 겪어본 사람들, 즉 수행비서와 스미코 씨가 확신하고 있습니다."

"그렇다면 지금까지는 왜 그런 얘기가 한 번도 안 나왔죠?"

수사부장은 답변이 궁해졌다. 잠시 머리를 굴리던 그는 아예 솔직히 얘기하는 것이 낫겠다고 판단했다.

"다나카 경시정이 좀 전에 밝혀낸 사실입니다."

기자들은 고개를 끄덕였다.

"다나카가 없으면 아무것도 못한다는 얘기로 들리네요. 어떻든 다나카 경시정이 더 밝혀낸 것은 없습니까?"

"아직 없습니다. 하지만 관련자들을 차례로 조사해보면 차츰 진실이 밝혀질 것입니다. 밝혀지는 대로 바로 브리핑하겠습니다."

빈약하기 짝이 없는 브리핑이었지만 기자들은 휴대폰이나 노트북을 꺼내들고 본사로 송고하기 바빴다. 사건 이후 처음으로 나온 수사 성과물이었기 때문이다.

하지만 브리핑을 마치고 자신의 방으로 돌아온 부장의 심경은 참담했다. 다나카는 범인이 정신이상자일 가능성은 전혀 없다고 했다. 수사부장이 은근히 기대했던 시나리오는 황태자비를 흠모하는 정신이상자가 저지른 범행이었다. 그런 자라면 이런저런 이유로 곧 행적이 드러날 터였다. 운이 좋으면 황태자비에게 사랑을 고백한 후 스스로 황태자비를 동궁으로 모시고 올 수도 있을 터였다. 사실 많은 사람이 이런 시나리오에 기대를 걸고 있었다. 언론에서도 가장 가능성이 크다고 보도했던 시나리오였다. 그러나 다나카의 한마디로 그 시나리오는 날아가버렸다.

자신의 방으로 다나카를 부른 수사부장은 조바심에 질문을 쏟아냈다.

"범인은 지금 어디에 있을까? 어디에 황태자비를 감금하고 있을까?"

다나카는 대답 대신 고개를 가로저었다.

"전국이 완전 비상검문에 들어갔고 방위청에서는 군사위성까지 정찰에 투입하고 있는 형편인데, 왜 종적을 찾을 수 없는 걸까?"

"그렇게 해서 잡힐 자가 아닙니다. 신이라 한들 그 좁은 가부키자에서 일국의 황태자비를 납치하려는 계획을 세울 수 있겠습니까? 범인은 상상조차 하기 힘든 불가능한 일을 가능하게 만든 자입니다. 경찰의 검문을 따돌리는 일 따위는 식은 죽 먹기였을 겁니다. 아마 수백 수천 번의 도상 연습도 했을 테 고요."

수사부장은 자기도 모르게 고개를 끄덕였다.

"그럴지도 몰라. 가부키자 근처의 모든 주차 단속 모니터를 뒤지고 주차 관련 업무에 종사하는 사람들을 상대로 강력한 탐문조사를 벌였지만 티끌만 한 증거도 안 잡히고 있으니 말 이야. 어쨌거나 상대가 그 정도로 대담하고 계획적인 놈이라 면 아주 불길해. 불길하기 짝이 없는 징조란 말일세."

실마리

고마코는 여자로서는 드물게 큰 키였다. 그녀는 처음에는 겁에 질렸지만 한밤중에 수사본부로 연행되어 반복된 조사를 받다 보니 짜증이 날 대로 나 있었다. 고마코가 그녀의 이름을 도용한 범인과 아무런 관계가 없다는 사실이 밝혀지자 수사관들의 고압적인 태도는 좀 누그러들었지만 경찰에서는 그녀를 돌려보내주지 않았다.

"도대체 무슨 얘기를 더 하란 말이에요?"

"범인이 아무런 단서도 남기지 않은 상황에서 유일한 추측은 당신을 아는 사람일 거라는 겁니다. 그러니 일단은 당신이 아는 사람 중에 의심 가는 사람이나 이런 일을 저지를 만한 사람을 수사하는 것이 가장 쉽고 빠른 길입니다. 마음을 가라앉히고 한번 생각을 해보세요."

그러나 보험회사에서 사원 교육을 담당하는 고마코로서는 이런 엄청난 짓을 저지를 만한 사람을 전혀 알지 못했다. 직장 동료들도 지극히 평범한 인물들뿐이었다.

"몇 번을 말해야 하는 거예요? 저는 맹세코 황태자비께 그런 편지를 보낸 적이 없어요. 그리고 이런 일을 저지를 만한 사람도 알지 못해요. 아시겠어요?"

"그러나 틀림없이 당신의 이름으로 황태자비께 두 통의 편지가 왔단 말이오."

"그러니까 누군가가 내 이름을 도용했다는 것 아니에요? 도대체 몇 번을 말해야 알아듣겠어요? 당신들 모두 귀머거리예요?"

지칠 대로 지친 고마코는 이제 가시 돋친 목소리로 수사관들을 힐난했다. 고마코로서도 황태자비이자 자신의 고등학교 친구이기도 한 마사코의 납치사건 수사에 기꺼이 협력하고 싶었지만, 알고 있는 사실이 전혀 없는 상황에서 수십 회나 반복되는 똑같은 질문에 지쳐 있었던 것이다.

저녁때가 가까워졌을 무렵, 고마코 앞에 처음 보는 수사관이 와 앉았다.

"고마코 씨, 괜찮다면 자리를 옮기실까요?"

"자리를 옮긴다고 모르는 사실을 알게 되나요? 도대체 어디로 옮기잔 말이에요?"

"일단 식사를 하는 것이 어떻겠습니까? 저녁때이기도 하고요. 부인이 좋아하는 식당으로 가시죠."

고마코는 순간 무엇보다도 이 지긋지긋한 조사실을 떠날 수 있다는 것이 반가웠다.

"좋아요. 하지만 제가 좋아하는 식당은 멀리 있는데요. 그냥 가까운 데서 먹는 게 더 편하겠어요."

"아닙니다. 그동안 많이 힘드셨을 테니 기분전환이라도 하셔야죠."

고마코는 다나카라는 이름의 이 형사가 편안하게 느껴졌다. 무엇보다도 이 사람은 다른 수사관처럼 서두르지 않았다. 말쑥하게 면도한 얼굴이며 깨끗하게 다림질한 양복, 하얀 칼라의 와이셔츠가 수사관이라기보다는 전도양양한 사업가처럼 보였다.

다나카는 자신의 자동차로 고마코를 안내했다.

"경시청 조사실에서는 똑같은 말을 반복해야 하는 앵무새 같았어요."

자동차에 탄 고마코는 운전하는 다나카의 얼굴을 곁눈으로 슬쩍 쳐다보며 뼈 있는 말을 던졌다.

"죄송합니다."

다나카는 마치 자신의 잘못인 양 고개를 숙였다.

"하긴 이해는 돼요. 황태자비께서 납치당하셨으니 모두가 정신이 없겠죠. 경시총감님도 물러나신다면서요."

"하지만 빨리 납치범을 잡으면 최악의 경우는 피할 수 있을 겁니다."

"그래서 모두들 그리 다급하군요. 그런데 다나카 경시정님은 이상하네요."

"무엇이 말입니까?"

"전혀 서두르시는 것 같지 않으니 말이에요."

"그렇게 보입니까?"

"네, 그러니까 이렇게 멀리 있는 식당까지 가는 거 아니에요?"

"참, 그렇군요."

다나카는 천연덕스럽게 웃었다.

"어째서 그렇게 혼자서만 여유가 있으시죠? 모두가 서두르는데 말이에요."

"제 느낌으로는 이 사건이 그리 쉽게 해결될 것 같지가 않습니다. 시간이 걸리는 사건은 처음부터 여유를 가지고 접근하는 것이 중요합니다. 서두른다고 해도 나중에는 결국 다시 원점으로 되돌아오기 마련이죠."

고마코는 이 다나카라는 수사관에게 신뢰감이 생겼다. 다른 수사관들은 줄곧 무리한 요구만 반복해댔지만 다나카에게서는 차분함과 여유가 느껴졌던 것이다.

"수사관과 참고인 사이에는 날카로운 대립보다 인간적인 관계가 더 중요하다는 게 저의 지론입니다. 식사 후에는 댁으로 돌아가실 수 있도록 해보겠습니다. 저에게 결정권이 있는 것이 아니라 자신은 못하겠지만 말입니다."

"말씀만으로도 고마워요."

고마코는 다나카와 함께 편안하게 식사하는 동안 만약 자신을 아는 사람이 범행을 저질렀다면 과연 누구일까 생각해보았다. 식사가 끝나고 경시청으로 돌아오자 다나카는 수사부장에게 고마코를 더 이상 붙잡아둘 필요가 없다는 자신의 소견을 전했다.

수사부장은 내심 불안해하면서도 다나카의 의견에 수긍하지 않을 수 없었다. 사안이 워낙 중대해 언론이 눈을 감아주기는 했지만, 그것은 명백히 참고인에 대한 인권유린이었다.

"자네, 정말 확신하나? 그 여자는 정말 이 사건과 관계가 없나?"

"네."

다나카는 분명한 목소리로 대답했다.

"더 이상 신문할 것도 없고?"

"네. 우선은 돌려보내는 것이 좋겠습니다. 뭐라도 생각나면 그 여자가 먼저 연락을 해오도록 하는 게 낫습니다. 지금은 자신을 방어하느라 지쳐 있지만 일단 누명을 벗고 여유가 생기면 뭔가 떠오를 겁니다."

수사부장은 잠시 생각에 잠겼다. 다나카가 자신에게 큰 모험을 강요한다는 생각이 들었다. 고마코는 자신이 알든 모르든 범인과 관련이 있는 사람이고, 그런 만큼 그녀를 내보낸다는 건 위험한 일이었다. 하지만 부장은 다나카의 의견을 무시할 수 없었다. 그만큼 그는 다나카에게 많이 의지하고 있었다.

"알았어. 자네 말대로 하지."

수사부장은 즉각 고마코를 돌려보내라고 지시했다.

집으로 돌아가고 나서 얼마 지나지 않아 고마코는 수사본부로 전화를 걸어 다나카를 찾았다.

"다나카 경시정님, 만약 범인이 저를 아는 사람이라면 직접적으로 아는 사람은 아닐 것 같아요."

"그럴 수 있죠. 수사를 하다 보면 전혀 알지 못하는 사람이 명의를 도용하는 경우도 아주 많습니다."

"저를 간접적으로 아는 사람일 수는 있겠다는 생각이 들어요."

"간접적이라면 어떤 경우를 말하는 건가요?"

"우리 회사의 여직원들. 저는 가끔 여직원들에게 황태자비와의 학교 생활 같은 걸 얘기해주곤 했거든요."

다나카는 고개를 끄덕였다. 의미 있는 진술이었다.

"어떤 직원들이지요?"

"얘기해도 될지 모르겠네요."

고마코의 목소리에는 직원들에게 괜한 피해가 갈까 봐 걱정하는 기색이 역력했다.

"그분들에게 피해가 가지 않도록 제가 약속하겠습니다."

"특히…… 세 여직원이 제게 꼬치꼬치 물었었어요. 지금 생각하니 황태자비에 대한 그들의 관심은 지나치다 싶을 정도였던 것 같아요."

"그들의 이름을 말해주시겠어요?"

"미치코, 사토미, 요시코예요."

"알겠습니다. 감사합니다."

의문의 편지

수사부장은 긴급히 수사 회의를 소집했다.

"다나카 경시정이 고마코로부터 밝혀낸 정보에 의해, 고마코가 근무하는 회사의 세 여자가 용의선상에 떠올랐소. 와타나베 경시정은 이 세 사람을 연행하시오. 경시청으로 데려오지 말고 언론에 절대 노출되지 않도록 신바시의 포스트로 데려가시오. 스즈키 경시는 그들의 남자관계를 비롯한 주변 인물들을 철저히 조사하고, 이시다 경시는 영장을 발부받아 그들의 집을 압수수색하시오. 모든 행동은 은밀히, 그리고 신속히 진행하시오."

"알겠습니다."

포스트로 연행되어 온 세 사람은 모두 이십대의 여성들이었다.

"음."

각각 다른 방에서 조사를 받고 있는 세 여자를 모니터로 훑어본 다나카는 고개를 끄덕거렸다. 옆에서 다나카의 고갯짓을 보고 있던 모리 역시 고개를 주억거렸다.

"세 여자에게 공통점이 있습니다. 모두 같은 회사에 다니고, 나이도 비슷하며, 황태자비에 대해 보통 이상의 관심을 가졌다는 점 말입니다."

"납치범의 윤곽이 대충 드러나는 것 같군."

"네?"

모리는 자신의 귀를 믿을 수 없었다.

"어떤 자인지 알 것 같아. 납치범은 세 여자를 정신적으로 지배하고 있는 매력적인 미남자일 거야. 세 여자에게 각각 다른 정보를 요구했을 테고."

모리는 크게 고개를 끄덕였다.

"이해가 갑니다. 그런데 각각 다른 정보를 요구했다는 것은 무슨 의미입니까?"

"납치범은 혹시라도 여자들이 자신을 의심할까 봐 알고 싶은 정보를 삼등분해 각각의 여자에게 분담시켰을 거야. 자네 '미야자와 사건' 생각나나? 여자 셋을 따로 이용해 '표범의 눈'이라는 보석을 훔친 희대의 절도사건 말이야. 납치범은 아마도 이 세 여자에게서 얻어낸 정보를 조합해서 자신이 원하는 정보를 캐냈을 거야."

수사 결과는 다나카의 예상과 정확하게 일치했다. 세 여자의 남자관계를 확인해본 결과, 이들 뒤에는 가네히로 요시아키라는 한 남자가 있었고, 이 남자가 세 여자를 통해 고마코와 황태자비의 관계를 샅샅이 파악해왔음이 드러났다.

그러나 더 이상 수사에 진전이 없었다. 세 여자는 아직도 범인에 대해 거의 숭배에 가까운 감정을 가지고 있었다.

"어떤 놈인지 몰라도 부럽네요. 저런 젊은 여자들을 하나도 아니고 셋이나 거느리고 있으니. 엄청난 범죄를 저질렀다는데도, 게다가 자신만이 아니고 다른 두 여자가 더 있다는데도 저토록 순정을 포기하지 않으니 말입니다."

"어디, 내가 한번 설득해보지."

수사부장은 이런 젊은 여자들이 이해가 되지 않는지 자신이 직접 조사실로 들어가 설득했다.

"여러분은 한 남자의 연인이기 이전에 일본의 국민이오. 범인은 우리 일본의 상징인 황태자비를 납치했소. 지금 천황 폐하와 황태자 전하는 물론 모든 일본 국민이 가슴을 태우고 있소. 여러분은 범인에 대해서 아는 모든 것을 얘기해주어야만 합니다."

수사부장의 절규에 가까운 호소에도 불구하고 여자들은 흔들리지 않았다.

"큰일이군. 시간은 없는데 여자들이 저렇게나 완강하니. 설득도 협박도 전혀 효력이 없으니 말일세."

수사부장은 초조한 기색을 드러냈다.

"역시 시간이 필요합니다. 여자들은 막무가내로 범인을 보호하려 하고 있습니다. 우선 제가 저들의 심리를 좀 흩어놓겠습니다."

다나카가 막 조사실로 들어가려 할 때 인터폰이 울렸다. 경시총감이었다.

"자넬 바꾸라는군."

수사부장이 심드렁한 표정으로 수화기를 다나카에게 넘겨주었다.

"다나카, 여기로 전화를 걸어보게."

경시총감은 조심스럽게 전화번호를 불렀다.

"어딥니까?"

"일단 해보게. 무슨 일인지는 나도 모르네. 다녀와서 내게도 얘기해주고."

"알겠습니다."

다나카는 이상한 생각이 들어 전화번호를 훑어봤다. 아무런 특징이 없는 일반 전화번호였다. 다이얼을 돌리고 이름을 대자 잠시 후 점잖은 목소리가 들려왔다.

"나 나루히토요."

"아, 네! 황태자 전하."

다나카는 놀라지 않을 수 없었다.

"지금 좀 만나고 싶소. 동궁으로 와줄 수 있겠소?"

"알겠습니다. 바로 가겠습니다."

옷매무새를 가다듬고 동궁으로 향하는 다나카의 머릿속에 의문이 떠올랐다. 황태자는 왜 이 한밤중에 자신을 부른 것일까? 수사 격려라면 경시총감이나 다른 간부들에게 하는 것이 상례일 터였다. 수사본부장도 있지 않은가. 게다가 경시총감조차 왜 황태자가 다나카를 부르는지 모르고 있었다.

동궁에서는 기다리고 있던 의전비서관이 다나카를 접견실로 안내했다. 접견실에 들어서자 바로 황태자가 다른 문을 열고 들어왔다. 다나카는 고개를 숙여 공손히 인사했다. 그런데 먼저 와서 자리에 앉아 있다가 황태자가 들어오자 동시에 일어나는 사람이 있었다. 문부과학상 마치무라였다. 황태자는 애써 여유를 갖춘 목소리로 다나카에게 자리를 권했다.

"앉으시오. 다나카 경시정. 노고가 많소."

"성과가 없어 죄송할 따름입니다."

"앞으로 진전이 있겠지……."

다나카는 황태자를 대하자 송구스러웠다. 누가 경호 실수를 했든 범인을 잡는 것은 바로 자신의 임무였다. 황태자가 마치무라를 바라보자 그가 말문을 열었다.

"작년 9월경 나는 신원 미상의 인물로부터 편지 한 통을 받았소. 아주 이상한 편지라 몹시 불쾌했소."

다나카는 고개를 끄덕여 경청하고 있다는 반응을 보였다.

"먼저 이 편지를 보시오."

마치무라는 테이블에 놓인 편지를 다나카에게로 밀었다.

마치무라 문부과학상. 우리가 당신들의 CCTV 음모를 중단시켰소. 경고하건대 이 시점에서 모든 것을 되돌리시오. 아니면 우리는 당신들의 상징인 인물을 납치하겠소.

"으음……."

다나카의 입에서 신음이 흘러나왔다.

"누구를 암시하는지 알겠소, 그 상징 인물이?"

다나카는 고개를 끄덕였다.

"일이 이렇게 될 줄은 꿈에도 몰랐소. 그냥 불만을 표시하는 정도인 줄로만 알았소. 그래서 아무에게도 알리지 않았던 것이오. 그런데 이런 일이 벌어졌으니……."

"이 편지를 쓴 자와 황태자비를 납치한 범인이 동일인이라고 생각하십니까?"

"그렇소."

"그런데 CCTV 음모라는 건 뭡니까?"

"음모란 건 가당치도 않은 얘기요."

"그들이 음모라고 생각하는 걸 말하는 겁니다."

"……."

다나카는 황태자 앞에서 마치무라에게 꼬치꼬치 캐물을 수는 없는 일이라고 생각했다.

"그러면 내일 제가 찾아뵙겠습니다."

"그렇게 하시오. 기다리고 있겠소. 참, 이 일은 절대 보안을 유지하시오. 경시총감에게도 말이오."

"그러나……."

다나카가 황태자를 바라보자 황태자가 고개를 끄덕였다. 입을 다물라는 뜻이었다.

마치무라는 다나카를 안심시키기 위해선지 한마디 보탰다.

"총리를 비롯한 여러분께는 적절한 시기에 내가 말씀드리겠소."

다나카는 두 사람에게 고개를 숙이고 접견실을 나왔다. 각료 임명은 모두 총리에 의해 이루어지는데, 각료 중에 이렇게 황실과 직접 접촉하는 사람도 있다는 사실이 놀라웠다. 하지만 얼마 전 말썽이 되었던 모리 전임 총리의 발언을 떠올리자 이내 그럴 수도 있겠다는 생각이 들었다. 모리는 대담하게도 언론 앞에서 이렇게 말했던 것이다.

'일본은 천황을 중심으로 한 신의 나라다.'

납치범을 사랑한 세 여자

다나카가 말없이 어디론가 나가버린 상황에서 총감실과 언론에서 세 여자로부터 진술을 받았느냐는 채근이 거듭되자 수사부장은 마음이 초조했다. 이때 거칠기로 이름난 와타나베가 수사부장의 조급함을 건드렸다.

"부장님, 제가 한번 해보겠습니다."

"자네가?"

"네. 언제부터 일본 최고의 우리 수사본부가 이 모양이란 말입니까? 누구 혼자 북 치고 장구 친다고 해결이 되겠습니까? 지금 언론을 한번 보십시오. 오로지 다나카, 다나카뿐입니다. 이러다 일이 잘못되기라도 하면 그 책임은 몽땅 부장님이 지셔야 할 겁니다!"

평소 와타나베의 거친 수사에 대해 회의적인 시각을 가지고 있던 수사부장이지만, 그의 말도 일리가 있었다. 수사가 더딘 것은 사실이었다. 지금으로선 쓸 수 있는 카드를 다 써보는 수밖에 없었다.

"좋아, 그럼 한번 해봐. 하지만 너무 심하게 다루지는 말고."

"알겠습니다."

와타나베는 세 여자의 신상 명세를 훑었다.

사토미. 다른 두 사람이 대학을 나온 데 비해 사토미라는 여자는 고졸에 나이도 어렸다. 와타나베는 그녀를 지목했다.

"사토미를 불러와."

조사실로 불려온 사토미를 투시 유리를 통해 보고 있던 와타나베는 윗도리를 벗고 시계와 반지를 뺐다. 고졸의 애송이. 와타나베는 삼십 분 안에 모든 것을 불게 할 자신이 있었다. 와타나베가 비장한 각오로 조사실로 막 들어가려는데 다나카가 들어왔다.

"뭘 하려는 거야?"

"불게 해야지. 언제까지 계집애처럼 그러고 있을 거야!"

와타나베를 잘 아는 다나카는 이후 벌어질 사태를 짐작하고는 경멸에 찬 어투로 내뱉었다.

"하나도 안 변했군, 못난이!"

안색이 변한 와타나베가 거칠게 말했다.

"뭐라고? 이 자식아! 일본 경찰에 너밖에 없는 줄 알아?"

다나카가 수사부장을 돌아보며 말했다.

"와타나베를 들여보내시면 저는 이 사건에서 손을 떼겠습니다."

"그래, 말 한번 잘했다. 네놈이야말로 이 사건에서 손 떼. 한나절이면 잡을 꼬리를 네놈 때문에 놓치는 거잖아!"

와타나베가 달려들었다.

"바보 같은 놈! 너는 이 사건의 성격조차 제대로 파악하지 못하고 있어. 이 사건의 범인은 너같이 비열하고 무지한 놈들 한 트럭이 덤벼들어도 못 잡아. 그리고 부장님, 지금 이 사건은 주변의 참고인들이 무엇보다 중요합니다. 아무리 급해도 이래서는 안 되는 것 아닙니까?"

수사부장이 머뭇거리자 상황을 짐작한 다나카는 자리를 박차고 나가버렸다.

경시청 사람들은 마침내 올 것이 왔다고 생각했다. 전 세계가 주목하는 사건이다 보니 결벽일 정도로 원칙적인 다나카와 터프한 와타나베가 부딪치지 않을 도리가 없었던 것이다.

와타나베는 조사실에 들어서기가 무섭게 고함을 지르며 사토미가 앉아 있는 의자를 걷어찼다.

"악!"

외마디 비명과 함께 사토미는 바닥으로 떨어져 나뒹굴었다.

"여기가 어딘지 알고 죽치고 앉아 있어! 일어서!"

얼굴을 마주하기도 전에 와타나베는 사토미의 혼부터 빼놓을 참이었다.

"차렷!"

일어선 사토미는 순간적으로 차렷 자세를 취했다.

"지금부터 그자에 대해 아는 대로 말한다. 만약 조금이라도 망설이는 눈치가 보이면, 나도 나를 감당 못해. 알겠나?"

"……."

대답이 없자 와타나베는 사토미의 가슴을 확 밀치며 소리쳤다.

"뭐야, 왜 대답 안 해!"

"아악!"

사토미는 비명과 함께 바닥에 쓰러졌다.

"일어나! 차렷!"

사토미는 고통스러워하면서도 겁에 질린 얼굴로 벌떡 일어나 다시 차렷 자세를 취했다. 온몸이 가늘게 떨렸다.

"앉아!"

와타나베는 틀림없이 기선을 제압했다고 생각했다. 상대는 어린 여자였다. 이만하면 겁을 줄만큼 준 것이었다. 이제 물으면 순순히 답하지 않을 도리가 없을 터였다.

"자, 이제 말해! 처음 그놈을 어떻게 알게 됐어?"

"물 좀 주세요."

"뭐라고?"

"목이 너무 말라요."

"물? 그래, 물을 주면 말할 거야?"

사토미는 고개를 끄덕였다. 와타나베는 투시 유리 저편에서 이쪽을 보고 있을 수사부장에게 슬며시 미소를 지어 보였다. 아마 부장도 회심의 미소를 짓고 있으리라. 노회한 수사부장은 그 자리를 피해 있었지만 와타나베가 그것까지 알 도리는 없었다. 와타나베는 인터폰을 눌렀다.

"어이, 여기 물 좀 가져와."

와타나베가 불투명 유리 너머로 이미 그 자리를 떠난 부장에게 다시금 다 끝났다는 눈짓을 보내는 동안 사토미는 살그머니 재킷의 주머니에 손을 넣었다가 뺐다. 그리고 잠시 후 몇 개의 알약이 물과 함께 그녀의 목구멍으로 흘러들어가는 것을 와타나베로서는 알아챌 도리가 없었다.

"자, 이제 시작해볼까?"

그러나 사토미는 대답이 없었다. 두어 번 더 호통을 치던 와타나베가 말이 없는 사토미의 얼굴을 들어올리자 갑자기 사토미가 축 늘어지며 바닥으로 미끄러졌다.

"일어나! 차렷!"

와타나베는 쓰러진 사토미에게 고함을 쳐댔지만 그녀는 아무 반응이 없었다.

"경시정님, 멈춰요!"

투시 유리 저쪽에서 그 광경을 보고 있다가 급히 조사실로 뛰어든 수사관들이 와타나베를 거칠게 밀어내고 바로 사토미의 코에 손을 대보았다. 다행히 숨도 붙어 있고 의식도 있었다. 곧이어 들이닥친 수사부장의 분노에 찬 목소리와 함께 와타나베의 뺨에 주먹이 날아들었다.

"멍청한 놈 같으니라고!"

다행히 사토미의 자살 기도를 일찍 발견하고 위세척을 한 결과 생명에는 지장이 없었다.

수사부장은 즉각 사토미를 찾아가 사과했다. 그러나 사토미는 노회한 수사부장의 사과에도 아무런 말이 없었다.

"모든 게 끝났어. 이제 모든 게 끝이야."

다음 날 아침 다나카 앞에서 수사부장은 두 손으로 머리를 감싸쥐며 절망적인 목소리를 토해냈다.

"제가 만나보겠습니다."

"안 돼! 내가 어제 만나봤어. 괜히 자극하면 쓸데없는 소리나 해댈 거야."

수사부장은 사토미가 경찰이 가혹행위를 했다고 언론에 밝힐까 봐 두려운 것이었다. 그 책임은 당연히 자신에게 있었다.

"부장님, 반드시 지금 수사를 해야만 합니다."

"뭐라고? 그게 무슨 말이야? 사토미는 지금 감정이 극도로 복받쳐 있는데."

"그러니까 더더욱 지금 수사를 해야 한다는 겁니다."

"무슨 소리야? 알아듣게 말해봐."

"사토미는 와타나베의 신문 때문에 죽으려고 한 게 아닙니다."

"그럼?"

"신문당할 것이 두려워 약을 숨기고 다녔겠습니까?"

수사부장은 뭔가 떠오르는 게 있는지 다나카의 두 눈을 똑바로 쳐다봤다.

"가만, 그러면 사토미가 혹시 공범이란 얘기야? 그래서 자살하려고?"

다나카는 고개를 저었다.

"그럼 뭐야, 이도 저도 아니면?"

"범인은 세 여자로부터 조금씩 정보를 빼냈습니다. 의심을 사지 않기 위해서였기도 하지만, 여자들을 보호하기 위한 조치였던 겁니다. 범죄가 되지 않을 정도로만 이용한 거죠. 납치범은 교활하면서도 제법 인정이 있는 작자인 거죠."

부장은 실망스러운 목소리로 물었다.

"그게 여자가 약을 먹은 거와 무슨 관련이 있다는 거야?"

"범인을 사랑했으니까요. 범인은 정보를 빼낸 후 여자를 버렸을 겁니다. 아마 세 여자 모두 같은 상처를 입었겠죠. 저 여자들은 지금 환상에 지배당하고 있습니다. 그걸 깨주기만 하면 됩니다. 그러니 오히려 지금 해야 합니다. 가장 힘들 때 가장 흔들리기 쉬우니까요."

"그래?"

부장은 고개를 갸웃하면서도 다나카의 말에 일리가 있다고 생각해서 신문을 허락했다.

다나카는 즉시 여자들을 모두 한 방에 모으도록 지시했다.

다나카는 깔끔한 정장 차림으로 조사실로 들어갔다. 그는 사토미에 대해 전혀 내색하지 않고 다른 두 여자와 똑같이 대했다.

"여러분, 먼저 한 가지 생각해볼 일이 있습니다."

사토미는 차가운 얼굴로 눈길조차 돌리지 않았다. 그러나 요시코와 미치코는 갑자기 달라진 분위기를 느끼며 다나카를 주시했다. 다나카는 먼저 사토미에게 물었다.

"사토미 씨, 범인이 왜 황태자비를 납치했다고 생각합니까?"

"몰라요."

얼음장 같은 목소리였다. 그러나 다나카는 개의치 않고 침착하게 말했다.

"그는 사토미 씨를 도구로 이용한 겁니다. 그의 진짜 마음은 황태자비께 가 있습니다. 생각해보세요. 마사코 황태자비, 그 분은 황태자비이기 이전에 매력적인 여자입니다. 모든 일본 남자가 연모하는 이상형이죠. 좋은 집안에 도쿄대와 미국의 하버드대를 졸업한 재원입니다. 그 어려운 외교관 시험도 우수한 성적으로 통과했고, 결혼하기 전에는 외교관으로 두각을 나타냈습니다. 모든 남자가 바라는 현명한 여성이죠. 납치범은 세 분을 이용해서 자신의 이상형인 황태자비를 납치한 겁니다."

"……."

"나는 이런 종류의 인간을 잘 알고 있습니다. 범인은 황태자비로서의 마사코를 납치한 것이 아니라 엘리트 여성으로서의 마사코를 납치한 겁니다. 범인은 황태자비의 우아함이 그 학력과 지식에서 나왔다고 생각하는 것이죠. 범인은 일종의 지적 차별주의자입니다. 그자는 여자에게서 미모 이상의 것, 즉 학력과 지성을 추구하는 겁니다. 이런 조건을 갖춘 여자에게는 목숨이라도 걸지만, 그렇지 않은 여자에게는 전혀 중요성을 느끼지 않죠. 차가운 마음으로 철두철미하게 이용만 하는 겁니다."

"……."

"잘 생각해보세요. 범인이 왜 그렇게 황태자비께 집착했는지. 만날 때마다 범인은 여러분에게 황태자비에 대한 정보를 집요하게 요구했을 겁니다. 좋은 정보를 가지고 온 날은 잘해주고, 그렇지 않은 날은 왠지 모르게 마음을 불편하게 하지 않았던가요?"

사토미의 옷깃이 가늘게 떨렸다.

"범인은 황태자비를 사랑했고, 그 사랑을 위해 여러분을 이용한 겁니다."

다나카의 차분한 말에 사토미는 조금씩 흔들렸다. 이제껏 자신은 황태자비를 일본이라는 나라의 상징으로만 받아들였다. 천황 폐하, 황태자 전하와 마찬가지로 숭배하고 존경해야 할 대상이라고만 생각했던 것이다.

그러나 지금 다나카의 말을 듣자 황태자비가 한 사람의 여성으로 다가오기 시작했다.

사토미는 자신의 경쟁 상대가 외국 명문대학에서 유학한 재원이라고 생각하자 겨우 고졸 학력인 자신이 너무 초라하게 여겨졌다.

"지금 사토미 씨는 자신도 모르는 사이 범인의 납치 행각을 도운 공범이 되어 있습니다. 빨리 그 누명을 벗어야 합니다. 사실 그대로만 진술해준다면 우리는 사토미 씨가 이 사건과 직접적인 관련이 없는 것으로 생각할 겁니다. 그러나 그러지 않을 경우 우리는 어쩔 수 없이 사토미 씨를 공범으로 구속할 수밖에 없습니다. 나머지 두 분도 마찬가지입니다."

다나카는 마지막 말을 마치고 자리에서 일어났다. 그가 문을 열고 나가려는 순간 사토미의 힘없는 목소리가 들렸다.

"그의 요구사항이 뭐래요?"

"요구사항은 없습니다. 그게 무엇을 뜻하는지 아시겠죠?"

"......"

"그는 자신의 이상형인 황태자비를 수중에 넣었습니다. 범인의 목적은 그것으로 이미 이루어진 겁니다."

"아……."

사토미는 이제 완전히 무너졌다. 나머지 두 여자도 마찬가지였다. 황태자비를 자신들의 남자에 대한 경쟁 상대로 인식하게 된 세 여자는 모두 가네히로에 대한 배신감과 황태자비에 대한 열등감에 사로잡혔다.

작가 지망생

납치범에 대한 여자들의 인상은 일치했다. 가네히로 요시아키라는 그 남자는 신사적이었고 다정다감했으며 무엇보다도 대단한 미남이었다. 나이는 스물일곱, 작가 지망생이었다.

세 여자 모두 비슷한 시기에 그를 사귀기 시작했고, 일주일에 한두 번 정도 만나서 데이트를 했으며, 범인이 요구하는 대로 황태자비에 대한 정보를 전해주었다.

범인은 소설을 쓰기 위해 필요한 자료라고 얘기했으며, 누구도 그 사실에 대해 의심하지 않았다. 여자들이 가네히로에 대해 이성적으로 판단하기에는 그의 외모가 너무 준수했고, 또 그가 온 정성을 다했기 때문에 여자들은 먼 미래까지 기대하고 있었다. 따라서 황태자비를 납치하기 위해 그가 자신들을 이용한다고는 꿈에도 생각하지 못했던 것이다.

"어디에 사는지 알고 있습니까?"

"우에노의 오피스텔에 산다고 했는데, 정확히 어딘지는 몰라요. 한 번도 자신의 집에 데려가지 않았어요."

이제 세 여자는 수사관의 질문에 각자 아는 대로 순순히 대답했다.

"전화번호는요?"

"휴대폰으로만 연락했어요."

"휴대폰 번호는요?"

세 여자가 일러준 휴대폰 번호는 물론 일치했다.

"좋습니다. 모두 피곤할 텐데, 잠깐 쉽시다."

수사관들은 범인의 휴대폰 번호를 확인하자마자 급히 통신사로 출동했다.

"이제야 단서를 잡을 수 있겠군."

모리는 주먹을 불끈 쥐었다.

"모리, 그 휴대폰 번호 하나로 범인이 잡힐 것으로 보이나?"

다나카의 목소리를 듣는 순간 모리는 기대했던 결과에 대해 모종의 불안감을 느꼈다. 아니나 다를까, 출동했던 형사들은 힘없는 걸음으로 돌아왔다.

"이 번호로 등록된 사람은 사토미입니다."

"사토미?"

"네, 범인의 애인으로 연행한 여자 말이에요."

"그럼, 요금 결제는? 전화요금이 자동이체되는 은행 계좌도 확인해봤나?"

"네, 그것도 사토미 그 여자 계좌예요."

"세상에!"

모리는 입이 딱 벌어졌다.

"사토미를 데리고 와."

사토미는 이미 무슨 일인지 알아차린 모양인지 고개를 푹 숙이고 들어왔다.

"아가씨가 가네히로 요시아키에게 휴대폰을 사주고 요금도 대신 지불했나?"

"네."

"그런데 아까 왜 말 안 했어?"

"말하려고 했는데 워낙 서두르시는 바람에 말할 기회가 없 었어요."

"내 참, 기가 차서."

모리는 갑자기 무언가가 떠올랐는지 부하에게 급히 물었다.

"휴대폰의 통화 내역은 뽑아왔겠지?"

그러나 희망 섞인 모리의 얼굴을 향해 돌아온 목소리는 다 시 한 번 그의 기를 꺾어놓았다.

"네. 하지만 아무것도 없습니다."

"무슨 얘기야?"

"그 휴대폰은 오직 세 여자와 통화하는 데만 쓰였을 뿐입니 다. 다른 사람과 통화한 적은 한 번도 없었습니다. 심지어는 안

내전화도 한 번 안 걸었을 정도입니다."

그제야 모리는 물론 곁에서 듣고 있던 수사부장까지도 범인의 치밀함에 당황스러워했다.

다나카는 세 여자를 다시 한자리에 모았다. 다나카의 설명을 들은 그녀들은 놀란 기색을 감추지 못했다.

"아니, 설마 그가 그렇게까지……."

"그래요. 애초부터 가네히로에게 사랑 같은 것은 없었어요."

여자들의 놀라움은 분노로 변해갔다. 여자들은 자신들이 가네히로에 대해 모든 것을 알고 있다고 생각해왔지만 사실은 아무것도 아는 게 없었던 것이다.

"여러분에게 일러준 이름조차 가짜입니다."

신문이 다시 시작되었을 때 여자들은 이제까지와는 달리 수사에 적극적으로 협조했다.

"그가 자신을 작가 지망생이라고 말했다고 했죠?"

"네."

사토미가 분노와 절망이 뒤섞인 목소리로 대답했다. 미치코와 요시코 역시 말없이 고개를 끄덕였다.

다나카는 잠시 무언가를 생각하다 다시 캐물었다.

"그런데 보통 사람이 작가 행세를 하기는 쉽지 않은 법인데…… 어땠나요? 작가로서의 그는 뭔가 좀 이상하던가요, 아니면 아주 자연스럽던가요?"

세 여자는 서로의 얼굴을 쳐다봤다.

"이상하네요. 지금 생각하니 두 가지 느낌이 다 들었던 것 같아요. 자연스럽기도 하고 이상하기도 하고……."

미치코의 대답에 두 여자도 같이 고개를 끄덕였다.

"어떤 점이 자연스러웠죠?"

"그가 작가라고 말했을 때 제 짐작이 맞았다는 생각이 들 정도였으니까요. 그는 글을 쓰거나 아니면 그쪽 분야에 종사하는 사람 같았거든요."

"이상하군요. 그토록 잘생긴 남자라면 작가보다는 배우나 모델 같은 직업을 떠올렸을 것 같은데?"

"배우같이 가벼운 느낌이 드는 사람은 분명 아니었어요."

다나카는 고개를 끄덕였다.

"이번에는 요시코 씨가 대답해보시죠. 범인이 자신을 작가라고 했을 때 어떤 점이 이상하게 느껴졌죠?"

"저는 그가 글을 쓸 정도로 어휘력이 풍부하다는 생각은 들지 않았어요. 어떤 때는 보통 사람이 잘 쓰지 않는 어려운 말도 하지만, 간혹 어린애들도 아는 단어조차 잘 몰랐거든요. 그래서 종종 이상하다 생각했죠. 언젠가 한번은 그에게 직접 물어봤어요. 어째서 그렇게 쉬운 말도 모르느냐고, 혹시 유치원도 안 나온 게 아니냐고요. 그때 저는 웃자고 한 말이었는데 의외로 그는 무척 당혹스러워했어요. 그래서 얼른 화제를 딴

데로 돌렸는데, 지금 생각하니 좀 이상하네요."

"가네히로는 사귀는 내내 그렇게 어휘력이 부족하고 쉬운 말조차 잘 몰랐나요?"

"그런 건 아니에요. 처음 만났을 무렵에는 좀 어눌했는데 만날수록 차츰 어휘가 풍부해졌어요. 작가답게 말이에요."

다나카는 고개를 끄덕였다. 요시코 앞에 있던 모리가 비아냥거리는 투로 물었다.

"작가가 되려는 이가 그렇게 어휘력이 부족했다면 이상했을 텐데, 왜 의심 한번 안 해봤죠?"

"그때는 꿈에도 그런 생각을 하지 못했어요. 그가 진심으로 나를 사랑한다고 생각했거든요. 그리고 작가 지망생인 그가 멋있게만 보였어요."

모리는 혀를 끌끌 찼다. 그러나 다나카는 고개를 끄덕였다. 지금이야 황태자비 납치사건이 발생하고 그자가 범인으로 지목되니 그렇지, 그 당시에는 누구의 의심도 받을 이유가 없었을 것이다. 가네히로는 아주 매끄럽게 자신에 대한 각종 이미지를 조작해냈을 테니까.

더 이상 단서가 될 내용은 나오지 않았다.

다나카는 포스트에서 나와 예정대로 마치무라를 만나러 갔다. 자동차를 타고 이동하는 동안, 그는 관계(官界)에 있는 동창과 통화해 그에 대한 몇 가지 정보를 수집했다. 현재 '새 역사교과서를 만드는 모임'에 노골적으로 관여하고 있다는 마치무라는 바로 과거 국정 교과서 파동의 장본인이었다.

새 역사교과서를 위한 음모

마치무라는 납치 예고 편지를 받고도 대응하지 못한 것을 통탄했다.

"나는 그 상징 인물이 오직 천황 폐하만을 의미한다고 생각했소. 그래서 믿을 수가 없었소. 천황 폐하를 납치한다는 건 있을 수 없는 일이니까. 어떤 정신 나간 놈이 보낸 거라고 생각하고 대수롭지 않게 여겼는데…… 이런 일이!"

"그런데 그 편지에서 말하는 'CCTV 음모'란 게 도대체 뭡니까?"

"난들 어떻게 알겠소?"

마치무라는 음모란 단어에 다시 한 번 거부감을 나타냈다. 황태자비 납치 수사 때문에 어쩔 수 없이 다나카를 만나기는 했지만 내밀한 사정을 말하기는 꺼려지는 모양이었다.

"음모든 뭐든 그 CCTV가 뭘 의미하는지 말씀해주셔야 저희도 수사를 진행할 수 있습니다."

"음, 그 편지를 받았던 당시 우리가 계획하던 일이 있소. 새로운 역사교과서와 관련된⋯⋯."

"잠깐. 우리라면 문부과학성을 말하는 겁니까?"

"문부과학성뿐만이 아니오. 더 넓은 의미요."

"황실도 포함됩니까?"

"가쿠슈인 교수 다수가 참여하고 있으니⋯⋯."

가쿠슈인(學習院)이라면 일본의 천황가나 상류층의 자제들이 다니는 대학 아닌가. 다나카는 묵묵히 고개를 끄덕였다.

"새 역사교과서가 완성될 무렵 문부과학성 검증을 받기 위해 대기 중이었는데, 돌연 〈아사히신문〉이 물고 늘어졌소. 교과서의 내용이 적절치 않으니 문부과학성에서 통과시켜서는 안 된다는 내용의 기사를 톱으로 실은 거요. 그러자 평소 새 교과서를 못마땅하게 여기던 자들이 대거 들고일어나 거세게 비판했소."

"그래서요?"

"우리는 새 역사교과서가 모두의 축복 속에 화려하게 등장하기를 바랐소. 그렇게 확신했고. 우리의 계획대로 전국 초중고 교사들의 지지를 얻었고, 이 교과서의 등장을 알리기 위해 니시오 회장이 쓴 『국민의 역사』가 백만 부 넘게 팔린 상황이었소. 일본의 영광은 그렇게 되살아나고 있었소."

다나카는 놀라지 않을 수 없었다. 검인정 교과서 하나를 만들고 통과시키는 데 이렇게 엄청난 세력이 깊이 관여하고 있을 줄은 생각도 못했기 때문이다.

"이것은 단순한 교과서가 아니오. '자학'의 역사를 버리고 '자긍'의 역사를 되찾기 위해 일본을 움직이는 거인들이 힘을 합친 오십육 년 만의 성과란 말이오."

'자긍의 역사라……?'

다나카가 자문하는 사이 마치무라는 말을 이었다.

"그런데 생각지도 않았던 반대의 물결이 거세게 일어난 거요. 그래서 우리는 논의를 거듭한 끝에 한 가지 묘안을 세웠소."

"그게 CCTV 음모군요."

"음모가 아니라 계획이오."

"……"

"CCTV란 중국의 방송을 말하는 거요."

"알고 있습니다."

"우리는 마침 CCTV가 일중(日中) 관계 진단을 위해 모리 총리에게 요청한 인터뷰를 이용하기로 했소."

"새 역사교과서를 위해 중국 방송인 CCTV를 이용한다고요?"

"그렇소."

"어떤 방법이었습니까?"

"결국 문제는 여론이오. 일본 국민들의 여론 말이오."

"그런데요?"

"모리 총리는 CCTV와의 인터뷰에서 아주 단호한 어조로 센카쿠는 우리 일본의 영토라고 선언했소."

"……"

"그 방송이 나가면 〈환구시보〉 같은 신문들이 앞장서 난리를 칠 테고, 중국인들은 모두 거리로 뛰쳐나오게 되어 있었소. 흥분한 국민들, 반일 데모, 여론에 쫓긴 정부, 외교 파탄. 생각을 해보시오."

다나카는 그제야 음모의 실체를 알 수 있었다.

"그런 방법으로 일본 국민들을 뭉치게 한다는 거군요."

"바로 그거요. 중국인들의 반일 감정보다 강한 게 일본인들의 반중 감정이오. 중국인들은 일본인이 싫다는 말을 자주 하지만 막상 일본인들을 만나면 친절하기 그지없소. 그러나 일본인들은 결코 중국인들이 싫다는 말을 입 밖에 내진 않지만 중국인에게는 집도 빌려주지 않소."

다나카는 경악을 금치 못했다. 중국인들이 들고일어나면 일본인들도 들고일어나는 현상을 이용해 새 교과서를 화려하게 등장시킨다. 그러기 위해 총리가 CCTV와의 인터뷰에서 센카쿠가 일본 영토임을 선언한다. 깊이 생각해보면 무서우리만치 섬뜩한 음모였다.

"그런데 제 기억으로는 일중 양국이 그 무렵 센카쿠 문제로 거세게 대립한 적은 없는 것 같은데요. 계획은 결국 실패한 건 가요?"

"어떻게 된 영문인지 CCTV에서 모리 총리와의 인터뷰 중 문제의 그 발언을 빼고 방송했소. 대신 날아온 것이 바로 그 편지요."

"그들이 중단시켰다는 얘기군요."

"그래서 우리는 CCTV에 왜 인터뷰를 온전히 다 방영하지 않았느냐고 항의했소. 생각해보시오. 한 나라의 총리에게 부탁해 기껏 인터뷰를 해놓고 자기들 마음대로 편집한다면, 국제 신의에 어긋나는 일 아니오?"

"CCTV에서는 뭐라고 했습니까?"

"처음에는 여러 이유를 대다가 나중에는 결국 공산당 중앙 선전부의 관리가 이렇게 대답했소. 일본에서 신원 미상의 어떤 사람이 전화를 걸어서는 우리 계획을 알려줬다는 거요. 그이야기가 일리 있다고 생각되어 그 부분을 편집했다면서 오히려 우리에게 항의를 했소. 방송의 인터뷰를 그렇게 악용할 수 있느냐고 말이오."

"음."

"그때 일본에서 CCTV로 전화를 건 인물, 그 사람이 황태자비 납치와 연관이 있을 거요. 그자를 추적하시오."

다나카는 고개를 가로저었다. 황태자비를 납치한 솜씨로 보아, 만약 두 인물이 동일인이라 하더라도 증거가 드러날 리 없었다. 다만 마치무라의 진술은 범인의 성향을 가늠하는 데 큰 도움이 되었다. 두 인물이 정말 동일인이라면 황태자비 납치는 정치적 이유일지도 모르는 일이었다.

"그 편지를 제가 가져가도 될까요?"

"그건 곤란하오."

어차피 컴퓨터로 작성한 편지였기에 필적 감정에도 도움이 되지 않을 터라 다나카는 그냥 자리에서 일어났다.

"혹시 더 생각나는 게 있으면 연락 주십시오."

"알겠소. 하지만 무엇보다 중요한 것은 보안 유지요."

새로운 경시총감

전 경찰과 공무원에 의해 대대적으로 펼쳐진 전국적인 황태자비 수색 작업은 나흘째 아무런 성과가 없었다. 그들은 가가호호 방문해 수사협조전을 전달하는 한편, 와중에 은밀히 집안을 살펴 조금이라도 의심스러우면 영장 없이도 노골적으로 조사하곤 했다. 그럼에도 불구하고 사람들은 별 불평 없이 조사에 적극 협조했다. 그만큼 황태자비 납치에 대한 일본인들의 당혹감은 컸고, 사건 해결을 바라는 염원도 컸던 것이다.

경찰은 일단 경호팀 팀장을 비롯해 당시 현장에 출동했던 모든 경호원을 구속했지만, 그것만으로는 여론의 압력을 버텨낼 도리가 없었다. 〈산케이신문〉의 구로다 기자가 앞장서서 여론몰이를 해댄 결과, 경시총감은 결국 본인의 의지와는 상관없이 중도 사임하고 말았다.

새로 임명된 경시총감이 주재한 긴급 수사 회의는 분위기가 무거울 수밖에 없었다. 누구보다도 세 여자에게 무언가를 잔뜩 기대했던 수사부장의 얼굴에는 근심이 가득했다.

"이 급한 판에 다나카 경시정은 왜 연락이 안 되나?"

"누굴 만나는지 아까부터 전화기를 꺼놓은 상태입니다."

"이런 참, 계속 연락해봐. 연결될 때까지."

수사부장은 불안한 마음으로 신임 경시총감과 경찰 간부들을 상대로 브리핑을 시작했다. 이 회의장에는 검찰에서 온 납치사건 전문가들도 있었다. 경시총감은 수사부장의 브리핑을 하나하나 수첩에 메모하며 거듭 확인했다.

"그간 밝혀진 점은 우선 납치범이 여자가 아닌 여장 남자란 사실이다. 그건가?"

"그렇습니다."

"그리고 다나카 경시정은 이번 사건에 공범이 있다고 생각한다는 거고?"

"네, 그렇습니다."

"범인 중 하나는 스물일곱 살의 가네히로라는 자고?"

"네. 하지만 가네히로는 가명입니다."

"이 가네히로는 고마코가 다니는 회사의 세 여자를 통해 황태자비에 대한 정보를 얻어냈는데, 아무도 그의 정체에 대해서는 알지 못한다는 말이지?"

"그렇습니다."

"가네히로는 자신이 우에노의 오피스텔에 산다고 했지만, 그곳의 어떤 오피스텔에서도 범인의 몽타주를 보고 알아보는 사람이 없었다는 얘기고?"

"네."

"그럼 가네히로가 황태자비께 편지를 보내고 가부키자에 나타난 자란 말인가?"

"다나카는 가부키자에 나타난 자는 가네히로가 아닌 공범이라고 생각하는 것 같았습니다."

"어떤 근거에서 그렇게 생각하는 거지?"

"수법 때문입니다. 우선 극장에서의 범행은 공범이 없이는 절대 불가능한 데다, 목격자 신문을 통해 황태자비를 직접 납치한 자는 젊은 남자가 아니라는 사실을 밝혀냈다고 합니다."

"가네히로의 몽타주는 정확한가?"

"완성된 몽타주를 보여주니 세 여자가 모두 고개를 끄덕였습니다."

경시총감의 얼굴에 다소 만족스러운 기색이 나타났다. 완벽한 몽타주가 만들어진 경우 범인 검거율은 거의 백 퍼센트에 가깝다는 걸 수사 간부 출신인 경시총감도 알고 있기 때문이었다. 경시총감은 안도하는 표정으로 자리에서 일어났다.

스캔들

　스캔들 전문 잡지 《핑크》의 사장 겸 편집장인 기쿠지는 온종일 기자들을 닦달했지만 아무런 성과가 없자 화가 머리끝까지 솟구쳤다.

　"이 밥통들아! 이러고도 너희가 기자야? 지금 이건 천 년에 한 번, 아니 만 년에 한 번 있을까 말까 한 엄청난 사건이야. 무슨 톱 탤런트가 어쩌고저쩌고하는 저질 기삿거리가 아니란 말이야. 일 년을 써대도 다 못 쓸 그런 엄청난 기삿거린데, 사건 발생 며칠이 지나도록 기사 하나 못 만들어내는 네놈들도 기자라고 할 수 있어! 내일부터 전부 나오지 마. 너희 같은 놈들은 공사장에 가서 벽돌이나 날라야지, 기자라고 폼 잡고 다닐 자격도 없어."

　기자들은 모두 고개를 푹 숙인 채 뭐라고 대답해야 할지 몰라 전전긍긍하고 있었다.

　"내가 너희에게 사건의 전모를 다 알아오라는 게 아니잖아. 최소한의 사실, 아니 사실이 아니라도 괜찮아. 언제 우리가 사실 가지고 기사 썼어? 최소한의 근거, 아니 솔직히 말하면 꼬투리 말이야. 그 꼬투리 하나만 물어오란 말이다. 꼬투리 하나면 다 되잖아. 그러면 한 시간 만에 일주일치를 다 팔아버릴 기사를 쓸 수 있잖아. 얼마든지 써재낄 수 있잖느냔 말이야. 이해가 안 돼?"

"……."

"가령 범인이 젊은 남자다 하는 정도라도 괜찮아. 수사본부에서 범인이 남자라고 했으면 대충 윤곽을 잡고 있단 얘기 아냐? 자세한 건 몰라도 최소한 대략의 나이 정도는 알 수 있잖아. 그런데 지금 너희는 범인이 젊은 놈인지 늙은 놈인지조차 확인을 못하고 있으니. 한 마디만 해주란 말이야! 범인은 젊은 남자다라고 말이야."

편집장은 잠시 숨을 고르고는 다시 말했다.

"'황태자비 젊은 남자에게 납치되다'라고 제목만 뽑고 그 밑에 황태자비를 짝사랑한 한 사내의 목숨을 건 납치극, 지금 그들은 어디에서 뭘 하고 있나? 과연 황태자비는 황실의 위엄을 지켜낼 수 있을 것인가? 아니, 그 전에 연약한 자신의 한 몸을 지켜낼 수 있을까? 범인은 사디스트일까, 아니면 어린 시절부터 황태자비를 짝사랑한 주변 친구일까, 아니면 미국 유학 시절 황태자비에게 무슨 일이 있었을까? 등등 얼마든지 쓸 수 있잖아. 찍기만 하면 없어서 못 팔 거야. 그런데 그 한 줄, 오직

한 줄을 뽑을 수 있는 최소한의 근거도 너희는 못 찾아온단 말이야, 이 밥통들아!"

편집장의 호통에 금테 안경 낀 기자가 슬그머니 고개를 들며 특유의 쉰 목소리로 말했다.

"편집장님, 그냥 젊은 남자로 내버리시죠. 어차피 노땅들이 그런 일을 벌일 수 있는 것도 아니고……."

편집장의 눈초리가 금테 안경의 얼굴에 화살처럼 꽂혔다.

"뭐? 임마, 너 지금 나하고 농담하자는 거야? 만약에 그랬다가 어떤 정치단체나 황실에 불만을 품은 노땅이 했다고 밝혀지면 우리 잡지 망하는 건 말할 것도 없고 나도 형무소 가야 되는데, 네가 대신 가줄래? 이 건달놈아!"

금테 안경의 목소리가 기어들어가면서 한 번 더 편집장의 비위를 긁었다.

"제 생각으로는 틀림없이 이번 일은 젊은 놈이 저질렀을 것 같습니다. 만약 정치단체나 황실에 유감이 있는 노땅이 일을 저질렀다면 즉각 무슨 요구나 발표를 하지 않았을까요? 아마 지금 그놈은 은밀한 곳에 황태자비를 가두고 나름대로 황태자비에게 품어왔던 꿈을 실현하고 있을걸요."

편집장은 금테 안경을 향해 손에 잡히는 대로 물건들을 마구 집어던졌다.

"납치범이 너 같은 놈인 줄 알아? 이 정신병자야!"

순간 편집장의 눈에 프리랜서인 하루코가 급한 걸음으로 문을 열고 들어오는 것이 보였다. 하루코는 대학을 졸업하자마자 《핑크》에 기고하기 시작해 주로 특집 기사를 써왔는데, 여느 큰 신문사의 민완기자 못지않은 재능이 있었다.

하루코 본인 말로는 큰 신문사의 입사 시험에도 합격했지만, 이런저런 스캔들을 잡지에 내는 것이 더 재미있어 《핑크》와 일한다고 했다. 편집장은 이런 하루코를 매우 아꼈다.

하루코는 숨이 턱까지 차오른 채 잔뜩 흥분해 있었다.

"편집장님! 특, 특종이에요."

"뭐야? 특종이라니?"

"황태자비 납치사건 말이에요."

"그래? 뭐 알아낸 거라도 있어?"

"네, 어, 얼른 찍어야 해요."

하루코는 숨이 찬 데다 특종에 대한 기대로 말까지 더듬었다.

"뭐, 뭐야? 뭘 알아왔어?"

"보험회사의 젊은 여직원 세 명이 어제 오후 경시청 특별수사본부에 연행된 후 지금껏 소식이 없어요. 세 여자의 집에 형사들이 찾아와 압수수색을 했는데, 가져간 것이 모두 황태자비와 관련된 기사나 스크랩, 사진 같은 것들이래요."

"그, 그게 정말이야?"

"네, 백 퍼센트 틀림없어요. 제가 직접 확인했는걸요."

"오, 하루코! 정말 어마어마한 걸 알아왔군. 그런데 특종이라니? 다른 신문사에서는 그 사실을 전혀 모르나?"

"네, 저만 알고 있어요."

"어떻게 된 거야? 어떻게 혼자 그런 엄청난 사실을 알게 된 거야?"

"연행된 세 여자 중 한 명이 제 친한 친구거든요. 미치코라고. 만나기로 약속을 했는데 나오지 않기에 집에 연락했더니, 부모님이 아주 당황스러워하시더라고요. 경찰에서 단단히 주의를 줬는지 처음에는 아무 말씀도 안 하셨는데. 아무래도 이상해서 캐묻기 시작했더니 하나씩 나오더군요. 아직 아무도 몰라요. 저 말고는."

"잘했어. 하루코. 하루코 만세!"

다음 날《핑크》는 가판대에 내걸리기가 무섭게 팔려나갔다. 《핑크》의 표지를 본 사람들은 모두 경악했다.

황태자비와 세 여인의 미스터리
—그들 사이의 남자가 범인인가?

제목만으로도 세상 모든 사람의 눈길을 끌기에 모자람이 없었다.

수사본부에서는 P보험회사의 세 미녀 사원을 전격 연행하고 그들의 가택을 수사하여 황태자비에 대한 각종 정보가 수집된 스크랩북을 압수했다. 기이하게도 이들 세 여자는 모두 황태자비에 대한 많은 정보를 스크랩하고 있었으며, 경찰은 이 세 여자가 황태자비 납치와 밀접한 관계가 있는 것으로 보고 밤샘 수사를 하고 있다.

이런 간단한 사실 기사 아래로는 범인이 황태자비를 납치한 이유에 대한 여러 가지 추측이 잇따르고 있었다.

세 여자는 한 명의 남자 애인과 온갖 형태의 섹스를 즐긴 것으로 추측된다. 그들은 요즘 젊은이들 사이에 유행하는 '불가능한 섹스 게임'을 했을 것이다. 이 게임은 도저히 접근할 수 없는 상대를 지목하여 결국 섹스까지 가는 것으로 승패가 갈리는데, 그 지목 상대가 접근하기 어려운 신분일수록 점수가 높아진다. 황태자비는 이 게임에서 모든 남자로부터 최고의 어려운 상대로 간주되어왔는데, 결국 게임에 중독된 남자에게 납치된 것으로 보인다.

"죽일 놈들!"
수사부장의 주먹 쥔 손이 부들부들 떨렸다. 이런 터무니없

는 선정적 기사가 나돌 바에는 차라리 언론에 수사 상황을 공
개하는 것이 훨씬 나았을 터였다.

외무성 435호 전문

마사코는 사흘 만에 맞는 시원한 바람에 가슴을 활짝 펴고 심호흡을 했다. 밝고 찬란한 햇살이 산기슭에서부터 따스한 손길을 뻗으며 달려와 마사코의 온몸을 감쌌다. 아늑한 기분마저 들었다. 긴장과 불안에 움츠러들기만 했던 마음이 이틀 밤이 지나면서 그나마 한 가닥 희망을 찾게 된 것이다.

그러나 그동안 식사를 거부한 탓에 현기증이 일었다. 그래도 처음 트렁크 안에서 생각했던 최악의 상황에 비하면 지금은 견딜 수도 있겠다는 생각이 들었다.

납치.

처음 가부키자에서는 범인의 변장한 얼굴을 보았을 뿐이고, 그 후로 몇 번 얼굴을 볼 기회가 있었지만 마사코는 일부러 자세히 보지 않았다. 얼굴도 제대로 보아주지 않는 것이 납치범의 행위에 대한 자신의 반응이고, 무엇보다도 상대의 얼굴을 봄으로써 생기는 쓸데없는 선입관을 피하고 싶었기 때문이다. 따라서 어렴풋이 보았던 납치범에 대한 인상은 거의 없는 것이나 마찬가지였다. 그러나 오늘 똑바로 바라본 그의 얼굴은 의외로 무게가 느껴지는 신중한 모습이었다. 마사코는 납치범의 얼굴에서 뜻밖에도 안도감을 느꼈다.

마사코는 햇살을 세어보기라도 하는 양 손가락 사이로 햇빛을 굴리듯 만졌다. 늘 몸에 와 닿던 햇살이 이렇게 신선하게 느껴질 줄은 몰랐다. 마사코는 불과 십 미터도 안 되는 거리에서 자신을 지켜보고 있을 범인의 존재를 의식하며 생각에 잠겼다.

범인은 오늘 처음으로 자물쇠를 열어주며 잠시 밖으로 나와 햇빛을 볼 수 있게 해주었다. 마사코는 처음에 납치범의 배려를 거절하려 했지만 결코 현명한 태도가 아닌 것 같아 방을 나섰던 것이다.

'앞으로 어떻게 하지?'

비록 납치범의 태도가 달라졌다고는 하지만, 언제 올지도 모르는 경찰을 이대로 마냥 기다리고 있을 수만은 없는 일이었다.

탈출.

마사코는 반드시 탈출하겠다고 결심했다. 지금 갇혀 있는 건물은 외딴 산속에 있어 사람들의 발길이 닿지 않는 듯했다. 따라서 다른 사람의 도움 없이 감시가 소홀한 틈을 타서 혼자 산 밑으로 내려가야 한다. 하지만 첩첩산중이긴 해도 산 아래로 향하는 찻길은 산장에서 훤히 내려다보여 범인의 감시를 벗어나기란 쉽지 않을 것 같았다.

마사코는 산장 뒤편에 주차되어 있는 범인의 자동차에 힐 끗 눈길을 던졌다. 자동차 키만 손에 넣으면 모든 문제가 한꺼 번에 풀릴 것 같았다. 마사코는 아늑한 오후의 햇살을 온몸에 받으며 탈출 계획을 생각하다가 방으로 돌아왔다.

"저녁이오."

노크와 함께 들어온 납치범의 손에는 쟁반이 들려 있었고, 쟁반에는 깨가 뿌려진 흰쌀밥에 된장국과 김, 단무지, 생선구 이, 그리고 한 잔의 물이 놓여 있었다.

"생각 없어요."

마사코는 싸늘한 얼굴로 거부했다.

"먹어두시오. 본인만 손해요. 며칠은 참을 수 있겠지만 그 이상은 어려울 거요. 그럴 바에는 처음부터 먹어두는 것이 좋 아요. 탈출을 생각하고 있다면 더더군다나 먹어두어야 하지 않겠소."

"……."

납치범은 건조한 음성으로 말하고는 쟁반을 테이블 위에 놓아둔 채 나가버렸다. 마사코는 계속 식사를 거부했기 때문 에 사실 몹시 배가 고팠다. 마사코는 젓가락을 들었다. 눈물이

나려 했지만 꾹 참고 젓가락으로 밥을 떠서 기계적으로 입 안에 넣고 밥알을 씹었다. 납치범에게 나약한 모습을 보여서는 안 된다는 생각에 마사코는 애써 눈물을 삼켰다.

식사를 하면서 마사코는 그가 남긴 한마디에 신경이 쓰였다. 탈출을 생각하고 있다면 먹어두라는 말이 의미심장하게 다가왔다.

'저자는 왜 그런 말을 했을까? 내 마음을 떠보자는 건가?'

마사코는 신중해야 한다고 생각했다.

식사를 끝낸 마사코는 잠시 어떻게 해야 할지 망설였다. 먹고 난 밥그릇을 테이블 위에 그냥 두기는 싫었다. 그렇다고 깨끗이 정돈해 방바닥에 내려놓을 수도 없는 노릇이었다. 마사코는 앞으로의 일거수일투족 모두 이와 같은 갈등으로 곤란을 겪을 것이라는 생각이 들었다. 앞으로 자신의 운명이 어떻게 될지도 걱정스러웠지만 이런 갈등 또한 정말 싫었다.

어떤 여자라도 모르는 남자에게 납치당해 오랜 시간 단둘이만 산장에 있게 된다면 생각과 행동에 많은 곤란을 겪겠지만, 그녀는 특히 황태자비라는 자신의 신분이 더욱 장애가 된다는 것을 깨달았다. 모든 게 송두리째 뿌리 뽑힌 이 기막힌 상황에서도 황실의 위엄을 지켜내야 한다는 사실이 마사코를 끊임없이 긴장하게 만들었다.

설사 목숨을 버려야 한대도 황실의 존엄성을 지킬 각오는 되어 있지만, 아무런 일 없이 자신을 잘 지켜낸다 한들 사람들이 그대로 믿어줄 리 없을 거란 생각이 들자 가슴이 답답했다.

마사코는 이렇게 복잡한 생각이 결국은 자신을 무너뜨릴 것만 같아 마음을 다잡았다. 어쩌면 상대는 묘한 사디즘에 빠져 있을지도 모를 일이었다. 자신이 나약한 여인의 모습을 보이면 범인이 더욱 승리감에 도취하리란 생각이 들자, 아무리 납치된 상황이라 하더라도 강하게 행동해야 한다는 판단이 섰다. 이런 상황에서는 황태자비로서의 마사코가 아닌 인간 마사코로서 납치범을 상대하고 싶었다. 이렇게 생각할 수 있는 것이 마사코의 강점이라면 강점이었다.

다음 날 납치범이 아침 식사를 가지고 나타났을 때 마사코는 감정을 최대한 배제하고 담담한 목소리로 물었다.

"왜 나를 납치한 거죠?"

납치범은 대답이 없었다.

"개인적 동기인가요, 아니면 정치적 동기인가요?"

"둘 다요."

납치범의 대답은 모호했다.

"확실하게 대답을 해줘요. 당신이 무슨 의도로 나를 납치했는지 나도 알아야 하는 거 아닌가요?"

납치범은 마사코의 말에 아랑곳하지 않고 등을 돌려 나가려다 무슨 생각이 떠올랐는지 그 자리에 우뚝 멈춰섰다. 그는 뒤를 돌아보며 짤막하게 물었다.

"당신은 인질이오. 나는 당신을 담보로 일본 정부에 어떤 요구를 할 참이오."

"어떤 요구죠?"

"외무성에서 435호 전문을 본 적이 있소?"

"435호 전문? 그게 뭐죠?"

"결혼 전 외무성에서 비밀문서를 분류하는 일을 했잖소?"

"하지만 내용에 대해서 관심을 가지진 않았어요. 워낙 많기도 하고, 또 아주 중요한 비밀문서는 쉽게 볼 수도 없었어요."

마사코의 말에 납치범은 잠시 생각하더니 혼잣말처럼 중얼거렸다.

"그렇군, 사무관이 볼 수 있을 정도의 문서는 아니지……."

마사코는 무슨 말이 이어질지 몰라 기다렸지만 더 이상 그의 입에서는 아무런 얘기도 나오지 않았다.

마사코는 비밀문서를 본 적이 있느냐는 의외의 질문에 놀랐다. 외무고시에 합격하고 외무성에서 내근할 무렵 비밀문서를 정리하는 작업을 한 건 사실이었다. 비밀문서 정리라지만 이미 과거에 정리된 기록부를 현재의 실물들과 대조하며 유실 여부를 확인한 후 관리책임자인 과장 이름 옆에 자기 이름을 기입하는 정도였다. 하지만 극비문서는 실물은 물론 관리기록조차 현장에 남아 있지 않아 자신은 물론 과장이라 하더라도 모를 수밖에 없었다.

마사코는 범인이 납치 이유와 관련해 435호 전문에 대해 묻는 것으로 보아 그것이 아주 중요한 문서일 거라는 생각이 들었다.

'그런데 이 사람이 어떻게 그런 극비문서를 아는 거지?'

마사코는 납치범의 정체가 더욱 궁금해졌다.

"나를 인질로 그 문서를 넘겨달라는 요구를 할 건가요?"

그는 묵묵히 고개를 끄덕이고는 나가버렸다.

'외무성의 435호 전문이라고?'

도대체 어떤 문서이기에……? 황태자비는 자신이 외무성에 근무하던 동안 435호 전문이라는 게 있었는지 기억해내려 애썼다.

도주한 음주운전자

경시청으로 출근하던 다나카는 자동차가 신호에 걸려 멈출 때마다 그동안의 수사 상황을 정리해보며 자신의 추리를 되짚었다.

'작가 지망생이라는 자가 어린아이도 아는 어휘를 몰랐다는 건 무엇을 의미하는가?'

생각에 몰입해 있던 다나카는 누군가 차창을 두드리는 소리에 퍼뜩 정신이 들었다. 검문 중인 경관이었다. 황태자비 납치 이후 도쿄 시내 곳곳에는 비상검문대가 설치되었고 수시로 검문이 이루어지고 있었다.

경관은 다나카를 알아보았는지 신분증을 제시하기도 전에 깍듯한 거수경례로 인사를 해왔다. 고개를 끄덕여 답례하던 다나카의 눈에 트렁크를 여는 다른 차량들이 비쳤다. 깐깐하기 짝이 없는 일본 경찰의 검문은 과연 출근시간대라고 해서 대충 넘어가는 법이 없다는 생각과 함께, 도대체 범인은 어떤 트릭으로 이렇듯 깐깐한 검문을 피해갔을까 하는 의문이 떠올랐다.

치밀한 범행 수법으로 보아 범인은 도쿄든 지방이든 비상검문을 예상했고, 그 대비책을 미리 세웠을 터였다. 다나카는 휴대폰을 꺼내 모리에게 전화를 걸었다.

"모리, 전에 내가 복사해달라고 했던 비상검문 일지는 어떻게 됐어?"

"책상 위에 놔뒀습니다."

다나카는 출근하자마자 비상검문 일지를 살폈다. 일지는 범행이 일어난 그날 밤 전국에서 실시된 비상검문 상황을 기록한 것이었다.

"저도 몇 번이나 살펴봤지만 용의 차량의 흔적은 없었습니다."

모리가 변명하듯 다나카에게 보고했다. 다나카는 무심히 고개를 끄덕이며 검거한 수배자 명단을 눈으로 훑었다. 가네히로라는 이름은 물론 없었다. 다나카는 붙들린 수배자들의 혐의를 확인하며 혹시라도 납치 등의 전력이 없는지 살폈지만, 수배자들은 고작해야 사기 혐의자나 폭력사범들이었다. 다나카는 다시 음주운전자 명단으로 시선을 옮겼다. 그걸 보고 모리가 말했다.

"고래 싸움에 새우 등 터진다고 그날 밤 음주운전자들만 애꽂게 걸려들었어요."

"그래?"

다나카는 건성으로 대꾸하면서 눈길은 계속 음주운전자 명단을 살폈다. 그렇게 한참 들여다보던 다나카의 눈동자가 일순 빛나더니, 갑자기 넘겼던 페이지를 다시 되짚으며 혼잣말을 하기 시작했다.

'음, 하시모토······ 하시모토라?'

다나카는 음주운전자 명단에서 하시모토 우타로라는 이름이 각각 다른 세 장소에서 적발되었다는 사실에 주목했다. 물론 하시모토 우타로가 일본인에게 흔한 이름이긴 하지만, 다나카는 예사로 넘기려 하지 않았다.

"설마······? 모리, 시즈오카검문소를 대주게."

검문 일지에는 아무런 문제도 없다고 확신했던 모리가 반사적으로 되물었다.

"네? 시즈오카경찰서 말입니까?"

"그래, 이 일지에서 음주운전자 명단을 보고한 검문소 말일세."

"알겠습니다."

모리는 시즈오카경찰서에 전화를 걸어 사건 당일 밤 음주운전자를 적발한 검문소에 대해 문의했다.

"시즈오카경찰서에서는 세 개의 검문소를 운용했습니다. 음주운전자는 그중 나고야 쪽으로 내려가는 검문소에서 붙들렸다고 합니다."

"알았어. 그 검문소의 그날 근무자와 연결해주게."

"알겠습니다."

황태자비 납치사건 이후 전국의 검문소들은 계속 운용되고 있었기 때문에 그날의 검문소 근무자들 역시 그대로 근무 중이었다. 모리는 조장을 불러 다나카에게 전화기를 넘겼다.

"조장, 수고가 많습니다. 나는 특별수사본부의 다나카 경시정입니다."

"저희가 수고는 무슨…… 그런데 무슨 일이십니까?"

조장의 목소리에는 긴장감이 잔뜩 배어 있었다.

"비상경계령이 내려진 그날 밤 말입니다. 음주운전자 한 사람을 검거했던데, 혹시 기억나십니까?"

"물론입니다. 젊은 친구였는데…… 이름이 하시모토던가 그랬죠, 아마."

조장은 음주운전자의 이름까지 외우고 있었다.

"어떻게 그자의 이름까지 기억하고 있죠?"

"그날 해프닝이 있었거든요. 우리가 검문 근무를 하고 있을 때였습니다. 차가 대여섯 대쯤 서 있었는데, 자기 차례가 된 그 친구가 갑자기 차를 홱 꺾어 반대편으로 달아나더라고요. 그 때 우리가 순찰차에 시동을 걸어두었기에 망정이지요. 우리는 반사적으로 순찰차를 향해 뛰었습니다. 비상근무 상황이었으니까요. 경광등을 번쩍이며 쏜살같이 따라갔더니 이 친구가 도저히 자신이 없었는지 이내 멈추더군요."

조장이 자랑스럽게 무용담을 늘어놓았다. 다나카는 대꾸 없이 조용히 듣고만 있었다. 조장은 다나카의 맞장구가 없자 헛기침을 한 번 하고는 다시 얘기를 이었다.

"일단 그 사람을 검문소로 연행해 운전면허증을 확인하고 음주 정도를 측정해보니, 그리 심한 상태는 아니었습니다. 법정 규정치에 조금 모자라는 정도였죠. 그냥 훈방할 수도 있는 경우였지만 도주한 것도 있고 해서 일단 적발 사실은 기록했습니다."

"그다음은?"

다나카가 긴박감을 띠며 물었다.

"세수도 시키고 심호흡도 시킨 다음 훈방했습니다. 본인이 차를 타고 가기를 원했기 때문에 다시 음주 정도를 측정해 확실히 규정치 이하로 나오는 것을 확인하고는 보내줬습니다."

"음……."

조장은 당당하게 자신이 조치한 결과를 보고하고 있었지만 다나카는 낮은 신음을 토해냈다.

"경시정님, 걱정 마십시오. 틀림없이 음주 기준치에 미치지 않는 상태에서 통과시켰으니까요."

조장의 자랑스러운 목소리를 다나카의 아쉬운 듯한 목소리가 가로막았다.

"그사이에 빠져나간 차는 몇 대나 됐을까요?"

"그사이에요?"

조장의 목소리가 입에서 튀어나오다 갑자기 묘하게 변했다. 다나카가 묻는 내용에 왠지 허를 찔린 것 같았기 때문이다.

"그사이 통과한 차라고는, 아마 한 열 대, 아니 그만큼 안 될지도 모르고⋯⋯."

"그사이에 통과한 차량은 검문을 못했겠죠?"

"네, 우리 모두 그 차를 쫓아갔으니까요. 음주운전자를요. 아니, 그때는 음주운전자라기보다는 도주 차량이었습니다. 검문 중인 것을 보고 도주하는 차량이라면 당연히 추격해야 하지 않겠습니까?"

"⋯⋯."

다나카는 잠시 생각에 잠겼다.

"경시정님! 무슨 문제가 있습니까?"

조장은 다나카의 태도에 불안해진 모양이었다.

"아니, 아닙니다. 성실히 근무하신 것 같군요."

전화를 끊는 다나카의 얼굴에 묘한 기대감이 스쳤다.

"모리, 이번에는 나라검문소를 대줘."

"알겠습니다."

바로 곁에서 다나카의 통화 내용을 듣고 있던 모리는 다나카의 기대감을 눈치챘는지 얼른 나라경찰서에 전화해 검문소를 확인했다. 당시의 근무 조장을 불러낸 모리는 다나카에게 전화기를 건넸다.

　"아니, 자네가 확인하게. 나는 좀 생각할 것이 있으니까."

　"뭘 확인하면 되겠습니까?"

　"하시모토, 이자를 음주운전으로 적발했을 당시의 상황을 확인해봐."

　신기한 일이었다. 나라검문소에서도 시즈오카검문소와 똑같은 일이 벌어졌다는 것이었다. 젊은 음주운전자가 갑자기 차를 돌렸고, 근무자들이 순찰차를 타고 뒤쫓자 바로 차를 세우고는 선처를 호소했다는 것. 그리고 음주 측정치가 규정에 못 미치는 정도여서 봐줄 수도 있었지만 도주 행위를 고려해 적발 사실은 기록했다는 내용이었다.

　모리는 무슨 영문인지 몰라 전화를 끊지도 못한 채 눈을 감고 있는 다나카의 얼굴만 바라보았다.

　"됐어. 전화를 끊고 교토검문소에 확인해봐."

　모리는 교토검문소로부터도 똑같은 대답을 듣자 자신도 모르게 고함을 질렀다.

　"어! 아니, 이렇게 빠져나갔군요!"

　모리는 검문 일지를 다시 뚫어지게 바라보았다. 자신은 왜 이런 이상한 사실을 발견하지 못했는지 부끄러운 한편, 다나카의 관찰력과 추리에 감탄하지 않을 수 없었다.

"죄송합니다, 경시정님. 어리석게도 저는……."

"알아차리기 쉽지 않은 부분이었어."

"그런데 하시모토 이 친구 주소가 도쿄군요."

"자네는 즉시 형사들을 데리고 나가 이 하시모토란 인물을 연행해오게. 극비리에 말이야."

"이자가 범인일까요?"

"연행이 된다면 아닐 거야."

"알겠습니다."

모리의 목소리에 오랜만에 힘이 실렸다. 다나카는 바로 수사부장에게 갔다.

"부장님, 범인은 간사이 지방에 숨어 있는 것 같습니다. 그러니 경찰 수색을 그쪽으로 집중해야 합니다."

"뭐라고? 간사이 지방이라고?"

수사부장은 깜짝 놀랐다.

"여하튼 범인은 도쿄에서 남쪽으로 달려 시즈오카와 나라를 거친 후 교도까지 간 것이 확실합니다."

"근거 있는 추리인가?"

"틀림없습니다."

수사부장은 범인이 도쿄 일원에 있을 거라는 생각에서 벗어나지 못하고 있었기 때문에 다나카의 말을 쉽게 받아들이지 못했다.

"설명을 해보게."

"사건 당일 검문 일지에 하시모토라는 이름의 운전자가 시즈오카와 나라 그리고 교토검문소에서 음주운전으로 적발되었습니다. 음주량은 기준치에 약간 못 미치는 정도였다고 합니다."

"음주운전이라고?"

"그렇습니다."

"그게 황태자비 납치와 무슨 상관인가?"

"한 운전자가 멀리 떨어진 세 곳에서 계속 음주운전으로 적발되었단 말입니다. 그것도 세 번 다 기준치에 약간 모자라는 정도로 말입니다."

"그게 뭐 그렇게 이상한가? 술에 취한 녀석이 국도를 따라 죽 내려가다 보면 세 군데서 붙들릴 수도 있는 거 아냐?"

"그럴 수도 있겠죠. 하지만 처음엔 몰라도 두 번째 세 번째 검문 때는 술이 깨어 있어야죠. 음주량도 적고 첫 번째 단속 지점으로부터 꽤 멀리 떨어져 있는데요."

수사부장은 잠시 생각하다 다시 물었다.

"음, 그렇다면?"

"이 친구는 계속 적당하게 취한 채, 즉 휴대용 음주 측정기를 가지고 기준치에 미달될 정도로만 술을 마신 채 운전을 계속했던 겁니다."

"왜 그런 짓을 했을까?"

"그게 납치범들이 그날 밤 쓴 묘법입니다. 즉, 그들은 두 대의 차량을 이용해 황태자비를 납치한 겁니다. 앞차에는 겨우 단속당할 정도의 술을 마신 범인이, 뒤차에는 황태자비를 실은 범인이 타고 있었던 겁니다. 검문소에 도착하면 앞에 있던 적당히 취한 친구가 차를 돌려 달아나는 거죠. 검문 중인 경찰관들은 기겁을 하고 그 차를 뒤쫓았고, 그 틈에 황태자비를 태운 차는 검문 없이 빠져나간 겁니다. 음주운전을 한 범인은 몇백 미터를 가다 멈췄습니다. 그사이에 빠져나간 차량은 불과 열 대 미만. 하지만 그중에 황태자비를 실은 차량이 있었고, 근무자들은 그 차를 놓칠 수밖에 없었습니다. 이것이 납치범들의 수법이었던 겁니다."

"허허실실이군. 삼십여 년간 수사 업무에 종사했지만 이런 자들은 처음일세."

솔지에 경시청으로 언행돼온 하시모도는 영문을 몰라 어리둥절해했다. 그는 눈을 껌벅거리며 검고 굵은 테가 달린 안경을 끼었다 벗었다 했다.

"네? 제가 음주운전을요? 그것도 시즈오카에서요?"

"그러니 널 연행한 것 아냐!"

"무슨 소립니까? 저는 그때 도쿄에 있었는데요."

"알리바이를 증명할 수 있나?"

"물론입니다. 그날 학교 친구들과 우리집에서 파티를 했어요."

"운전면허증을 줘봐."

"네? 면허증이요?"

갑자기 하시모토의 목소리가 잦아들었다.

"면허증은……."

"없어?"

"빌, 빌려줬어요."

"뭐라고? 빌려줬다고?"

비상한 기대감을 갖고 있던 모리의 목소리가 높아졌다.

"누구한테?"

"……."

"말해. 아니면 널 납치범으로 구속할 테니까."

"납치범이요? 내가 누굴 납치해요? 면허증은 가네히로라는 제 친구한테 빌려줬어요."

"뭐라고? 가네히로?"

"네, 가네히로 요시아키요."

세 여자가 말한 가네히로 요시아키의 신원 파악에 곤란을 겪고 있던 수사본부는 하시모토의 입에서 같은 이름이 나오자 발칵 뒤집어졌다.

모리는 즉각 하시모토의 사진을 찍어 세 곳 검문소에 날렸다. 그러나 검문소 직원들은 그날 밤 음주운전을 한 사람의 얼굴이 아니라는 사실을 알려왔다.

검문소에 전화를 건 모리는 화가 머리끝까지 솟구쳐 고함을 질러댔다.

"야, 이 머저리들아! 네놈들은 면허증 사진하고 운전자 얼굴조차 대조하지 않았단 말이야?"

검문소 조장의 목소리가 떨렸다.

"당시 운전자는 굵고 검은 뿔테 안경을 끼고 있었는데 운전면허증의 사진과 다르지 않아 보였습니다. 죄송합니다."

"닥쳐! 감찰조사나 기다려! 네깟 놈들도 경찰이야?"

"너무 몰아세우지 말게. 납치범이 그 정도의 대비도 안 했을 것 같나? 하시모토의 사진대로 적당히 분장을 했겠지."

다나카가 나서서 모리를 만류하고는 전화기를 넘겨받아 검문소 조장을 위로하고 통화를 끝냈다.

하시모토는 사신이 도쿄내학교 문학부의 조교이고, 가네히로는 와세다대학교를 졸업하고 도쿄대학교 대학원에 진학하기 위해 문리대 도서관에 종종 공부하러 온다고 스스로를 소개했다고 진술했다. 하시모토는 가네히로와 약 육 개월 전부터 같이 토론도 하고 술도 마시면서 친해졌는데, 가네히로가 자신에게 운전면허증을 빌려달라고 했을 때 전혀 의심하지 않았다고 했다.

"무슨 이유로 운전면허증을 빌려달라고 했나?"

"책을 대출한다고 했습니다."

"자기 것은?"

"분실했는데 미처 재발급 신청을 못했다고 했습니다."

"지금 그걸 말이라고 하나? 그게 의심이 안 갔다는 거야? 너도 공범 아냐?"

"무슨 말씀이세요! 제가 왜 황태자비님을 납치해요!"

"가네히로란 자와 함께 어떤 놈들을 만났는지 말해!"

"저는 그 친구에 대해 아는 것이 별로 없어요. 또 가네히로는 별로 가까이 지내는 사람도 없어 보였어요."

"이봐, 차분히 생각해봐! 이런 식으로 협조하지 않으면 넌 당장 구속이야."

뜻밖의 상황에 당황스러워하던 하시모토는 한참 후에 다시 입을 열었다.

"그러고 보니 한 사람이 생각나네요. 언젠가 가네히로가 교정에 어떤 사람과 같이 있었는데, 나이는 사십대 초반쯤이었고, 매우 신중한 성품에 역사에 대한 상당한 지식을 갖고 있어서 꽤 인상적이었어요. 나중에 가네히로는 그가 자신의 정신적 스승이라고 했습니다."

모리의 눈이 반짝 빛났다.

"정신적 스승? 그의 직업은?"

"도대체 직업을 알 수 없는 사람이었어요. 부드러워 보이면서도 자기주장이 아주 뚜렷했고, 체력 단련도 게을리하지 않는, 뭐 그런 사람으로 보였습니다."

"그러니까 그의 직업이 도대체 뭐란 말이야?"

"모르겠습니다."

"그가 사는 곳은 아나?"

"교토에 사는 것 같았습니다."

모리는 갑자기 정신이 번쩍 들었다.

"어째서 그렇게 생각하지?"

"그날 학교에서 만나 얘기를 좀 나누다 부근의 술집으로 자리를 옮겼는데, 술이 조금 돌고 나서 가네히로가 그 사람에게 '내일 교토로 내려가시냐'고 묻더군요. 느낌상 거기 사는 것 같았어요."

순간 모리는 다나카를 바라보며 고개를 끄덕였다. 교토라면 범행 당일 용의 차량이 검문소를 통과한 지역이었다. 그렇다면 범인은 교토 혹은 인근 지리에 밝은 사람이었다.

"그 술집 이름이 뭔가?"

"도쿄대학교 근처에 있는 아카몽이었습니다."

수사본부는 하시모토의 진술에 기초해 급히 만들어진 공범의 몽타주를 가지고 도쿄대학교 근처의 술집과 와세다대학교의 학적과로 형사대를 급파했으나 범인들을 안다는 사람을 찾을 수는 없었다.

"전 이제 보내주십시오."

"뭐라고? 너는 범인이 잡힐 때까지 여기 있어야 돼!"

모리의 호통에 하시모토는 찔끔하며 주눅이 드는 모습이었다. 이때 다나카가 끼어들었다.

"하시모토 군, 만약 가네히로에게서 연락이 오면 우리에게 바로 알려줘야만 하네. 약속할 수 있나?"

"물론입니다."

"가네히로는 자네를 속이고 황태자비를 납치했어. 꼭 협조해줘야 하네."

"약속드리겠습니다."

"그리고 마지막으로 하나 물어보겠는데……."

"뭔데요?"

다나카는 잠시 뜸을 들이다 뜻밖의 물음을 던졌다.

"가네히로의 말솜씨가 어땠나?"

"네? 말솜씨요?"

"그래. 달변이었나, 눌변이었나? 그도 아니면……."

이때 하시모토가 갑자기 다나카의 말을 자르며 큰 소리로 말했다.

"그래요. 그 점이 좀 이상했어요!"

"어떤 점이?"

"처음에는 말을 잘 못했거든요. 말수도 적었고요. 그런데 나중에는 말을 아주 잘했어요. 짧은 기간에 어휘력이 그렇게 느는 사람은 처음이라 기억이 나네요."

다나카는 짐작했다는 듯 고개를 끄덕였다.

"잘 돌아가게."

"감사합니다."

하시모토는 다나카의 부드러운 말씨와 공손한 태도에 감격했는지 몇 번이나 고개를 숙이고 돌아갔다.

네 사람의 진술

　하시모토가 돌아간 뒤, 한참 고개를 숙이고 생각에 잠겨 있
던 다나카가 수사부장에게 전화를 걸었다.

　"긴급회의를 소집해주십시오."

　"긴급회의라니? 수사 회의 말인가?"

　"아닙니다. 극비의 수뇌 회의 말입니다. 경시총감님과 경시
감님, 그리고 부장님만 참석하셔야 합니다."

　"그래, 뭔가 알아냈나?"

　수사부장이 갑자기 목소리를 낮췄다.

　"회의에서 말씀드리겠습니다."

　"음, 알았네."

　수사부장이 수뇌부의 비밀회의를 요청하자 경시총감, 경시
감, 수사부장은 총감실에서 초조하게 다나카를 기다렸다.

　"어떤 사람의 출입도 금하게."

　다나카는 모리에게 지시한 후, 신임 경시총감과 제대로 인
사를 나눌 새도 없이 브리핑을 시작했다.

"범인은 일본인이 아닙니다."

"뭐라고?"

"뭐? 뭐라고?"

비단 수사부장뿐만이 아니었다. 경시총감과 경시감의 입에서도 동시에 탄성이 터져나왔다.

세 사람의 놀라움이 가라앉기를 기다려 다나카는 차분하게 설명하기 시작했다.

"세 여자의 진술에는 미약하지만 범인의 정체를 파악하는 데 도움이 될 만한 사실이 한 가지 있습니다."

"그게 뭔가?"

수사부장이 다급한 목소리로 물었다.

"여자들은 한목소리로 납치범의 어휘력이 부족했다는 점을 지적했습니다."

"어휘력이 부족했다?"

"그렇습니다. 세 여자가 모두 일치된 진술을 하고 있습니다. 그리고 이 점은 하시모토에게서도 확인했습니다. 하지만 여자들과 하시모토는 그의 어휘력이 급속도로 늘었다고 했습니다."

"……"

수사부장은 눈이 휘둥그레져서 다나카의 입술에 시선을 집중했다.

다나카는 천천히 그러나 단호하게 말했다.

"저는 범인이 외국인이라고 판단합니다."

"으으음!"

세 사람은 경악했다. 전혀 예상하지 못한 바였다. 수사부장은 본능적으로 주변을 둘러봤다. 이런 말이 만약 기자에게라도 들어가면 보통 문제가 아니었다. 정말 외국인이 황태자비를 납치했다면 경찰은 더욱 거센 비판에 직면할 것이었다.

"다나카, 자네 확신할 수 있나? 이건 엄청난 얘기야."

수사부장의 호흡이 거칠어졌다. 사건 전부를 다나카에게 의존하다시피 하고 있는 판에 그의 입에서 지금 핵폭탄보다도 더 위험할 수 있는 말이 내뱉어진 것이다.

"저는 법무성 출입국관리사무소로 가서 확인을 하겠습니다. 우선 확인도 않고 보고부터 드린 건 무엇보다 보안이 중요하기 때문입니다. 말이 새어나가 자칫 정치에 휘둘리면 결국 경찰만 속죄양이 됩니다. 또한 황태자비의 신변 문제도 더 어려워질 것입니다. 그러니 각별히 단속해주시기 바랍니다."

말을 마친 다나카는 결연한 표정으로 자리에서 일어났다. 경찰 수뇌부에 범인이 외국인이라고 단언한 이상 결과를 내놓지 못하면 보통 문제가 아니었다.

"모리, 자동차를 대기시키게."

"알겠습니다."

"세 여자의 집으로 가세!"

요시코는 집으로 찾아온 다나카를 보자 놀라움과 반가움이 교차했다. 풀려나자마자 다시 형사가 찾아온 것에 놀랐지만, 그 형사가 다나카라는 사실은 반가웠다. 다른 형사들과는 달리 다나카는 언제나 점잖고 공손했기 때문이다.

"요시코 씨, 부득이하게 협조를 부탁드릴 일이 있어서요."

"네, 기꺼이 협조하겠어요."

차에 올라타려던 요시코는 차 안에 이미 사토미와 미치코가 앉아 있는 것을 보자 반가워했다. 세 여자는 유대감마저 느끼고 있는 터였다. 자동차가 출발하자 다나카는 조심스럽게 입을 열었다.

"어쩌면 지금 우리 앞에는 어마어마한 진실이 도사리고 있을지도 모릅니다. 여러분이 이 사건을 위해 한 가지 확인해줄 사실이 있습니다."

긴장된 표정으로 다나카의 말을 듣고 있던 세 여자가 힘주어 고개를 끄덕여 보였다.

"그러나 그 사실 확인보다 더욱 중요한 것은 바로 보안 유지입니다."

"보안 유지요?"

"네, 그렇습니다. 절대로, 어떤 상황에서도 입을 열어선 안 됩니다."

"잘 알겠어요. 스캔들 잡지에서 황태자비 기사를 보고 가슴이 너무 아팠어요."

"이건 그 정도에서 끝날 문제가 아닙니다. 더 엄청난 일이 터질 수도 있습니다."

세 여자는 진지하다 못해 긴장된 다나카의 표정에 입을 다물고, 다음에 무슨 말이 나올지 기다렸다. 그러나 다나카는 이후 일절 말을 하지 않았다.

근 두 시간이 지나서야 일행이 도착한 곳은 나리타공항이었다.

"어머, 여기는 공항이잖아요?"

"네."

"왜 여기에 왔죠? 외국에 나가는 건가요?"

"아닙니다."

세 여자는 다나카를 따라 차에서 내렸다. 다나카가 앞장서서 공항의 법무성 출입국관리사무소로 향했다.

"경시청에서 나왔습니다. 마약 수사를 위해 출입국 관리 기록을 좀 보러 왔습니다. 협조 공문 받으셨죠?"

"네, 기다리고 있었습니다. 지금으로부터 일 년 전후에 입국한 외국인, 아니 중국인과 한국인의 기록을 모두 보시겠다고 한 게 맞습니까?"

"그렇습니다. 중국인과 한국인입니다. 일본인과 외모가 가장 비슷한 외국인은 중국인과 한국인뿐이니까요."

법무성 직원은 다나카의 말뜻을 제대로 알아듣지 못했지만 친절의 표시로 그냥 미소를 지었다.

"이 여자분들은요?"

"이분들이 확인할 겁니다. 사진만 보여주시면 됩니다. 여권 사진을 스캔한 것 말입니다."

"알겠습니다."

세 여자는 출입국관리사무소에서 마련해준 자리에 앉아 컴퓨터 모니터를 응시하기 시작했다. 그렇게 어렵지는 않은 일이었지만 워낙 확인해야 할 사진이 많았기 때문에 작업은 밤이 깊도록 끝나지 않았다. 그나마 세 사람이 나누어 볼 수 있어서 다행이었다.

사토미는 오랫동안 모니터를 들여다보고 있자니 목이 너무 아파 잠시 쉬면서 기지개를 켰다. 그러다 우연히 요시코의 모니터에 눈길이 갔다.

"어! 그게 뭐야? 뭐예요?"

갑자기 사토미가 비명을 지르며 자리에서 벌떡 일어났다.

"왜요?"

"지금 넘긴 거 말이에요! 가네히로 아니에요?"

"뭐라고요?"

"그 사람 같아요! 언뜻 보긴 했지만 말이에요!"

"설마…… 나는 못 봤는데?"

"아녜요. 분명한 것 같아요. 다시 넘겨봐요."

"넘겨보세요."

사토미의 비명을 듣고 다가온 다나카가 나지막한 목소리로 말했다. 요시코가 반신반의하는 표정으로 화면을 되돌린 순간, 세 여자의 입에서 탄성이 터져나왔다.

"어머!"

"아!"

"가네히로야!"

애증이 뒤섞인 목소리였다.

"맞아요. 이 사람이에요."

미치코의 확신에 찬 목소리가 다나카의 귀에 도달하자 그는 마른침을 삼켰다. 도저히 파고들 틈이 없을 것 같던 사건의 문이 열리기 시작하는 순간이었다.

좀 떨어진 곳에서 잡지를 뒤적이던 법무성 직원이 다가오자 다나카는 세 여자에게 신호를 보냈다. 물론 절대 입을 열지 말라는 신호였다.

"찾으셨나요?"

"네, 덕분에요."

곁에 있던 모리는 법무성 직원이 키보드를 눌러 가네히로의 인적사항을 찾아주자 급히 수첩에 옮겨적었다.

성명: 펑더화이

국적: 중화인민공화국

주소: 장쑤성 난징시 장닝구 완안동로 88호

직업: 난징대학교 인문학부 일본어과 졸업생

법무성 직원이 모리의 급한 손놀림을 바라보며 다나카에게
물었다.

"더 도와드릴 게 있습니까?"

"네, 한 가지 더 있습니다."

다나카가 들뜬 마음을 가라앉히기라도 하려는 듯 모니터에
떠 있는 가네히로의 사진을 손가락으로 꾹 누르며 무거운 음
성을 내보냈다.

"이 사람은 어떤 비자로 들어왔나요?"

"확인해드리죠."

법무성 직원은 놀란 표정의 세 여자를 물끄러미 바라보면서
컴퓨터 앞에 앉았다.

"연장이 가능한 일 년짜리 비자로 들어왔군요. 히토츠바시
대학교 대학원에 문부과학성 장학생으로 들어온 중국 학생이
네요."

"네? 중국인이요?"

모니터를 보지 못하고 있던 세 여자는 가네히로가 중국인

이라는 말에 거의 비명에 가까운 소리를 질렀다. 그러자 모리가 손가락을 입에 갖다 대며 더 이상 말이 새어 나오는 걸 막았다.

"으음!"

모든 게 한꺼번에 풀리는 순간이었다. 이제 히토츠바시대학교 학적과에 가서 인적사항만 뒤지면 검거는 그야말로 시간문제였다. 학적부와 지도교수의 면담 기록, 동료 학생들로부터 나올 정보는 여권에 비길 것이 아니었다.

애써 흥분을 억누르고 있었지만 다나카의 뇌리에는 수사부장의 얼굴이 떠올랐다. 그리고 경시총감. 아니, 그들만이 아니었다. 그토록 고생해온 경시청의 모든 직원, 천황 폐하와 황태자 전하, 열광하는 일본 국민들의 환호. 이 모든 게 한꺼번에 떠오른 바로 그 순간 법무성 직원의 목소리가 마치 천둥처럼 그의 귀를 때렸다.

"이 사람은 엊그제 출국했어요."

"뭐요? 출국했다고요?"

모리의 목소리가 찢어져 나왔다.

"무슨 소리? 그럴 리가 없어요."

"틀림없습니다. 여기 출국기록란에 여권번호도 찍혀 있어요. 보세요, 입국 때와 같은 번호잖아요. 원하신다면 법무성 명의로 출국사실확인원도 떼드릴 수 있어요."

"어디로 갔단 말입니까? 중국?"

"아닙니다. 미국인데요, 뉴욕이요."

"뉴욕? 뉴욕이라고요? 이런 제길!"

다나카 또한 귀를 의심하지 않을 수 없었다. 출국이라니, 그것도 중국이 아닌 미국. 그러면 황태자비도 같이 갔단 말인가? 아니, 그것은 불가능한 일이었다. 출국 심사를 받는 현장에서까지 범인이 황태자비를 위협할 수는 없는 일이었다. 다나카는 차분하게 모니터를 들여다보았다.

"아, 이런!"

가네히로의 출국 사실은 다나카의 두 눈에 견고한 나사못처럼 빙글빙글 돌면서 파고들어와 완전히 고정되었다.

"으음, 불과 이틀 차이군……."

허탈한 목소리가 망연자실한 다나카의 입에서 저절로 새어나왔다. 다나카는 법무성 직원에게 짤막한 감사의 말을 남기고 공항을 빠져나왔다. 차 안에서 다나카는 경시청으로 전화를 걸었다.

"확인되었습니다. 가네히로는 역시 외국인, 그것도 중국인이었습니다."

"오, 맙소사!"

수사부장의 입에서 비명이 흘러나왔다.

"본명은 펑더화이, 중국인 남자로 나이는 스물일곱 살, 난징대학교를 졸업하고 문부과학성 장학생으로 히토츠바시대학교 대학원에 유학 온 자입니다."

"틀림없이 확인했나?"

수사부장은 다시 한 번 물었다.

"세 여자를 데리고 나리타공항 출입국관리사무소로 가서 직접 확인한 사실입니다."

잠시 침묵이 흐른 후, 수사부장이 고뇌에 찬 음성으로 말했다.

"출입국관리본부에서도 이 사실을 아나?"

"보안 유지를 위해 본부가 아닌 공항의 사무소로 간 데다 마약사범 수사를 가장했습니다. 하지만 나쁜 소식이 있습니다."

"그게 뭐야?"

"그는 이미 일본을 떠났습니다."

수사부장은 다시 한 번 경악했다.

"그렇다면 황태자비 전하는?"

부장의 날카로운 목소리가 공기를 갈랐다.

"일본에 계십니다. 지금 즉시 히토츠바시대학교로 형사대를 출동시켜 펑더화이라는 이름과 관련된 모든 사실을 파악하십시오. 저도 그리 가겠습니다."

다나카가 히토츠바시대학교에 도착하자 수십 명의 형사대

가 하릴없이 다나카를 기다리고 있었다.

"도대체 펑더화이라는 이름을 아는 사람이 하나도 없습니다."

"무슨 소린가? 그가 여기 대학원생이 아니란 얘긴가?"

"그게…… 여기 대학원에 등록은 되어 있는데, 출석을 한 적도 강의를 들은 적도 없습니다. 유학은 다만 일본으로 건너오기 위한 수단이었을 뿐입니다."

형사반장이 내미는 학적부에는 출입국관리사무소에서 확인한 인적사항보다 나을 게 하나도 없었다.

"물론 이 서류에 기입한 일본 내 주소지도 확인했겠지?"

"임대용 원룸 주소인데 임대주는 펑더화이가 찾아온 적이 없었답니다."

"그럼 이 주소는 어떻게 안 거지?"

"주인이 인터넷에 임대한다고 올려두었답니다. 학생들이 대개 인터넷을 보고 연락한다더군요."

다나카는 다시 한 번 깊은 한숨을 내쉬었다.

다나카는 경시청으로 발걸음을 돌려 경시총감, 경시감, 그리고 수사부장이 눈알이 빠질 듯 기다리고 있는 총감실로 직행했다. 다나카의 보고를 들은 간부들의 관심은 황태자비의 신변에 집중됐다.

"납치범이 일본을 떠났다면, 최악의 경우도 생각해야 하지 않을까?"

경시총감의 음성은 떨렸다. 최악의 경우라면 범인이 황태자비를 살해하고 도주한 것을 의미했다. 다시 총감의 혼잣말이 이어졌다.

"그럴 경우 어떻게 해야 한단 말인가?"

다나카는 고개를 가로저었다.

"아마 황태자비는 안전하실 겁니다."

"어째서? 그자가 황태자비를 살해하고 도주했을 수도 있지 않은가?"

총감은 다나카의 단언에 기대감을 버리지 않으면서도 최악의 시나리오를 무시할 수 없다는 듯 회의적인 시선으로 다나카를 쳐다보았다.

"날짜입니다. 납치범은 그제 저녁에야 일본을 떠났습니다. 만약 납치범의 목적이 황태자비를 살해하는 것이었다면, 현장에서 했든 아니면 범행 직후 바로 출국했을 겁니다."

총감은 그제야 납득이 간다는 듯 고개를 끄덕였다. 경시감과 부장 역시 마찬가지였다.

"그런데 왜 중국이 아닌 미국으로 갔단 말인가?"

"납치범이 떠났다는 사실은 두 가지를 생각하게 합니다. 하나는 범행이 굳히기 단계로 들어섰다는 겁니다. 즉, 남은 공범이 완벽하게 황태자비를 제압하고 있다는 뜻이고, 또 하나는 펑더화이의 미국행은 성격상 도주라는 것입니다."

"그런데 왜 자기 나라를 두고 미국으로 도주한 거지? 중국보다는 미국이 더 안전하다는 계산인가?"

"그렇습니다. 중국은 당사국이라 전력을 다해 범인을 검거하지 않을 도리가 없겠지만, 미국이라면 문제가 다릅니다. 중국 정부만큼 미국 정부가 최선을 다해줄지는 의문입니다. 책임이 없으니까요."

경시감이 흔들리는 목소리로 중얼거렸다.

"내각에…… 알려야 합니다."

그러나 다나카는 즉시 반대했다.

"지금 내각에 알리는 것은 바람직하지 않습니다."

"왜지?"

"우리는 아직 납치범에 대해 아는 게 거의 없습니다. 좀 더 확실한 내막을 알아낸 연후에 알려야 합니다. 내각도 우리 경찰에 기댈 수밖에 없는데, 자칫 잘못하면 나라 전체가 흔들릴 수 있습니다."

경시총감이 고개를 끄덕이며 혼잣말처럼 되뇌었다.

"중국인, 중국인이라…… 범인이 중국인이라면 범행 동기는 뭐란 말인가?"

"정치적 목적이 있을 걸로 생각됩니다. 아마도……."

"아마도 뭔가?"

"조금 더 생각해보겠습니다."

다나카는 뭔가 말을 하려다 입을 닫았다.

"다나카, 그러면 내각에 보고하는 것은 잠시 미루고 좀 더 수사를 진척시켜보자는 뜻인가?"

"그렇습니다. 범인의 신원이 밝혀진 이상 뭔가 더 추적해낼 수 있을 겁니다."

일단 황태자비가 무사히 일본에 있을 거라는 다나카의 추리에 경시총감 등 세 사람은 안정을 되찾은 모양이었다.

"무엇보다도 보안 유지가 중요하니 그 부분은 수사부장이 책임을 지고 외부 발설을 막으시오. 다나카, 그럼 자네는 지금부터 무엇을 할 텐가?"

"우선 FBI에 연락해 그자의 소재를 파악해야 합니다. 이 부분은 수사부장님이 수고해주세요. 저는 내일 첫 비행기로 펑더화이의 주소지인 난징으로 가겠습니다. 펑더화이가 유학 오기 전 중국에서 무엇을 했는지를 알면 범행 동기를 확실히 알 수 있을 겁니다."

"그렇게 하게. 수시로 보고하고."

"알겠습니다."

다나카는 서둘러 보고를 마치고 다시 공항으로 향했다.

어두운 기억의 저편

다나카는 난징공항의 입국장으로 나오자마자 자기 이름이 적힌 피켓을 볼 수 있었다.

"다나카입니다."

"어머, 그러세요? 다나카 선생님, 안녕하세요?"

"네, 반갑습니다."

깔끔한 용모의 통역은 유창한 일본어를 구사했다.

"탕페이라고 합니다."

"일본어는 어디서 배웠습니까?"

"대학에 다니면서 이 년간 일본에 교환학생으로 갔었어요."

"아, 그렇군요."

탕페이는 자동차를 가지고 나왔다. 다나카가 일본에서 통역과 자동차를 따로 부탁했지만 적극적인 성격의 탕페이는 자신이 운전까지 하면 어떻겠냐고, 그럴 경우 비용이 많이 절약될 거라고 제안했었다. 탕페이는 자동차를 시내의 호텔로 몰았다.

"다나카 선생님, 일정이 아주 빡빡하던데요. 굉장히 바쁜 분이신가 봐요?"

"약간요."

"보통 일본 관광객들은 사우나부터 물으시거든요."

"……."

"어떤 일을 하시는 분인지 여쭤도 될까요?"

"문부과학성 직원입니다."

다나카는 신분을 감췄다.

"그러시군요. 그래서 대학교부터 방문하시는군요. 저도 기분이 좋아요. 난징대학교는 제 모교거든요."

"그래요? 잘됐네요."

다나카는 호텔에 짐을 풀고는 바로 난징대학교 일본어과로 갔다.

"제가 문부과학성 장학금을 받을 수 있도록 펑더화이를 추천했습니다. 그런데 무슨 일입니까? 안 그래도 히토츠바시대학교에서 출석을 하지 않는다는 통보가 와 걱정하던 참인데요."

펑더화이의 지도교수는 다나카가 문부과학성의 타이틀이 찍힌 명함을 내놓자 몹시 신경을 쓰는 눈치였다.

"학교와는 상관없습니다. 우리는 어떤 학생들이 문부과학성 장학금을 받아 일본으로 오는지, 단지 서류만이 아니라 직접 그 주변 인물들을 만나 평가하는 작업을 하고 있습니다."

"음, 이게 펑더화이에게 해로운 일은 아니겠죠?"

"물론입니다."

"펑더화이 군은 내성적인 학생이었습니다. 비록 집안은 어려웠지만 내내 장학금을 받았고, 학교 생활도 열심히 했어요."

"무슨 법적 문제를 일으키거나 한 적은 없습니까?"

"그런 일은 전혀 없습니다."

다나카는 그건 따로 경찰에 확인할 일이라고 생각하면서, 펑더화이의 대학 생활에 대해서 꼼꼼하게 물었다. 그러나 펑더화이의 주변 어디서도 이번 사건에 관한 흔적을 찾을 수는 없었다.

대학에서 사건과 관련된 정보를 얻는 데 실패한 다나카는 다음으로 난징공안국을 방문했다. 이미 도쿄에서 협조전을 띄워놓았던 터라 난징공안국에서는 따로 일본어를 잘하는 직원까지 대기시켜 친절하게 협조해주었다.

"펑더화이라 그러셨죠. 마침 그 청년의 조부가 정부로부터 오랫동안 병원비 지원을 받아서 기록이 우리에게도 있더군요. 그런데 펑더화이는 깨끗합니다. 요만큼도 얼룩진 게 없어요."

펑더화이는 범죄 기록은커녕 범칙금조차 낸 적이 없었다.

"가족사항과 가족들의 범죄 기록도 한번 봐주시죠."

"네."

모니터를 들여다보던 직원이 잠시 후 고개를 좌우로 흔들며 혼잣말처럼 내뱉었다.

"범죄 기록은 없지만…… 부모는 일찍 돌아가셨고, 달리 형제도 없고…… 음, 펑더화이의 조부가 우여곡절이 많은 분이군요."

"어떤 우여곡절이 있었습니까?"

"정부에서 치료비 지원을 받는 사람치고는 특이하게도 요주의 인물이에요. 전과자는 아니지만 범죄를 저지를 우려가 있으니 주의를 기울여 살피라는 기록이 있네요."

다나카의 귀가 꿈틀했다. 펑더화이 주변에서 처음 찾아낸 의미 있는 정보였다.

"범죄? 어떤 범죄요? 좀 더 자세한 설명을 부탁드립니다."

"아니, 범죄는 아니고 정신병원엘 자주 드나들었어요."

"어떤 문제가 있는 거죠?"

"혼자 곧잘 미친 듯이 고함을 지르곤 한다는군요."

"고함을 질러요? 뭐라고요?"

"그건 안 나와 있어요. 광장 같은 데서 난데없이 의미를 알 수 없는 고함이나 비명을 질러 사람들을 놀라게 하거나 부녀자를 공포에 떨게 한다는 건데, 자세한 내용을 알려면 병원에 가서 알아보는 게 낫겠어요."

다나카는 수첩을 꺼내 펑더화이 조부에 대한 내용을 모두 기록하고는 공안국을 나섰다.

　주차장에 가 자동차를 가지고 나온 탕페이는 다나카가 자신을 기다리며 서 있는 그 짧은 동안에도 수첩을 열심히 들여다보다 뭔가를 적어넣고 있는 걸 보았다. 어쩔 수 없는 일벌레라는 생각이 들어 농담을 건넸다.

　"점심때지만 물론 식사는 안 하시겠죠? 그 아까운 시간에 밥을 먹고 있을 수는 없는 노릇이잖아요. 이제 어디로 가실 건가요?"

　"난징시립정신병원으로 가야 합니다."

　"네."

　펑더화이의 조부를 담당해온 의사는 다나카가 일본에서 왔다는 걸 알고는 왠지 무거운 표정을 지었다.

　"그분은 돌아가셨어요."

　"네? 언제요?"

　"일 년 정도 됐어요."

　"사망 원인은 뭔가요?"

　"여러 이유가 있지만…… 일종의 노환이라 생각하면 되겠어요. 정신병이 있으면 아무래도 전체적으로 건강이 안 좋죠."

　"이분은 왜 정신병이 든 거죠?"

　"강박이 심했어요. 무엇엔가 꼭 붙들려 있었다고 할까……."

　"네? 무엇에요?"

"일종의 기억이죠. 과거의 무서운 기억."

"그럼 트라우마 같은 건가요?"

"비슷하지만 이건 훨씬 깊은 거예요. 영원히 벗어나지 못하는 그런 거죠. 한평생 괴로워하다 보니 정신병에 걸리지 않을 수 없었을 테고……."

"어떤 기억이죠? 이분을 평생 놓아주지 않았던 끔찍한 기억이란?"

"그건 나도 몰라요. 이분은 병원에서도 절대 입을 열지 않았어요."

"그럼 치료가 되지 않았겠군요."

"물론 상담치료는 되지 않았지만 약물치료를 했어요. 어차피 그분은 병이 깊어 상담치료로는 뭘 어떻게 해볼 수 있는 상황도 아니었죠. 그저 진정제 주사를 놓고 긴장을 이완시키는 약을 처방하거나 계속 잠을 재우는 정도였어요."

"혹시 이분의 손자 펑더화이 군을 알고 있습니까?"

"물론이죠. 조부에 대한 펑더화이의 보살핌은 극진하다 못해 눈물이 날 정도였어요. 세상에 피붙이라고는 그들 두 사람밖에 없었으니 그렇기도 하겠지만…… 조부가 돌아가시자 펑더화이는 바로 일본으로 갔죠. 이제 홀가분할 거예요."

정신병원에서 볼일을 마친 다나카는 펑더화이의 주소지로 향했다.

자동차가 장닝구에 도착하자 다나카는 미리 연락해둔 교육국으로 갔다. 그곳에서는 한 직원이 기다리고 있었다.

"일본에서 유학하는 우리 난징 학생들에게 무슨 일이라도 있습니까?"

펑더화이의 주소지인 완안동로(路)로 가는 도중 직원이 묻자 다나카는 적당히 둘러댔다.

"아닙니다. 일부 중국 유학생들이 악덕 유학 브로커에게 속아 피해를 당할 우려가 있어 보호하려는 겁니다."

"악덕 유학 브로커라뇨?"

"브로커들이 수수료를 내면 장학금을 세 배 이상 올려주겠다는 터무니없는 편지를 일부 문부과학성 장학생들에게 보냈습니다. 펑더화이 군은 그 편지를 받은 학생들 중 한 명인데, 우리 문부과학성에서는 어떤 브로커가 그런 편지들을 보냈는지 조사 중입니다."

문부과학성이라 찍힌 명함을 내민 다나카를 위해 직원은 기꺼이 앞장을 섰다.

펑더화이의 이웃들은 직원이 자초지종을 설명하고 다나카가 준비해온 선물을 내놓자 반가워했다.

"펑더화이는 일본에서 공부를 잘하고 있대요?"

"네. 하지만 악덕 브로커들 때문에 문제가 있나 봐요. 빨리 잡아야 할 텐데."

"일본에도 그런 놈들이 있나요? 펑더화이에게 온 편지는 모두 여기 모아두었어요. 그중에 그런 편지가 있을는지 모르겠네. 나쁜 놈들 같으니, 왜 공부 잘하고 있는 펑더화이를……."

다행히 이웃들은 오래 같이 살아와 그런지 친척이나 다름없이 친절했고, 보관해둔 펑더화이의 우편물을 다 보여주었다. 우편물은 대부분 사건과 무관한 것들이라 소득이 없었다. 그러나 그중 발신인과 내용이 눈에 걸리는 것이 있었다.

수신: 펑더화이
주소: 장쑤성 난징시 장닝구 완안동로 88호
내용: 난징대학살 증언의 건
발신: 난징문화원장
본 문화원에서는 난징대학살의 진상을 영원히 남기고자 난징대학살 기록관 건립을 계획하고 있습니다. 난징대학살 당시 아메이 마을의 유일한 생존자였던 귀하의 조부께서 사망하신지라 본인의 증언을 대신하여 귀하께서 들은 얘기를 대리 채록하고자 하니 본 문화원으로 연락 주시기 바랍니다.

'난징대학살?'

다나카는 이 편지에 강한 호기심이 일었다. '난징대학살'과 '아메이 마을의 유일한 생존자'라는 문구가 황태자비의 납치와 관련해 다가오는 것이었다. 다나카는 탕페이에게 편지를 옮겨적게 하고는 혹시나 하는 심정으로 물었다.

"혹 펑더화이가 일본으로 가면서 남긴 짐이라든지 그런 건 없나요?"

"있긴 하지만 새로 온 편지는 여기 따로 모아두었기 때문에 거긴 별 게 없을 거예요."

한 이웃이 신통치 않아 하면서도 펑더화이의 책과 노트, 서류 따위가 들어 있는 박스를 가지고 나왔다. 다나카가 하나씩 세심하게 들여다보자 탕페이가 옆에서 거들었다. 의심 가는 편지 같은 것이 없어 그만 상자 뚜껑을 닫으려 할 때 다나카의 눈에 색다른 글자가 들어왔다.

'어두운 기억의 저편.'

얇고 낡은 노트의 겉장에 펜으로 쓰인 제목을 보는 순간 다나카의 손이 저절로 뻗쳐졌다.

"이건 뭐죠?"

다나카가 묻자 탕페이는 노트를 받아들어 이리저리 살피더니 흥미가 가는 표정으로 대답했다.

"수기 같은데요."

"수기?"

이때 젊은 이웃 한 사람이 말을 거들었다.

"펑더화이는 글을 참 잘 썼어요. 수기를 써서 상금을 탄 적

154

도 있는걸요. 학교에서 현상문학상에 응모한다더니 진짜 상금을 받았더라고요. 이게 그거네요. 「어두운 기억의 저편」. 일종의 일기 같은 거예요."

일기라는 말에 다나카의 눈에 순간적으로 묘한 기대감이 스쳤다.

"이걸 좀 가져가도 될까요? 좋으면 일본 대학에서 문예장학금을 받도록 추천할 수 있는데."

"네, 제발 그래 주세요. 가난한 애가 일본에서 얼마나 고생하겠어요. 돈 때문에…… 이런 게 돈이 된다면 얼마나 좋아요."

다나카가 노트를 든 채 인사를 남기고 동네를 벗어나자 교육국 직원이 물었다.

"브로커에게 받은 편지는 못 찾으신 것 같은데, 멀리서 오셔서 헛수고만 한 게 아닌가요?"

"그렇긴 하지만…… 감사합니다."

직원과 헤어져 돌아오는 차 안에서 다나카는 이제껏 중국에서 얻은 정보를 분석해보았다. 부족한 대로 몇 가지 정보를 분석하면, 펑더화이는 돈을 염두에 두고 범행을 저지를 자는 틀림없이 아니었다. 물론 황태자비를 흠모해 납치했다든지 하는 따위는 더더구나 아니었다.

다나카는 도대체 무슨 생각으로 펑더화이가 일본까지 와서 황태자비를 납치하게 되었는지 강한 궁금증이 일었다. 어쩌면 사람들을 속이고 받아온 수기 안에 단서가 있을지 모른다는 기대감으로 다나카는 탕페이에게 노트를 내밀었다.

"이걸 빨리 일본어로 번역해줄 수 있어요? 대가는 따로 후하게 지불할게요."

"물론이죠."

탕페이는 경쾌하게 대답하고는 노트를 받아들었다.

황태자비가 읽어야 할 세 권의 책

외무성 435호 전문은 아무리 애써도 기억이 나지 않았다. 생각나지 않는 것을 억지로 쥐어짜려 할수록 갑갑증만 심해졌다. 마사코는 잠시 이 낯선 단어로부터 떠나 있기로 했다. 435호 전문의 감옥으로부터 헤어나온 마사코는 다시 탈출 계획에 몰입했다.

하지만 창가에서 건물 주변을 살피던 마사코는 다시 마음이 무거워졌다. 모든 게 너무도 견고했던 것이다. 게다가 마사코가 갇힌 방은 납치범이 머무는 옆방과 묵직한 나무문으로 연결되어 있었다. 지금은 잠겨 있지만 여차하면 납치범은 그 문을 통해 뛰어들어올 것이었다.

'이 산속 한가운데서 어떻게 빠져나갈 수 있을까?'

마사코는 다시 마음을 추슬렀다. 문이나 벽을 부순다거나 창을 뜯어낸다거나 하는 방법은 자신의 힘으로는 불가능할 뿐 아니라, 범인의 눈을 피할 수도 없을 것이었다.

납치범에게서 느껴지는 태산 같은 무거움. 그것은 결코 우둔함이나 굼뜸 같은 '둔함'이 아니었다. 상대는 그 무거움 속에 섬세함과 부드러움을 담고 있었다. 마사코는 납치범이 풍기는 그 알 수 없는 강인함이 어디서부터 비롯된 것인지 못내 궁금했다.

마사코는 탈주하려면 공간도 공간이지만 시간이라는 변수를 잘 활용해야 한다고 생각했다. 시간이라는 변수가 없으면 자력으로는 절대 이곳에서 빠져나갈 수 없을 것이다. 상대가 움직이는 시간대를 잘 알아야 했다.

그리고 또 하나의 변수가 있었다. 외부인의 방문이었다. 이상하리만큼 납치범은 외부와 자신을 빈틈없이 차단하고 있었다. 지금쯤 경찰에서는 황태자비를 찾으려고 엄청난 수색을 하고 있을 텐데, 이곳에는 사람 그림자조차 비치지 않았다. 아무리 납치범이 용의주도하다 해도 이토록 외부에서 찾아오는 사람이 없다는 사실을 마사코는 이해할 수 없었다.

철커덕.

문이 열리는 소리에 마사코는 시계를 봤다.

오후 3시.

범인이 드나들던 시간이 아니었다. 마사코는 범인의 등장에 관심을 보여서는 안 된다고 생각하고 눈길도 돌리지 않았다.

"이 책들을 읽으시오."

납치범은 세 권의 책을 마사코 앞 테이블에 내려놓았다. 마사코는 책을 보자 반가운 마음이 들었지만 범인의 엄격한 말투가 마음에 걸렸다.

"싫어도 읽어야 한다는 뜻인가요?"

"그렇소."

"그렇다면 읽을 수 없어요."

마사코는 책에서 시선을 거둬버렸다. 범인은 책에 대해서는 더 이상 이야기하지 않았다.

"그리고 내일부터는 이 시간에 약간의 운동을 하는 게 좋겠소. 감시하지는 않겠지만 쓸데없는 마찰은 피했으면 하오."

납치범은 나직하지만 힘 있는 목소리로 말했다. 마사코는 응대하지 않았다. 마음 같아서는 밖에 나가 시원한 공기를 들이마시고 싶었지만, 상대가 베푸는 친절, 그것도 감시조차 하지 않겠다는 배려가 꺼림칙했던 것이다. 납치범이 베푸는 대로 다 응했다간 마사코 스스로 상대의 납치를 긍정하는 모양새가 될 수도 있을 것이었다.

"시간은 삼십 분이오."

그렇게 말하고 납치범은 나가버렸다. 정확히 십 분이 지난 후였다.

철커덕.

다시 문이 닫히는 소리였다. 그것은 탈출에 고려해야 할 첫 번째 요소였다. 납치범의 발소리가 멀어지자 마사코는 조용히 눈을 감고 생각을 정리했다.

'내일 이 시간에 납치범이 다시 문을 열면 그때는 나가서 체조를 한다. 납치범의 스타일로 보아 바로 곁에서 감시하지는 않겠지만 분명 어디선가 지켜보기는 할 것이다. 범인의 주의를 끌지 않는 범위 내에서 산책을 한다. 주로 건물 주위를 돌면서 구조와 근처 지형을 살핀다. 자동차가 주차되어 있는 위치와 납치범이 자동차 키를 어떻게 보관하는지도 주의 깊게 봐둔다. 그렇다. 자동차도 매우 중요한 요소다. 산길을 뛰어서 탈출할 때는 반드시 사전에 자동차를 움직이지 못하도록 해야 한다. 타이어에 구멍을 내 움직이지 못하도록 할 수도 있다. 그런데 신발은 어떻게 하지?'

마사코는 구두를 내려다보았다. 가부키 공연을 관람할 때 신고 있던 외출용 하이힐이라 이것을 신고 뛸 수는 없었다. 이제껏 한 번도 맨발로 다닌 적이 없는 마사코로서는 맨발로 뛰는 것에는 자신이 없었다. 범인이 넣어준 슬리퍼는 실내에서는 편했지만 그걸 신고 뛸 수는 없는 노릇이었다.

마사코의 뇌리에는 희망적인 생각과 비관적인 생각이 수시로 교차했다. 그럼에도 불구하고 마사코는 탈출을 생각하는 동안은 자신이 살아 있음을 느꼈다. 적어도 납치범의 의도를 거스르는 쪽으로 노력하고 있다는 사실만으로도 그녀는 아직 건재한 셈이었다.

특종의 함정

　스캔들 전문 잡지 《핑크》의 하루코는 납치범에 관한 특종을 터뜨림으로써 프리랜서에서 일약 팀장으로 승진했다. 후속타를 찾기 위해 고심하고 있던 그녀는 미치코가 다시 없어진 사실을 알았고, 수사에 뭔가 큰 진전이 있다는 판단을 하게 됐다. 하지만 그녀는 미치코를 찾아낼 수 없었다.

　"아마 경찰에서 보호하고 있는 것 같아요."

　"그렇다면 경찰에서 보안 유지를 해야 할 대단히 중요한 정보를 미치코가 알고 있다는 얘기 아냐?"

　"그런 셈이죠."

　"미치코와 연락할 방법이 없을까?"

　편집장은 다시 한 건 할 수 있겠다는 생각에 하루코와 머리를 맞대고 미치코를 만날 수 있는 방법을 강구했다.

　"집에는 하루에 한 번씩 전화한대요. 그냥 안부만 묻고 자기는 잘 있으니 걱정하지 말라고 하는 정도래요."

　"묘안이 있을 텐데……"

"제가 미치코의 집에 가 있다가 전화를 직접 받으면?"

"받을 수야 있겠지만 경찰이 듣고 있다가 미치코가 이상한 얘기를 하면 바로 끊어버릴 텐데?"

편집장은 이런 방면에 훤한 사람이라 일이 어떻게 진행될지를 알고 있었다.

"제가 암호를 쓰는 것은 어떨까요?"

"암호?"

"네."

"어떤 암호?"

"학창 시절 우리끼리만 쓰던 암호가 있었어요. '가라가나'라고, 모든 걸 거꾸로 얘기하는 거예요. 그러면 사람들은 눈치를 채지 못하더라고요."

"가라가나?"

그날 저녁 하루코는 미치코의 집에서 전화를 기다렸다. 미치코의 부모는 전화가 오자 바로 하루코에게 넘겨주었다.

"미치코, 나야. 우리 오랜만에 가라가나 할까?"

"어머, 하루코. 가라가나라고?"

"돈을 주지 않았어. 아주 조금. 네 건 아냐."

미치코는 잠시 생각하더니 곧 익숙해진 듯 대꾸했다.

"아무 일도 없기 때문에?"

"아니, 넌 필요 없어."

"뭘 모르면 돼?"

"왜 집에만 있는 거야?"

"일본인하고 한국인 때문에."

"셋 중에 둘이 아니란 얘기야?"

"틀려."

"그가 경찰이야?"

"틀려."

미치코는 갑자기 사정이 생겼는지 전화를 끊어버렸다. 하루
코는 마치 아무 일도 없다는 듯 조용히 미치코의 부모에게 인
사하고 집을 나왔다.

편집장이 자동차 안에서 기다리고 있다가 하루코가 올라타
자 대뜸 물었다.

"어떻게 됐어? 성공한 거야?"

하루코는 대답 대신 편집장의 목을 끌어안고는 깔깔거렸다.

"호호호, 아무도 눈치채지 못했을 거예요. 미치코가 금방
알아듣던데요."

"그래, 미치코는 왜 경찰에 붙들려 있대?"

"어마어마한 정보예요."

"뭔데 그래?"

"납치범은 중국인이에요."

"뭐라고? 다시 말해봐."

"납치범은 중국인이라고요."

"틀림없어?"

편집장은 재차 확인했다.

"그렇다니까요."

이것은 두루뭉술하게 쓸 수 있는 기삿거리가 아니었다. 기사화하자면 확실한 사실여부가 중요했다. 편집장은 진위를 파악하기 위해 정색을 하고 하루코를 다그쳤다.

"어떤 암호를 쓴 거야?"

"모든 걸 거꾸로 말하는 거죠. 네 몫으로 돈을 많이 받았다고 얘기했어요. 미치코는 금방 알아듣고 무슨 일이 있기 때문이냐고 물었어요. 그래서 전 네가 필요하다고 했죠. 그러니까 뭘 알면 되느냐고 묻더라고요. 왜 집에 없느냐고 물었더니 일본인하고 한국인 때문은 아니라고 대답했어요. 그래서 제가 다시 물었죠. 셋 중에 하나냐고 물으니까 그렇다고 했어요. 셋은 물론 동양 삼국이죠. 일본, 중국, 한국 말이에요. 그래서 재차 확인을 했어요. 납치범이 중국인이냐고. 그랬더니 그렇다고 대답을 하고는 바로 전화를 끊어버렸어요. 아마 곁에 있던 경찰관이 미치코에게 전화를 끊으라는 신호를 보냈을 거예요. 알아들을 수 없는 얘기를 하니까 혹시 무슨 일이라도 있을까 싶어서 말이죠."

"경찰에서 납치범을 체포했는지 여부는 못 물어봤어?"

"막 물으려고 했는데 전화가 끊겼어요."

"됐어. 흐흐흐."

편집장은 기쁨과 욕심을 억제하지 못하고 웃음을 흘렸다. 이제 밤새 윤전기만 돌리면 모든 것이 끝난다는 생각에 편집장은 어쩔 줄을 몰라 했다.

다음 날 아침 출근길의 일본인들은 경악하지 않을 수 없었다. 스캔들 전문 주간지《핑크》의 특별판 때문이었다. '황태자비 납치사건의 범인은 중국인'이라는 제목 아래 다음과 같은 기사가 실려 있었다.

경찰의 집요한 추적 끝에 황태자비를 납치한 범인 중 한 사람은 중국인인 것으로 밝혀졌다. 본지가 단독으로 확인한 바에 의하면, 현재 경찰은 이 중국인의 신원을 파악하여 추적 중인데, 범행 동기에 대해서는 아직 결론을 내리지 못하고 있다. 나머지 범인도 중국인인지는 분명치 않지만 그럴 가능성이 높은 것으로 보인다. 정상적인 일본인이 황태자비를 납치할 이유는 없기 때문이다.

머리기사 밑으로는 예의 그 선정적인 추측 기사들이 꼬리를 이었다.

황태자비는 지금 아주 어려운 상황에 처해 있을 것으로 생각된다. 일본인처럼 황실에 대한 존경심이 없는 중국인이 젊고 아름다운 황태자비를 유린할 가능성은 충분하다. 그랬을 경우 일본에 체류하고 있는 젊은 중국 여성들이 우익 폭력배에게 납치 또는 강간, 살해될 위험성이 상당히 높다.

정부 또한 가만있지는 않을 것이다. 최악의 경우 중국을 상대로 선전포고를 할 가능성도 있다. 군사평론가인 마쓰시다 씨는 항공자위대가 보복의 상징으로 중국 제1의 도시인 상하이나 산업시설이 밀집한 선전을 초토화시킬 가능성이 있다고 판단하고 있다.

중국인 범인이 굳이 황태자비를 유린하지 않는다 하더라도, 좁은 은신처에 남녀가 함께 있다 보면 자연스럽게 본능이 발산될 수도 있다. 물론 황태자비는 조신하고 사려 깊기 때문에 설혹 범인의 요구가 있더라도……

《핑크》는 불티나게 팔려나갔고, 선정적인 기사를 읽은 일본인들은 피가 솟구쳤다. 이 주간지의 보도가 몰고 온 파장은 실로 핵폭탄급이었다. 아니, 어떤 말로도 표현할 수 없을 정도로 일본의 자존심을 건드렸다.

아이로니컬하게도 흥분한 군중의 분노는 가장 먼저 《핑크》를 향했다.

"황실을 모독한 잡것들부터 쳐죽여라!"

야릇한 문구로 황태자비와 황실의 존엄을 해쳤다는 군중의 현장 재판과 함께, 편집장은 앞니 여덟 개가 모두 부러진 채 피투성이가 되어 겨우 도망쳤고, 하루코는 구둣발에 짓밟힌 채 울부짖었지만 사무실을 태우는 매캐한 검은 연기만 폐부 깊숙이 파고들 뿐이었다.

'오버타임'의 의미

호텔에서 하룻밤을 보낸 다나카는 다음 날 상하이 일본영사관으로 전화를 걸어 펑더화이의 비자 서류를 찾았다. 난징에는 일본영사관이 없으니 펑더화이가 상하이의 일본영사관을 이용했을 것으로 판단되었기 때문이다.

과연 펑더화이는 상하이에서 비자를 받았고, 그의 비자 서류에는 세 사람의 보증인이 기재되어 있었다. 그러나 보증인의 신분란에는 모두 대학교수라고 적혀 있었다. 그것도 펑더화이가 다니던 난징대학교의 교수들이었다.

다나카는 쓴웃음을 지었다. 이로써 펑더화이 주변에서 단서가 될 만한 건 다 찾은 셈이었지만 직접적으로 범행과 연결시켜 생각해볼 수 있는 건 하나도 없었다. 이제 기대를 걸어볼 만한 건 탕페이에게 번역을 의뢰한 수기뿐이었다.

"친구들 몇이서 밤을 꼬박 새우다시피 했어요."

점심 무렵이 다 돼서야 도착한 탕페이는 지친 표정으로 수기를 내밀었다.

"피곤할 텐데 오늘은 그냥 쉬어요."

"아니, 어제 가기로 했던 문화원은 갈 수 있어요. 멀지도 않으니까요."

"고마워요."

탕페이는 피곤한 가운데도 의욕적으로 다나카를 난징문화원으로 안내했다.

"반갑습니다. 제가 기록관 건립 담당자입니다."

다나카가 내민 문부과학성 명함을 살피면서 담당자는 적이 의아해하는 표정이었다. 하지만 다나카가 문화원에서 펑더화이에게 보낸 서신을 내밀자 담당자는 고개를 크게 끄덕였다.

"펑더화이? 일본에 있다고요? 언제 돌아오나요?"

"확실하진 않습니다."

"음, 그럼 증언을 서면으로 받아야 하나……?"

"제가 역사에 대해 그리 밝은 편이 아니라, 몇 가지 여쭤보겠습니다."

"그러시죠."

"난징대학살이란 무엇입니까?"

담당자는 대답 없이 물끄러미 다나카를 바라만 보았다. 다나카가 뭔가 이상한 기분을 느끼며 헛기침을 하자 담당자는 정색을 하고 물었다.

"정말 모르고 묻는 겁니까?"

"네…… 혹시 제 질문이 뭐가 잘못되었습니까?"

"음……."

담당자는 힐난이라도 하듯 다나카가 내민 문부과학성 명함에 눈길을 옮겼다가는 노골적으로 경멸하는 표정과 어투로 말문을 열었다.

"어떻게 일본인인 당신이 그걸 모를 수 있습니까? 더군다나 문부과학성 관리가. 마지막으로 묻죠. 모릅니까? 난징대학살을?"

"정말 모릅니다."

"후후, 그렇다면 어째서 이 편지를 가지고 온 거죠? 이건 어디서 난 거요?"

"펑더화이의 이웃 분들이 주셨습니다."

"그렇다면 내가 설명을 하지. 난징대학살이란 일본군이 난징시민 사십만 명을 무더기로 학살한 사건이오. 되었소?"

"음……."

다나카는 갑자기 분노를 표출한 이 담당자를 자극하지 않으려 짐짓 상황을 이해한다는 듯 부드러운 목소리로 물었다.

"그럼 아메이 마을의 유일한 생존자란, 일본군이 마을 사람을 몰살시켰는데 거기서 혼자 살아남았단 뜻인가요?"

"그렇소."

"그 사람이 바로 펑더화이의 조부라…… 그렇다면?"

갑자기 다나카의 표정이 굳어졌다. 안전하다고 생각해온 황태자비의 신변이 갑자기 크게 걱정되었던 것이다.

그간 범인들이 범행 현장에서 황태자비를 바로 살해하지 않은 것이나 공을 들여 간사이 지방으로 옮겨간 것이나 펑더화이가 일본을 떠난 날짜로 보아 살해 의도가 없을 거라 짐작하고 있었지만, 펑더화이의 납치 동기가 난징대학살과 연관되어 있다면 납치 목적은 복수일 테고 그것은 황태자비 살해로 이어질 수 있는 것이었다. 아니 그럴 가능성이 높았다.

'조부가 그런 사람이라면 펑더화이에게도 조부의 증오심이 이입됐을 것 아닌가. 이것은 가장 위험한……'

다나카가 혼자 생각하는 걸 지켜보던 담당자가 곱지 않은 목소리로 물었다.

"그런데 선생은 뭘 알고 싶은 겁니까?"

"나는 펑더화이 군의 장학금을 연장해주기 위해 이것저것 참고가 될 만한 걸 알고 싶었습니다. 그런데 펑더화이 군은 조부가 겪은 일에 대해 어느 정도 공감하고 있습니까?"

"무슨 뜻이죠?"

"아메이 마을의 일은 펑더화이 군 자신이 겪은 일이 아니지 않습니까? 그런 일은 과장될 수도 있고 왜곡될 수도 있지 않겠습니까?"

담당자는 정색하고 말했다.

"펑더화이는 중국인입니다."

"네?"

"펑더화이는 중국인이란 말입니다. 중국인치고 난징대학살을 가슴에 품지 않고 사는 사람이 있습니까? 영원히 사라지지 않습니다. 일본이 진심으로 사과하지 않는 한요. 아니 사과를 한다 한들 그게 어찌 잊히겠소? 인류 역사 최악의 대학살극이……."

통역을 하는 탕페이의 표정조차 변하는 걸 보고 다나카는 중국인들은 누구랄 것 없이 난징에 대해 과장된 피해의식을 갖고 있다고 판단했다. 이런 마당에 더 이상 얘기하는 건 무의미하다 싶어 다나카는 그만 그 자리에서 물러났다.

호텔로 돌아온 다나카는 일본 경시청으로 전화를 걸었다.

"이봐, 다나카 경시정. 큰일 났네."

황태자비 신변의 위험성을 경고하려고 전화를 걸었는데, 오히려 수사부장의 목소리가 더 다급했다.

"무슨 일인데요?"

"범인 중 하나가 중국인이라는 사실이 알려지고 말았네."

"네? 보안 유지가 안 됐습니까?"

"저질 폭로지 《핑크》가 어떻게 알아냈는지 모르겠어."

"음……."

"결국 총감님이 기자회견을 하셨네. 범인 중 한 사람이 중국인이고, 미국으로 도주했다고 말이야."

"어쩔 수 없었겠군요."

"지금 온 국민이 흥분하고 있네. 어떤 사람들은 범인이 중국 정보기관에서 보낸 공작원일 가능성도 있다고 주장하는 판이야. 총감님은 지금 내각에 보고하러 가셨네. 자네 빨리 돌아와야겠어."

"저는 여기서 할 일이 더 있습니다."

"지금 수사가 문제가 아니야. 내각이나 기자들에게 그간의 과정을 설명해야 해."

"하지만 저는 여기 중국에서 범인의 흔적을 찾아야 합니다. 펑더화이는 생각보다 훨씬 더 위험한 자인 것 같습니다……."

다나카는 펑더화이의 범죄가 증오로부터 비롯되었고 복수가 주목적일 수도 있다는 보고를 마치고 전화를 끊었다. 그의 뇌리에 아메이 마을에서 구사일생으로 살아나는 펑더화이 조부의 모습과 그런 조부로부터 난징사건에 대한 과장된 이야기를 시도 때도 없이 듣고 있는 펑더화이의 모습이 오버랩되었다. 일본에 대한 조부의 원한은 어려서부터 조부의 손에 자란 펑더화이에게 그대로 투영되었을 것이고 이번 범죄는 그 연장선상에서 보아야 할 터였다.

다나카는 이제 펑더화이의 범행을 지배하는 것은 역사적

동기, 즉 난징사건이라고 확신했다. 그리고 이 확신은 펑더화이의 정신적 스승이라는 자에게로 옮아갔다. 필시 그는 펑더화이가 어려서부터 품어온 막연한 증오심을 현실적으로 표출하는 데 직간접적으로 도움을 주었을 것이다.

그가 누구든 그 흔적을 우선 여기 중국에서 찾는 게 맞는 것 같았다. 다나카가 짐작하기에 그자는 여러 모로 탁월한 능력의 소유자였다. 그는 혼자 힘만으로도 황태자비를 완벽하게 제압할 수 있기 때문에 펑더화이를 미국으로 피신시켰을 터였다. 그러고 보면 그는 가난한 펑더화이를 미국으로 보내는 데 어려움을 느끼지 않을 만큼의 자금력을 갖췄으며, 누구의 눈에도 띄지 않을 만큼 비밀스러운 곳에 황태자비를 가두어둘 만한 공간까지 확보하고 있는 자라는 이야기였다.

'도대체 이자는 누구일까?'

추리를 거듭하던 다나카는 펑더화이가 일 년 전 문부과학성으로부터 장학금을 받았다는 사실에 주목했다. 이것은 분명 뭔가 아귀가 맞지 않는다는 느낌이 들었다. 자금력이 있는 파트너를 둔 펑더화이가 황태자비를 납치할 목적으로 일본으로 건너왔다면, 모든 걸 노출해야 하는 문부과학성 장학금을 받는 건 맞지 않는 발상이었다. 그렇다면…… 다나카의 비상한 머리는 빠르게 사실에 근접해갔다.

'음! 범인들이 범행을 결심한 지는 일 년이 채 안 된다는 얘

기가 아닌가! 그렇다면 이들은 중국이 아닌 일본에서 만난 사이다.'

다나카의 추리는 계속되었다.

'펑더화이가 문부과학성 장학금을 받고 일본으로 온 걸 보면, 그가 처음부터 황태자비를 납치할 마음이 있었던 건 아니라는 이야기다. 일본에 거주하는 동안 범행을 저지를 생각이 들었다면, 정신적 스승이라는 그자가 종용했다고 보아야 하지 않는가. 그렇다면 그자는 펑더화이보다 먼저 일본에 들어와 있던 사람으로 일본을 잘 아는 자일 가능성이 높다. 그가 간사이 지방에서 이렇듯 철저히 은신하고 있다는 것은 그자가 그 지방 사정을 잘 안다는 이야기고, 그렇다면……?'

그제야 다나카는 다시 하나의 실마리를 찾아냈다.

'그자가 만약 일본에 일 년 이상 체류한 자라면 당연히 외국인 등록이 되어 있을 것이다.'

여기까지 생각이 미친 다나카는 모리에게 급히 전화를 걸어 외국인등록부, 특히 간사이 지방을 중심으로 외국인등록부를 철저히 조사하라고 지시했다.

호텔에 도착해 탕페이를 돌려보낸 다나카는 펑더화이의 수기 「어두운 기억의 저편」을 가지고 호텔 사우나로 갔다.

땀을 흠뻑 흘린 후 가운을 입고 휴게실을 찾은 다나카는 우선 시원한 맥주 한 병을 마신 다음 휴게실의 안마의자에 앉았다. 수기를 펴든 다나카는 사소한 것 하나라도 놓치지 않으려는 듯 펑더화이의 수기를 꼼꼼히 읽어내려갔다.

이미 병원에서는 할아버지를 포기했다. 그냥 살아 있는 것만으로 만족하라는 의사의 말에 나도 모르게 눈물방울이 맺혔다. 할아버지는 오늘도 '오버타임'이란 단어만 내뱉으신다. 아, 할아버지의 어두운 기억 저편을 그토록 강렬하게 지배하고 있는 이 '오버타임'은 도대체 무엇이란 말인가.

수기는 처음부터 끝까지 조부에 관한 이야기였다. 조부의 어두운 기억이 펑더화이의 내면 깊숙이 침투해 있다는 걸 확연히 느낄 수 있었다. 그런 펑더화이에게는 어쩔 수 없이 강박관념에 시달리고 있는 젊은이의 모습도 있었지만, 한편으로는 맑고 투명한 심성도 느껴졌다.

다나카는 잠시 한숨을 내쉬었다. 평생 '오버타임'이라는 한 단어만을 내뱉다 죽은 조부와 그 한 단어의 비밀을 밝혀야 한다는 강박증으로 젊은 시절을 우울하게 보내고 있는 맑은 심성의 손자의 모습이 뇌리에 선연하게 다가왔던 것이다.

다나카는 수기를 다 읽고 다시 사우나 도크로 갔다. 왠지 우울한 기분이 들어 잡념을 떨쳐버리고 땀을 쭉 빼야겠다는 생각이었다.

도크 안에 있는 텔레비전에서는 서부영화 〈셰인〉이 방영되고 있었다. 다나카는 마침 그 영화를 좋아하던 터라 냉탕을 몇 번 드나들며 끝까지 보았다. 마지막 장면에서 소년은 떠나는 셰인의 이름을 몇 번이고 불렀다.

다나카는 역시 어쩔 수 없는 수사관이었다. 어떤 사건이 머리에 남아 있는 한 세상의 모든 사물을 그 사건과 연관시켜 생각했다. 영화를 보면서 다나카는 소년과 셰인의 관계가 펑더화이와 공범 같은 관계가 아닌가 가정해보고 있었다. 펑더화이가 공범을 자신의 정신적 스승으로 생각하고 있었다면, 공범에게 펑더화이는 사랑스러운 제자라 할 수 있을 것이다. 그렇기 때문에 공범은 일단 납치를 성공시킨 후 제자를 미국으로 도피시켰다고 볼 수 있었다.

다나카는 보이지 않는 범인들의 흔적을 쫓으며 잠시 눈을 감고 펑더화이의 모습과 그의 뒤에서 검은 그림자로 존재하는 공범의 모습을 그려보았다. 일부러 외우려고 한 것도 아닌데 어느새 다나카의 머릿속에는 수기의 마지막 구절이 찬찬히 떠올랐다.

끝났다. 그것이 슬픔이든 저주든 영원히 치유될 수 없는 상처든, 모든 과거는 할아버지의 죽음과 함께 어두운 기억의 저편으로 사라져버린 것이다. 하지만 나는 바다 건너 먼 곳을 향하여 걸음을 옮겨야만 한다. 이제는 내 것이 되어버린 '오버타임'의 알 수 없는 의미를 찾아.

범인의 그늘

철커덕.

오후 3시.

납치범은 자신이 예고했던 시각이 되자 바로 문을 열었다. 그의 눈은 제일 먼저 어제 테이블 위에 놓아두었던 책으로 향했다. 자신이 놓아둔 모양새 그대로인 것을 확인한 납치범의 눈이 황태자비의 얼굴을 쏘아봤다. 마사코는 상대의 눈길을 피하지 않고 맞받았다.

"나는 이 위험하고 열악한 상황에서도 당신을 위해 최선을 다하고 있소. 그런데 당신은 왜 의도적으로 모든 것을 거부하는 거요?"

"그래요. 나는 당신이 바라는 것은 절대 아무것도 하지 않겠어요. 운동도 하고 싶지 않아요. 책을 읽으라고 강요한다면 차라리 다시 단식을 하겠어요."

"으음……."

납치범은 잠시 주저하더니 단호한 목소리로 말했다.

"맘대로 하시오. 나 역시 물러서지 않을 테니."

납치범은 차가운 표정으로 돌아서 나가버렸다. 순간 마사코는 짧은 승리의 기쁨을 느꼈다. 하지만 저녁이 다가오고 또다시 산속의 어둠이 찾아오자 깊은 좌절감에 빠졌다.

"야만인!"

어둠 속에서 마사코는 납치범에 대한 증오를 곱씹었다. 배고픔은 참을 수 있었다. 하지만 며칠이 지나도록 아무도 자신을 구하러 오지 않는다는 사실이 못 견디게 절망스러웠다.

급기야 자살을 한다면 어떻게 할 것인가에까지 생각이 미쳤다. 그러나 마땅한 방법이 없었다. 다다미방 안에는 침대 하나, 그리고 테이블과 의자 두 개뿐이었다. 지지대도 없는 방에서 어떻게 목을 맬 것인가. 그렇다면 창의 유리를 깨 동맥을 자르거나 혀를 깨무는 방법뿐이었다. 그러나 그것은 생각조차 하기 싫은 죽음이었다.

"으흐흑……."

황태자비는 납치된 후 처음으로 흐느꼈다. 납치범에 대한 증오가 서서히 남편에게로 옮겨갔다.

'내가 일생 동안 전력을 다해 지켜주겠소.'

온 일본의 여성을 열광시켰던 황태자의 프러포즈 멘트였다. 하지만 정작 마사코로서는 마음이 내키지 않는 결혼이었다. 나루히토 황태자는 외국 귀빈 환영 파티에서 우연히 도쿄대학교와 하버드대학교 출신의 외교관 마사코를 보고는 한눈에 반했다. 마사코만큼 지성과 미모를 겸비한 여자를 만난 적이 없었던 황태자는 마사코가 영국 옥스퍼드대학교로 연수를 가자 미칠 것만 같았다. 그는 모든 방법을 동원했다. 마사코는 주위의 수많은 권고에도 불구하고 그때마다 정중하게 거절했다. 그러나 결국 국가의 압력을 거부할 수 없어 황태자의 청혼을 받아들였던 것이다. 그러나 지금 이 순간 남편은 뭘 하고 있는지조차 알 수 없었다.

이런저런 생각으로 밤을 하얗게 지새운 마사코는 새벽이 밝아오자 납치범이 두고 간 세 권의 책으로 눈길을 옮겼다. 그러나 마사코는 궁금증을 눌렀다. 죽더라도 저 책을 읽을 수는 없다고 다시 한 번 마음을 다잡았다.

그런데 바로 그 순간, 거듭된 단식과 불면증으로 마사코는 급기야 탈진해 쓰러지고 말았다.

"이제 정신이 드오?"

얼마나 오랫동안 의식을 잃었는지 모르지만 눈을 뜨는 것조차 힘이 들었다. 망막에 희미하게 뭔가가 맺히는 것 같더니 납치범의 모습이 차츰 선명해졌다. 그는 마사코의 입에 미음을 흘려넣고 있었다.

"미안하오. 나는 당신이 이토록 극단적으로 행동할 거라곤 생각하지 못했소."

마사코의 입가에 미소가 번졌다. 자신이 이긴 것이다. 지금 납치범은 자신에게 사과를 하고 있지 않은가.

"내게 아무것도 지시하지 말아요."

겨우 입을 연 마사코의 얼굴에는 핏기가 하나도 없었다. 마사코는 자신도 모르게 눈물이 핑 돌았다. 납치범은 말없이 고개만 끄덕였다.

마사코는 다음 날 오후 3시 납치범이 문을 열자 순순히 밖으로 걸어나왔다. 아직 원기를 회복하지는 못했지만 시원한 바깥 공기를 마시자 말할 수 없이 상쾌했다. 산책을 하면서 마사코는 다음 목표인 탈출도 반드시 성공하고 말리라 다짐하며 사방을 둘러보았다.

납치범은 약속대로 몸을 드러내지 않았다. 마사코로서는 이 점이 오히려 더 불안했다. 납치범이 어디에 있는지를 알아야 산 아래로 난 저 길로 뛰어 내려갈 수 있을 것이다. 마사코는 산길을 뛰어 내려가다가 숲 속으로 들어가면 납치범도 찾아내지 못할 거라고 생각했다.

그럴 경우 문제는 신발이었다. 지금도 마사코는 방 안에서 신고 있던 슬리퍼 차림으로 나왔다. 납치범의 경계심을 늦추기 위해서였다.

'만약 내일 산보 시간에 구두로 바꿔 신는다면?'

하이힐 역시 불편하기는 마찬가지고, 무엇보다 납치범의 즉각적 주의를 불러올 것이다.

'슬리퍼를 신고 뛴다면?'

역시 만만치 않은 일이었다. 마사코는 이러다 결국 탈출하지 못하고 마는 것은 아닐까 두려워졌다.

'혹시 나는 적극적으로 탈출하겠다는 생각을 무의식중에 거부하고 있는 것은 아닐까?'

마사코는 왜 그런 생각이 드는지 생각해보았다. 우선 불안감이 가장 클 것이다. 어떤 방법으로 탈출을 시도해도 납치범에게 붙들리고 말 것 같았다. 가부키자에서부터 느껴온 납치범의 대담성과 용의주도함은 자신의 탈출을 결코 허술하게 방치하지는 않으리라는 생각이 들게 했다.

마사코는 지붕 사이사이를 살폈다. 수십 개의 감시 카메라가 있을 것 같았지만 단 하나도 발견할 수 없었다. 이상한 일이었다. 카메라가 눈에 띄지 않는다는 사실이 오히려 납치범의 자신감과 능력을 보여주는 것만 같았다.

한편으로 마사코는 경찰이 자신을 찾아낼 것이라는 기대감 또한 포기할 수 없었다. 따라서 그때까지는 납치범이 극단적인 행동을 취하지 않도록 신중하게 행동해야 했다. 이것은 경호 지침이기도 했다. 섣불리 경거망동하다가 긴장 상태인 납치범의 도발을 초래하기보다는 안정된 상태를 유도하면서 기다리는 것이 경호의 원칙이다.

그러나 지금 마사코로 하여금 무엇보다도 탈출을 망설이게 하는 것은 납치범의 태도였다.

'내가 지금껏 납치범의 지시를 거부할 수 있었던 것도 그가 내게 관대했기 때문이 아닌가. 만약 그가 나로서는 도저히 거절할 수 없는 방법을 취했다면 어쩔 수 없지 않았을까?'

마사코는 자신이 그보다 우월한 조건에 있어서 그가 자신의 저항을 받아들여준 것이 아니란 것을 잘 알았다. 납치범은 마사코가 저항할 수 있는 길을 터주었던 것이다. 마사코가 위신을 지킬 기회를 부여하고 있는 것이다.

마사코는 이런 관계가 깨지는 것이 두려웠다. 만약 탈출을 하다 실패하면 이런 관계마저 영락없이 깨지고 말 것이다. 그러면 납치범이 어떻게 돌변할지 알 수 없었다. 탈출에 대한 마사코의 의욕은 이런 이유로 인해 산책 시간이 끝날 무렵에는 점차 허물어지고 있었다.

마사코는 납치범이 제시한 운동 시간 삼십 분이 지났지만 방으로 들어가지 않았다. 알아서 기는 강아지 같은 꼴은 보이고 싶지 않았다. 삼십 분에서 몇 분이 더 지나자 납치범이 나타났다. 마사코는 납치범을 기다리는 듯한 기색도 보이지 않았다. 그냥 멀리 내려다보이는 산길 아래로 시선을 모으고 인적 없는 도로만 바라보았다.

"시간이 더 필요하시오?"

"아니에요."

마사코는 감정이 실리지 않은 목소리로 대답했다. 그리고 가슴에 담고 있던 최악의 경우에 대한 물음을 던졌다.

"나를 죽일 수도 있나요?"

"……"

납치범은 아무 말도 없었다. 그러나 이때 마사코가 받은 느낌은 매우 이상했다. 자신에 대한 정중한 태도나 겉으로 느껴지는 인격으로 미루어볼 때 당연히 '노'라는 대답이 나와야 했다. 마사코 자신의 잠재의식도 그것을 기대하고 그런 극단적인 질문을 뱉어냈을 터였다. 그러나 상대의 반응은 기묘했다. 마사코는 그가 그런 극단적인 행위를 하지는 않을 인격의 소유자로 보였지만 자신을 죽이는 일에 대해서만큼은 전혀 다른 선택을 할 수도 있을 거라는 생각이 들었다. 그녀는 공연한 질문을 했다고 후회하며 말했다.

"방으로 들어가고 싶어요."

납치범은 몸을 비켰다. 감정의 동요를 내보이지 않으려고 애썼지만 마사코의 마음은 흔들리고 있었다. 마사코는 갑작스러운 마음의 동요를 내보이지 않기 위해 조심스럽게 발걸음을 옮겼다.

천재와의 게임

다나카는 난징을 떠나 베이징행 비행기에 몸을 실었다. CCTV에 전화한 자의 흔적을 찾는 것 또한 중국에서 해야 할 일이었다. 다나카가 중국 공안의 협조를 얻어 CCTV를 찾아가자 모리 총리의 인터뷰를 담당했던 프로듀서는 전화를 걸어온 사람이 유창한 일본어를 구사했다고 기억을 살려냈다.

"통화를 녹음하거나 하지는 않았나요?"

"그럴 생각은 못했어요."

"전화를 건 사람은 어떻게 그것이 일본 측의 음모란 걸 알았다고 했죠?"

"그런 걸 물어볼 겨를이 없었어요. 다만 댜오위다오에 대한 일본 총리의 표현이 너무 격해 고민하던 참에 그런 전화가 걸려와 중앙당 선전부와 상의해서 빼버린 겁니다."

기대와는 달리 방송국에서는 얻을 게 전혀 없었다. 다나카는 의미 없는 일이란 걸 알면서도 중국 공안에게 일본에서 걸려온 전화의 발신번호 추적을 부탁하고 호텔로 돌아왔다.

'다나카 경시정님, 일본에 들어온 지 일 년이 넘은 사십대 전후의 간사이 지방 외국인 중 의심스러운 인물은 없습니다. 하시모토에게도 해당하는 모든 외국인의 사진을 빠짐없이 확인시켰지만 성과가 없습니다. 죄송합니다.'

호텔에 남겨진 모리의 메시지였다. 다나카는 고개를 가로저었다. 단서를 풀기 위해 사방팔방으로 쫓아다녔지만 범인의 윤곽은 여전히 흐릿하기만 했다. 다나카는 얼마 전 모리가 푸념하던 것이 생각났다.

'어떻게 이렇게 단서와 단서가 연결이 안 될 수 있습니까? 귀신한테 홀린 것 같습니다. 우리는 천재와 게임을 하고 있는 모양입니다. 그래도 다나카 경시정님이 계시니까 모두가 놓쳐버리는 걸 이 정도나마 쫓아왔지, 안 그랬으면 아직까지 고마코나 닦달하고 있었을 겁니다.'

마치 한 겹을 벗겨내면 또 한 겹이 나오는 양파 같은 이번 수사에 모리는 학을 떼고 있었다. 다나카 역시 지금 모리와 같은 심경이었다. 납치범은 조금도 파고들 틈을 주지 않았다. 힘들게 펑더화이를 찾아냈지만 그는 미국으로 도주한 후였다.

다나카는 모든 기운을 끌어모아 다시금 깊은 생각 속으로 잠겨 들었다.

'지금 나는 무엇을 놓치고 있는 거지?'

천재와의 게임

대학살과 전투

다나카는 중국에서 할 수 있는 일은 다 했다는 판단을 내리고는 곧바로 비행기에 올랐다. 중국에서의 나날이 극도로 피곤했기에 비행기에서 오랜만에 깊은 잠을 잤다. 눈을 뜨자 바로 나리타공항인 걸 확인한 다나카는 쓴웃음을 지었다. 중국에서 잠을 아껴가며 최선을 다했건만 이토록 성과가 없다니. 하지만 납치의 배경이 난징사건임을 확인한 건 나름대로 큰 수확이었다. 다나카는 공항을 빠져나온 후 경시청이 아닌 도쿄대학교로 향했다.

졸업 후 참으로 오랜만에 모교를 찾아가는 길이라 다나카는 잠시 감회에 젖었다. 비록 법대에 다니며 법과 규범에 몰두했지만 인생을 살아가는 기본적인 가치관과 철학을 세운 곳이었다. 인간에 대한 신뢰, 문명에 대한 확신을 모두 여기에서 얻었고, 그때의 가치관은 지금까지 어떤 사건 수사에서도 인권을 억압하거나 인간을 모독하지 않는 수사 원칙의 근원이 되었다.

다나카는 중국사를 강의하고 있는 친구 야마자키 교수의 연구실을 찾았다. 그는 권위 있는 학자인 데다 중고등 교과서 필자이기도 해 난징사건에 대해 가장 정확한 지식을 줄 수 있는 인물이었다.

"여어, 다나카. 위명은 틈틈이 듣고 있네."

"일개 형사가 어떻게 감히 도쿄대학교 교수의 존명에 비교될 수 있겠나?"

"이 사람, 그런 소리 하지 마. 사실 나도 학교에서 번데기처럼 지내느니 자네처럼 열정적으로 살고 싶어. 치열한 수사 끝에 범인을 체포하며 '당신은 변호사를 선임할 권리가 있고 진술을 거부할 권리가 있으며……' 해가면서 말이야. 멋지잖아!"

"이봐 야마자키, 농담 말고 나 좀 도와주게."

"무슨 일인데? 자네가 여기까지 온 걸 보면 보통 일은 아니겠지."

"난징사건 있잖나. 중국인들이 흔히 난징대학살이라고 부르는."

"있지."

"그때 정말 잔혹한 대학살이 일어났나?"

야마자키는 즉답을 하지 않은 채 다나카의 얼굴을 잠시 바라보았다.

"범인이 중국인이라더니 난징전투가 황태자비 납치사건 수사와 관련이 있나?"

야마자키는 중국인들이 난징대학살이라 부르는 걸 '난징전투'라는 단어로 표현했다.

"그런 것 같아."

"그럼 범인은 옛날의 그 일에 원한을 품고 복수를 하려 한다는 말인가?"

"아직 확실하진 않지만 그럴 가능성이 있어."

"그렇다면 그자는 피해망상증 환자로군."

"피해망상?"

"그렇지 않나. 난징대학살이란 한마디로 중국인들의 술책이야."

"그게 무슨 소리야?"

"그들이 얘기하는 난징대학살은 명칭부터 난징전투라 불러야 해. 중일전쟁 당시 우리 군이 난징에 진입하려 하자 중국인들이 대거 항거했거든. 순순히 항복하지 않았다는 얘기야. 패잔병과 테러분자들이 일반 시민과 섞여 저항하는 바람에 우리 군은 상당한 어려움을 겪게 되었어. 일반 시민과 저항분자들을 가려내려 최선을 다했지만 그게 그리 쉬운 일이 아니잖나. 그 분류 과정에서 일반 시민 일부가 희생되긴 했지만, 그것은 어디까지나 전투 중에 일어난 일이야."

다나카는 확신에 찬 야마자키 교수의 얼굴을 보며 일본의 역사인식이 중국과는 너무도 다른 데 다소 놀라며 물었다.

"그런데 그걸 왜 중국인들의 술책이라고 하는 거지?"

"일본과 중국은 근본적으로 대결구도에 있어. 우리는 길거리에서 다툴 때 상대방만 염두에 두지만 중국인들은 먼저 구경꾼들을 자기편으로 만든 다음 상대와 시비를 따진단 말이야. 난징대학살은 국제사회의 구경꾼들을 자기편으로 끌어들이고 우리 일본을 추락시키려는 음모란 말일세."

"우리는 전투라 하고 그들은 대학살이라 하니, 도대체 어느쪽이 맞는 거야?"

"맞고 틀리는 게 없어. 그들은 그들대로 우리는 우리대로 해석하고 받아들이는 거지."

"그렇다면 역사란 뭔가? 현대사는 어떻게 기술되는 건가?"

"역사는 주장이야. 사실을 잔뜩 열거해 늘어놓고 크고 작은 순서대로 정리하는 것이 역사가 아니야. 역사란 어떤 시각을 가지고 그 시각에 따라 사물과 현상을 배치하는 거지."

"그럼 거기에 진실은 없다는 말인가? 역사학자란 진실을 기록하는 사람들이 아니란 말이야?"

"역사 기술은 힘이야. 힘 있는 자의 목소리가 기록되는 거지. 학자들이란 그 힘에 기생하는 존재들이고."

"그러나 학자의 소신도 있지 않은가. 죽음도 마다하지 않는 학자의 소신 말이야."

"죽음도 마다하지 않는 소신파 학자들이란 대개 편협해. 자신이 마치 진리를 가진 듯 생각하고 행동하지만 보는 게 좁아."

다나카는 야마자키가 난징사건을 너무 일방적으로 해석한다는 느낌이 들었다.

"그렇다면 학문에 대한 야마자키 자네의 철학은 무엇인가?"

"나? 나는 그저 관찰할 뿐이야. 사실 뭘 모르고 떠들어대는 것보다는 죽을 때까지 말없이 관찰하는 것이 학자의 태도일지도 모르지."

"그러나 난징사건에 대해서는 철저히 저쪽의 사정을 무시한다는 생각이 드는군. 자네 기회가 되면 직접 중국에 가 그 사람들 얘기를 들어볼 필요도 있겠어."

다나카가 자리에서 일어나자 야마자키도 따라 일어나면서 다시 한 번 강조했다.

"상대가 피해망상증 환자라니 황태자비가 더 걱정스럽군. 무슨 짓을 저지를지 모르는 놈일 테니 말이야. 나도 가끔 마사코를 생각하는데, 지금 어떤 상황일지 안타깝기 그지없어. 학교 다닐 때 얼마나 똑똑하고 예뻤어. 아직 살아 있긴 할까?"

"아마도."

다나카는 펑더화이가 미국으로 가버렸다는 사실에 새삼 안도하며 대답했다. 물론 마사코가 살아 있다는 그 어떤 증거도 없었다. 하지만 다나카는 현재 황태자비를 가두고 있는 납치범이라면 펑더화이와는 달리 상대적으로 안전하다는 느낌을 갖고 있었다. 이토록 대담하고 깔끔하게 황태자비를 납치한 그가 단순히 살해를 목적으로 사건을 저질렀으리라고는 생각되지 않았다. 오히려 이제까지 추적해온 결과로 판단한다면, 납치범은 어딘가에 도사리고 앉아서 자신을 찾아올 때까지 기다리고 있을 것만 같았다.

납치범의 속마음

마사코는 납치범이 말한 435호 전문을 기억해보려 온 정신을 집중했지만, 그 문건은 자신의 기억 속에 없었다. 그녀가 외무성에 들어가 몇 년간 경력을 쌓은 후 했던 일은 낡을 대로 낡은 각종 문서를 정리하는 일이었다. 처음에는 외교문서를 정리하는 일이 재미있었으나 차츰 퀴퀴한 곰팡이 냄새에 싫증이 났고, 약간만 잘못 만져도 금방 파손되는 낡은 종이를 정리하는 일이 지겨워졌다.

"마사코 사무관, 아무도 그 내용을 다 확인할 수 없어요. 그 시시콜콜한 내용까지 모두 확인해 정리하려면 아마 이 서류들과 결혼해야 할 거요. 그러니 보존 상태만 확인하고 도장을 찍어요."

담당 과장은 외무성 직원들에게 전해 내려오는 요령을 알려줬다.

"괜히 내용을 확인하겠다고 포장을 풀었다간 모두 파손되어버릴 거예요. 이런 건 그냥 두었다가 한가한 학자들에게나

줘버리는 게 나아요."

과장은 한순간도 마사코가 혼자 서류 정리를 하도록 내버려두지 않았다. 언젠가는 화가 나서 과장에게 대든 적도 있었다. 게이오대학교의 다카하시 교수가 찾아와 급하게 문서들을 헤집고 간 직후였다. 그 뒷정리를 하느라 직원들이 고생하는 것을 본 마사코는 바로 과장을 찾아갔다.

"어떻게 일개 교수가 정부의 문서를 그렇게 마음대로 헤집고 가는 거죠?"

"마사코 사무관, 이해하시오. 그분은 우리 외무성에서 위촉한 분이오."

"그래도 민간인 아닌가요? 민간인이 함부로 정부의 문서를 보게 해도 되는 건가요?"

마사코가 원칙을 말하며 대들어도 과장은 막무가내였다. 그 후 마사코는 그 일에서 손을 떼게 됐다. 당시 마사코는 황태자와의 결혼설이 도는 자신이 힘든 일을 하지 않도록 과장이 배려하는 것으로 생각했다.

다음 날 아침 납치범이 식사를 가지고 나타났을 때 마사코는 앞을 가로막았다. 그 435호 전문 때문에 자신을 납치했다는 범인의 말에 대한 강력한 항의 표시였다.

"오늘은 그냥 갈 수 없어요. 납치 동기라는 그 435호 전문의 내용을 나에게 말해줘요."

납치범은 고개를 가로저었다.

"당신은 신사적이지 못해요. 설명을 해주는 것이 나에 대한 최소한의 도리 아닌가요?"

"우리 인간이란 각자 서 있는 위치에 따라 생각도 다르고 가치관도 다르오. 내가 말할 수 있는 것은, 나는 당신을 납치해야만 하는 충분한 이유가 있었다는 것이오. 당신을 납치하기까지 참으로 오랜 시간을 깊이 고민했소. 과연 이 일을 꼭 해야만 하는가, 수백 수천 번도 더 생각했소. 그런 다음 나는 당신을 납치한 것이오."

"그건 상관없어요. 나는 그 전문의 내용이 무엇인가를 알고 싶을 뿐이에요."

"그 내용은 나도 모르오."

"뭐라고요? 알지도 못하는 문서를 공개하라고 나를 납치했다는 건가요?"

"그렇소."

"하지만 대략 어떤 내용인지는 알 것 아니에요?"

납치범은 고개를 끄덕였다.

"얘기를 해요!"

"할 수 없소!"

"왜죠?"

"당신을 위해서요."

"당신은 나를 기만하는군요. 그 전문 때문에 나를 납치했다면서 어떤 내용인지 모른다고 하다가 이제는 알아도 말할 수 없다니 말이에요. 그게 거짓이 아니라면 반드시 말해야 해요. 거짓인가요?"

"그렇지 않소. 하지만 나는 결코 얘기하지 않을 거요."

납치범의 의지는 확고했다. 마사코는 문을 닫고 나가려는 범인을 불러세웠다.

"거기 잠깐 서요."

납치범은 뒤를 돌아보았다.

"목욕을 해야겠어요. 몇 가지 필요한 것도 있는데⋯⋯."

이런 상황에서 납치범에게 차마 꺼내고 싶지 않은 말이었지만 마사코는 온몸이 끈적거려 도저히 견딜 수가 없었다.

"미안하오. 목욕 준비는 진작 해두었소. 나를 따라오시오."

마사코는 잠시 망설이다 이내 납치범을 따라나섰다. 그에게서 느껴지는 알 수 없는 신뢰감이 마사코의 주저하는 마음을 가라앉혔다. 마사코는 이미 이곳에 도착한 첫날부터 목욕은 물론 필요한 다른 물건들까지 그가 만반의 준비를 해두었다는 것을 깨달았다.

오랜만의 목욕은 너무나 시원했다. 기름기가 낀 머리를 감고 준비된 고급 비누로 온몸을 닦아내는 기분은 납치 상황을 잊게 할 만큼 상쾌했다. 몇 종류의 여성용품과 내의까지 준비되어 있었다. 뿐만 아니라 마사코가 가장 좋아하는 면 소재 옷도 몇 벌 걸려 있었다. 골라서 입으라는 그의 배려였다.

마사코는 순간 이렇게 자상한 사람이 납치범이라는 사실을 믿을 수가 없었다. 점잖고 예의 바른 그가 결코 구제받을 길 없는 범죄를 저질렀다는 사실이 믿기지 않았다.

납치범은 마사코가 목욕탕에서 방으로 돌아올 때까지 모습을 보이지 않았다. 그뿐만이 아니었다. 갓 목욕을 하고 난 마사코의 얼굴을 보려고도 하지 않았다. 마사코는 납치범의 그 같은 행동이 황태자비인 자신의 품위를 지켜주기 위한 배려라고 생각했다.

점심때 다시 나타난 납치범에게 마사코는 진지하게 물었다.

"혹시 내가 해줄 일이라도 있다면 고려해보겠어요."

마사코는 납치범이 자신의 말에 반가워할 줄 알았다. 그러나 납치범은 즉각 고개를 가로저었다. 이상한 일이었다. 일본이라는 나라에서 황태자비가 못할 일이 뭐가 있겠는가. 마사코는 다시 설득조로 말했다.

"당신이 나를 납치한 것은 분명 요구사항이 있기 때문 아닌가요? 그렇다면 그 요구사항을 나에게 말해요. 억울한 일이라면 내가 도울 수도 있잖아요?"

그러나 납치범은 이번에도 고개를 가로저었다. 순간 마사코는 분노가 치밀었다.

"그렇게 고개만 흔들면 모든 게 해결되나요? 무엇을 바라는지 내게 말을 해요."

납치범은 테이블에 식사를 내려놓고는 무표정한 얼굴로 문을 닫고 나가버렸다.

오후 3시.

운동 시간에 맞춰 문을 열어주러 온 납치범에게 마사코는 한마디도 하지 않겠다고 마음먹었다. 납치범에게 사사로운 감정을 가져서는 안 된다는 것이 마사코가 처음부터 정해둔 원칙이었다. 그리고 납치범을 대할 때 결코 공포와 비굴함을 보이지 않겠다고도 다짐했었다.

그런데 지금 마사코는 납치범에게 두려움마저 느끼고 있었다. 그 두려움은 납치범이 자신의 감정을 조종한다는 생각에서 비롯되었다. 납치범은 마사코에게 안도감을 느끼게 했고, 심지어 신뢰감까지 들게 했다고 해도 과언이 아니다. 마사코는 그런 그에게 호의를 보였는데, 납치범은 그녀가 조심스럽게 보인 호의를 거절하고 있는 셈이었다.

마사코는 문득 자신에게 화가 났다. 그러나 한편으로는 아무 말도 하지 않는 것이야말로 오히려 자신의 이런 심리를 노출하는 거라는 생각이 들어 납치범을 보자 무슨 말이든 해야 할 것 같았다.

"왜 여기는 경찰 수색대가 오지 않나요?"

"나는 이 지방에서 신뢰를 얻고 있소."

마사코는 갑자기 절망의 심연으로 빠져들었다. 탈주를 미루며 유일하게 기다려온 게 바로 경찰 수색대인데, 납치범이 이 지방의 유지라면 경찰을 기다리는 건 무의미한 일이었기 때문이다. 하지만 마사코는 이런 절망적인 모습을 애써 감췄다.

"우습군요. 납치범이 한 지방의 유지라니."

운동 시간이 끝나 방에 돌아온 마사코는 다시 탈주 계획에 골몰했다. 경찰이 오지 않는다면? 이제 희망이 없다고 생각하니 여태껏 참아온 서러움이 복받쳤다. 마사코는 소리내 울고 싶었지만 꾹 눌러 참았다. 영원히 경찰이 오지 않는다면 어떻게 할 것인가? 생각을 거듭할수록 마사코는 일국의 황태자비로서 탈출은 의무라는 결론에 이르렀다.

'탈출해야 해!'

마사코는 단호하게 결심했다. 그러자 다시 신발이 마음에 걸렸다. 문을 열어주는 순간 납치범은 자연스럽게 무슨 신발을 신었는지 유심히 볼 것이다. 운동을 나갈 때 구두를 신고 있다면 범인은 당장 경계할 것이다. 탈출이라는 큰 문제가 우습게도 아주 사소한 신발 문제에 달려 있었다.

밤새 생각을 거듭한 마사코는 방법을 하나 떠올렸다. 납치범이 문을 열기 전에 구두를 문간에 놓아두는 것이었다. 그리고 슬리퍼를 신고 나갔다가 건물을 한 바퀴 돈 후 문간에 있는 구두로 바꿔 신는다면 문제 될 것이 없을 거라는 생각이 들었다. 납치범이 운동하는 내내 자신을 지켜보는 것 같지는 않았으니까.

'그런데 왜 납치범은 나를 밀착 감시하지 않고 내버려두는 것일까?'

이런 궁금증은 범인이 자신을 멀리서 은밀히 감시하는 것인지 아니면 혹시 정말로 감시를 하지 않는 것은 아닌지 하는 의문으로 옮겨갔다. 마사코는 이 의문점을 해결하지 못하는 한 함부로 행동할 수 없다고 판단했다.

다음 날 오후 3시가 다가오자 마사코는 일단 구두를 집어들었다. 가늘고 뾰족한 굽의 구두였다. 굽을 자세히 살펴보던 마사코의 가슴에 가느다란 불안감이 일었다. 이런 구두를 신고 달릴 자신이 없었다. 어쩌면 슬리퍼보다 못할 수도 있겠다는 생각이 들자 마사코는 구두를 도로 제자리에 갖다놓았다.

늘 그랬던 것처럼 납치범은 정확히 오후 3시에 문을 열었다.

"이걸 신어요."

마사코는 깜짝 놀랐다. 범인이 내놓은 것은 하얀 운동화였다. 마사코는 일시에 모든 근심이 사라졌다. 이 운동화를 신고 그냥 그대로 산 아래로 뛰어내려가기만 하면 될 것 같았다.

"이걸 신고 탈출하면요?"

"……."

납치범은 말이 없었다. 그의 침묵은 운동화를 보고 흥분한 마사코의 마음을 가라앉게 만들었다. 뭔가 치밀한 방어책이 있으니 운동화를 주었을 거라는 생각에 마사코는 좀 더 신중해야 한다고 다짐했다.

운동하는 내내 마사코는 납치범이 어디에 있는지 살폈다. 그러나 그의 모습은 어디에도 보이지 않았다. 마사코는 산 아래로 내려가는 길 입구까지 천천히 걸어가보았다. 당장 탈출하려는 것은 아니었지만 납치범의 반응을 보고 싶었던 것이다.

그러나 납치범은 끝내 나타나지 않았다. 그가 어디 있는지 궁금해진 마사코는 길을 따라 몇 걸음 더 옮겼다. 그래도 그는 나타나지 않았다. 마사코는 그냥 이대로 산 아래로 달려가고 싶은 강한 유혹을 느꼈다. 그러나 운동화까지 갖다준 납치범이 자신을 이대로 탈출하게 내버려두지는 않을 거라는 생각이 다시 고개를 들었다. 마사코는 산장이 있는 쪽으로 걸음을 옮겼다.

납치범은 내내 자취도 없다가 정확하게 삼십 분이 지나자 모습을 드러냈다. 등 뒤에서 갑자기 나타났기 때문에 마사코는 납치범이 어디서 왔는지조차 알 수 없었다. 그러나 한 가지

사실은 분명했다. 납치범이 길 아래쪽에서 온 것은 틀림없이 아니었다. 마사코가 운동을 하면서 내내 그쪽을 바라보고 있었지만 그 방향에서는 어떤 움직임도 없었다. 방으로 돌아온 마사코는 내일은 기필코 탈출하겠다고 결심했다.

엉뚱한 순사, 곤도

덴리경찰서의 곤도 순사는 도쿄경시청에서 내려온 전언통신문을 벌써 삼십 분이나 들여다보고 있었다.

"곤도, 뭘 하고 있는 거야? 어서 출발 준비를 해야지!"

조장의 재촉에도 곤도는 아랑곳하지 않았다. 그가 동료들이 모두 차에 탈 때까지도 전통문에서 눈을 떼지 않자, 급기야는 성질 급한 조장의 입에서 험한 소리가 튀어나왔다.

"이 게으름뱅이야, 내 앞에서 농땡이 피울 생각을 했다간 뼈도 못 추릴 줄 알아!"

"조장님, 우리끼리 가죠. 저 친구야 데리고 가봤자 어차피 무용지물인데요, 뭐."

일행의 만류에 조장은 엉거주춤 차에 올라타더니 다시 분통을 터뜨렸다.

"어휴, 저런 친구가 어떻게 순사가 됐을까. 구내매점의 급사도 못 될 인간이."

"참으세요. 좀 있으면 다른 데로 발령이 나겠죠. 모두 저 친구를 못마땅해하니까요."

동료들이 출동한 후에도 한참이나 꼼짝 않고 전통문을 들여다보던 곤도가 이윽고 전화기를 들었다.

"특별수사본부 부탁합니다."

전화가 연결되자 곤도는 모리를 찾았다. 의문이 있으면 모리 형사에게 연락하라고 전통문에 쓰여 있었던 것이다.

"네, 모리 형삽니다."

"수, 수고하십니다. 저는 덴리경찰서의 곤도 순사입니다."

"무슨 일입니까?"

"황태자비의 억류 지점과 관련해서 말입니다."

"그게 왜요?"

모리는 그러잖아도 바쁜데 시골 경찰서의 순사라는 자가 전화를 걸어 어눌하게 얘기를 늘어놓자 심드렁하게 대꾸했다.

"옛날에 전쟁놀이를 하다 보면 말입니다."

"웬 전쟁놀이요? 용건이나 빨리 말해요."

"근데 저는 그게…… 마, 말을 빨리하라 그러면 더, 더 못하거든요."

"알았소, 그래 무슨 이야기를 하고 싶은 거요?"

"전쟁놀이를 하다 보면…… 뭐, 뭘 자꾸 만들어놓는단 말입니다."

"만들긴 뭘 만들어요?"

"그 가짜로 하는 그거 있잖아요, 적을 속일 때 하는."

"그게 뭔데요?"

"위, 위장 말이에요."

"위장?"

"네, 위장이요."

"무엇이 위장이란 말이오?"

"범인이 위장했을 가능성이 있지 않을까요?"

"무슨 위장을 했단 얘기요?"

"그러니까 이 전통문을 보면, 범인은 교토에 있거나 교토 남쪽으로 달아난 걸로 추측되지만, 그게 위장이 아니겠느냐 이겁니다."

모리는 이 시골 경찰서 순사의 얘기에 처음부터 별로 귀를 기울이지 않고 건성으로 듣고 있었다.

"그러니까 당신의 생각은 도대체 뭐요?"

"제 생각엔 범인이 음주운전으로 붙들린 마지막 지점은 속임수일 것 같다는 얘깁니다."

"그렇다면?"

"범인은 교토 부근에서 유턴해 다시 도쿄 쪽으로 올라갔을 가능성도 있지 않느냐 이겁니다. 그날 도쿄 쪽으로 올라가는 차는 검문하지 않았잖습니까?"

"알겠소. 참고하겠소."

곤도는 모리가 건성으로 대꾸하고는 전화를 끊어버리자 슬며시 화가 났다. 그는 어려서부터 줄곧 '엉뚱한 머리'가 있다는 칭찬을 받아온 터였다. 그 엉뚱한 머리 덕에, 사람들이 모두 한쪽 방향으로만 쏠릴 때 정반대 방향에서 접근해 성과를 올린 적이 꽤 있었다.

곤도는 책꽂이에서 지도를 꺼냈다. 지방 경찰서에서는 모두 교토 남쪽으로 수색력을 집중하고 있었다. 조장과 조원들도 모두 그쪽으로 지원을 나갔을 뿐 아니라, 간사이 지방의 모든 경찰도 매일 그 방향의 수색에 투입되고 있는 실정이었다. 곤도 역시 몇 번 조장을 따라 수색에 나섰지만, 뒤지고 또 뒤져도 아무것도 나오지 않았다.

곤도는 지도에서 교토부터 그 북쪽에 위치한 나라 사이의 몇몇 지방을 유심히 살폈다. 이윽고 그는 사복으로 갈아입고 교토행 전철을 탔다. 이 엉뚱한 순사는 교토에서 도쿄로 가는 신칸센으로 갈아탄 후 도쿄경시청으로 직행했다.

수사부장은 덴리에서 온 순사의 말을 한참 듣다가 인터폰을 들어 모리를 불렀다.

"모리 형사, 이 순사의 말을 한번 들어보게."

간단한 인사가 오간 후 곤도는 간사이 지방 악센트가 강하게 밴 사투리로 말했다.

"범인은 교토 북쪽에 있을 수도 있습니다. 저 같으면 그렇게 합니다."

"혹시 당신이 아침에 내게 전화했던 순사요?"

"그렇습니다."

"그건 당신의 추리요?"

"저라면 그렇게 하겠다는 겁니다. 유턴해서 다, 다시 돌아온단 말입니다."

"음……."

곤도의 말에도 일리는 있었다. 모리는 한참을 생각하다 수사부장에게 건의했다.

"부장님, 교토 위로는 나라와 그 인근까지를 훑어보는 것이 좋겠습니다. 시간적으로 한밤중에 교토에서 차를 돌려 달릴 수 있는 거리는 대략 나라까집니다."

"내 생각도 그래. 범행 수법으로 보아 그런 술수를 썼을 가능성도 있지. 하지만 교토와 인근 남쪽 지역에 투입한 수색인력을 뽑아내선 안 돼. 북쪽 지역은 그 지방 경찰을 복귀시켜 수색하도록 하게."

"알겠습니다."

"곤도 순사, 자네는 근무지로 복귀하게. 성과가 있으면 표창할 테니 그리 알고."

"감사합니다, 부장님."

이 엉뚱한 순사 곤도는 그제야 만족한 표정으로 덴리경찰서로 돌아갔다.

바다 건너 먼 곳

경시청으로 복귀한 다나카는 모리로부터 외국인등록부 확인 작업에 대해 상세한 보고를 받았다.

"모든 중국인의 외국인등록부를 하시모토가 몇 번이나 확인했지만 비슷한 사람조차 찾을 수 없었습니다. 사실 사진과 실물은 오랜 친구나 가족이라 해도 못 가려내는 경우가 있긴 합니다만."

"상대는 간사이 지방에 있는 중국인이니 범위가 지극히 좁아. 일대일 확인을 해야지."

"물론 그 지역의 등록부에 등재된 중국인들을 일대일로 만나 알리바이 등을 확인했지만 혐의점이 있는 자는 하나도 없었습니다."

"음."

다나카는 혹시 공범이 일본인일 가능성에 대해서도 생각했다. 그러나 일본인이 중국인과 같이 황태자비를 납치한다는 건 개연성이 너무 부족했다.

"귀화한 중국인도 조사를 했나?"

"아, 외국인등록부상의 중국인만 조사했습니다."

"당연히 귀화중국인도 했어야지."

"죄송합니다. 즉시 진행하겠습니다."

자신의 자리로 돌아가려던 모리가 쭈뼛거리다 어렵게 말문을 열었다.

"저, 중국에서는 별 성과가 없으셨던 모양입니다."

다나카가 고개를 끄덕이자 모리는 들릴 듯 말 듯 푸념했다.

"망할 놈, 도망을 가려면 중국으로 가야지, 제 나라 놔두고 미국은 왜 가?"

순간 다나카의 머리에 퍼뜩 스치는 게 있었다.

"……이상하지 않은가?"

"네?"

"절정의 순간에 도피한다?"

"무슨 말씀이신지?"

"펑더화이는 평생을 조부의 기억에 함몰돼 살아왔고, 목숨을 걸고 황태자비를 납치했는데, 그 복수가 마침내 이루어지려는 최고의 순간에 도피한다? 아무리 정신적 스승이라는 자가 도피를 종용했다고 해도 펑더화이가 그걸 순순히 받아들였을까? 음, 이상해. 그렇다면…… 이건 도피가 아니지 않을까?"

다나카는 급히 펑더화이의 수기를 꺼내들고 마지막 구절을 소리내 읽었다.

끝났다. 그것이 슬픔이든 저주든 영원히 치유될 수 없는 상처든, 모든 과거는 할아버지의 죽음과 함께 어두운 기억의 저편으로 사라져버린 것이다. 하지만 나는 바다 건너 먼 곳을 향하여 걸음을 옮겨야만 한다. 이제는 내 것이 되어버린 '오버타임'의 알 수 없는 의미를 찾아.

"아, 이건!"

다나카는 머리를 쳤다. 펑더화이는 자신의 의지를 수기에 천명했고, 거기서 그는 모든 것이 끝났음에도 반드시 '바다 건너 먼 곳'을 향해 가야만 한다고 했다. 다나카의 눈이 다시 한번 마지막 문장을 훑었다. '바다 건너 먼 곳'은 미국일까? 그렇다면 펑더화이는 미국에서 해야 할 일이 있다는 얘기였다. 다나카의 눈이 날카롭게 번득였다.

'오버타임'의 의미라는 마지막 숙제를 풀러 갔을지도……'

다나카는 한참 생각하다 전화기를 들어 난징에서 받은 명함의 번호를 눌렀다. 난징문화원 직원은 다나카가 일본에서 전화를 걸어오자 의외라는 듯 관심을 보였다.

"난징대학살과 관련해 '오버타임'이라는 말에 특별한 의미가 있나요?"

"오버타임이라고요? 글쎄요, 무슨 뜻인지도 모르겠는데요."

"아, '연장전'이라는 뜻의 영어입니다."

"연장전? 이상하네요. 난징대학살은 일본군의 만행인데, 어째서 일본인들이 영어를 썼을까요?"

"일본인들이 쓴 얘기가 아니고 펑더화이군의 수기에 있는 말입니다. 난징대학살과 미국인을 연결시켜 생각할 일은 혹시 없을까요?"

이 말에 직원의 목소리가 아연 활기를 띠었다.

"난징대학살과 미국인이라면 혹 그 사람 얘기가 아닐까요?"

"누구 말이죠?"

"펑더화이의 조부를 구해낸 사람이 미국인이었어요. 존 매기."

"존 매기? 조부를 구해낸 사람이라고요?"

침착하기 짝이 없는 다나카였지만 이 순간만큼은 자신도 모르게 목소리가 탄환처럼 쏘아졌다.

"뭐 하는 사람이죠, 존 매기는?"

"미국 성공회 목사예요. 난징대학살 당시 민간인들의 참혹한 죽음을 찍은 사진을 목숨을 걸고 빼돌린 분이죠. 사람들은 이 사진을 보고 비로소 일본인들의 선전이 거짓이라는 걸 알게 되었어요."

"그가 아직 살아 있을까요?"

직원은 비아냥거리듯 웃었다.

"그럴 리가 있겠어요? 당시 이미 삼십대 중반이었는데."

"그렇다면 그 후손이 있겠군요. 혹시 후손의 연락처를 아시나요?"

"안 그래도 연락을 해야겠다고 생각은 하고 있었어요. 기록관을 건립하면서 반드시 모셔야 할 분이니까요. 하지만 아직 접촉을 하진 못했어요."

"그분이 성공회 목사라고 했죠?"

전화를 끊는 다나카의 손길에 힘이 실려 있었다.

존 매기의 사진

다나카는 로스앤젤레스 영사관에 나가 있는 경찰 직원에게 의뢰해 어렵지 않게 존 매기 목사의 후손을 찾을 수 있었다.

"존 매기 목사는 성공회 묘지에 안치되었고, 아들 역시 연고자로 등록돼 있어 쉽게 찾았습니다."

다나카가 출장원을 내자 부장은 난감한 표정을 보였다.

"뭐라고? 미국에 가겠다고? 여긴 어떻게 하란 거야?"

"단서를 잡은 것 같습니다."

다나카가 펑더화이의 수기와 존 매기 목사에 대해 설명했지만 부장은 심드렁했다.

"자네 말대로라면, 납치범에게 지금은 그야말로 '복수의 절정' 아닌가? 그런데 한가하게 조부의 그 '오버타임'인지 뭔지를 알아보러 갔다고?"

"오히려 그 반대일 수 있습니다. 펑더화이는 이제 마지막이니 평생의 한을 풀겠다고 생각한 것 같습니다. 그에게는 강박증이 있어요. 어려서부터 자신을 짓눌러온 '오버타임'이라는 말의 의미를 알아야 한다는. 그건 병이기 때문에, 그 무엇보다 강렬한 욕구죠."

부장은 할 수 없다는 듯 서류에 사인을 했다.

"가는 거야 자네 판단에 맡기겠지만, 이번에는 제발 뭐가 좀 됐으면 좋겠네."

수사부장은 불안감과 기대감을 동시에 내보였다.

"이번마저 소득이 없으면 수사는 끝입니다. 남은 방법은 온 일본을 뒤지는 것밖에 없습니다."

"기왕 갈 거면 어서 출발해!"

다나카는 수사부장의 목소리를 뒤로하고 모리와 함께 바로 나리타공항으로 향했다.

존 매기 목사의 아들 메넘은 샌디에이고 교외의 전망 좋은 집에서 살고 있었다. 공항에서 그의 집으로 직행한 다나카는 영사관에서 차출한 직원들을 매복시킨 후 모리만 대동하고 벨을 눌렀다. 다나카가 일본의 역사학자로서 난징대학살의 역사를 정립하기 위해 조사 중이라고 소개한 게 효과가 있었는지, 메넘은 다나카를 반갑게 맞아주었다.

"우리는 대대로 여기서 살았소. 아버지는 바다를 무척이나 좋아하셨소. 나도 그렇고. 아마 집안 내력인 모양이오. 아버지는 바다로 나갔다가 뜻한 바 있어 목사가 되셨소. 철도 부설공사 현장에서 첫 교회를 열었던 아버지는 중국인들과 정이 들었소. 이십대에 이미 중국에서 몇 년을 보낸 적이 있었던 아버지는 결국 중국 본토로 가서 선교하리라 결심하셨소. 베이징 교구에선 아버지를 난징으로 파견했고, 거기서 아버지는 중국인들을 위해 새 교회를 여셨소. 하루하루가 다 은혜로운 나날이었지만 일본이 중일전쟁을 일으키면서 사정이 삽시간에 달라졌소."

과연 듣던 대로 존 매기 목사는 난징사건과 깊은 관련이 있는 인물이었다.

"당시는 일본이 중국을 차지하려고 한 발 한 발 밀고 들어올 때라 중국의 도시들은 차례차례 일본군에게 함락되었고, 피난 나선 사람들은 앞을 다투어 난징으로 몰려들었소. 난징은 큰 도시인 데다 군대가 주둔하고 있어 안전하리라 믿었던 거요. 당시 난징은 피난민까지 합쳐 인구가 칠십만이나 되었소."

다나카는 중국인도 일본인도 아닌 미국인의, 감정이 실리지 않은 객관적인 평가에 귀를 기울였다.

"난징을 포위한 일본군은 중국군에게 투항하지 않으면 양쯔강을 피로 물들이겠다고 최후통첩을 보냈소. 그러나 중국군 사령관 탕성즈는 끝까지 수도를 지키겠다며 거부했고, 결국 일본군의 전면적인 공격이 시작됐소."

다나카의 뇌리에 난징사건은 난징전투라 불러야 한다던 야마자키의 얼굴이 떠올랐다.

"그러나 중국인 사령관의 모습은 몹시 실망스러웠소. 사흘 만에 난징성이 일본군에 포위되자, 시민과 부하들을 남겨둔 채 탕 사령관이 제일 먼저 양쯔강을 건너 도망쳤소. 일본군은 제대로 된 전투 한번 치르지 않고 손쉽게 난징으로 입성했고, 그때부터 참극이 시작됐소."

난징사건의 시작은 별다를 게 없었다. 역사상 이런 일은 수 없이 일어났다. 이제 매넘은 일본군이 아직 도망치지 못한 중국군들을 박해했다는 얘기를 쏟아낼 것이다. 물론 포로를 점 잖게 대우한다면 좋겠지만 전장에서 어느 정도 과한 장면이 목격되는 것은 어찌할 수 없다고, 그게 인간의 본성이라고 다나카는 생각했다.

"일본군이 제네바 협정을 제대로 이행하지 못했던 모양이 군요."

매넘은 잠시 말을 멈추고 다나카를 물끄러미 바라보았다. 그 눈길은 마치 당신이 난징을 연구하는 학자가 맞느냐고 힐 난하는 것 같았다.

잠시 후 매넘은 감정을 싣지 않으려 애쓰며 말을 이었다.

"일본군은 항복한 중국군 포로는 물론 모자를 오래 쓴 흔적이 있거나 손에 굳은살이 박인 젊은 남자들을 닥치는 대로 끌어모았소. 그리고는 아무런 무기도 없고 저항의사도 없는 이들을 향해 기관총을 난사하고 시체를 양쯔강에 던졌소. 심지어는 총알을 아끼겠다며 수많은 사람을 나무에 묶고 총검술 연습을 한 다음, 산 채로 파묻고 칼로 난도질했소. 그리고 여자들에게 눈을 돌린 거요."

"으음!"

다나카의 입에서 저절로 신음이 새어나왔다.

"일본군은 눈에 띄는 모든 여성을 강간한 후 참혹하게 살해했소. 거기에는 열 살배기 아이부터 칠십대 노파까지, 수녀부터 비구니까지, 그 대상이 따로 없었소. 여자라면 무조건 옷이 벗겨지고 음부에 무언가가 쑤셔박힌 채 피를 흘리고 죽어나갔던 거요."

"……."

"팔만 명의 여자가 강간당한 후 살해당했소. 일본군은 무료함을 핑계로 서슴지 않고 살육을 저질렀소. 광장에 천여 명의 중국인을 모아놓고 석유를 뿌린 후 기관총을 난사한 일도 있소. 총탄이 사람들의 몸을 꿰뚫을 때 석유에 불이 붙었고, 불탄 시체더미가 산을 이루었지. 이외에도 수많은 참상이 있었소. 세 살배기 아이를 네 토막 내 죽이고, 일가족에게 집단 성교를 시킨 후 불태워 죽이고, 임산부의 배를 서른일곱 차례 찔러 죽이고 그 태아를 꺼내 잘게 찢고, 아이를 위로 던진 후 총검으로 받고…… 이루 말할 수가 없소."

"과연 그게 사실일까요?"

"두 눈으로 직접 보시오."

메넘은 자리에서 일어나 네모난 상자를 들고 왔다.

"내 아버지가 직접 찍은 사진들이오."

다나카는 손에 걸리는 대로 사진을 집어들었다. 간살당한 두 딸을 안고 통곡하는 할머니, 남편을 끌고 가는 일본인에게 애걸하는 아낙네, 물웅덩이에 무더기로 쌓여 있는 주검, 집단 강간당하고 벌거벗긴 채 미쳐버린 젊은 여자, 대검에 찔려 죽은 어린아이의 시체 등이 사진으로 다나카의 망막에 생생하게 맺혔다.

"아버지는 목숨을 걸고 이 필름을 상하이로 가져갔소. 일본은 난징사건을 최초 보도한 〈시카고뉴스데일리〉와 〈뉴욕타임스〉의 기사를 부정하고 사실을 감추기 위해서 각종 포스터와 사진을 대량으로 조작하고 있었소. 하지만 아버지의 필름 복사본이 전 세계에 퍼지면서 난징대학살의 진상이 만천하에 드러나게 된 거요."

"후유!"

다나카는 간신히 숨을 몰아쉬었다.

"모두 사십만이 죽었소. 하지만 일본은 단 한 번도 이 대학살에 대해 사과하지 않았소."

침묵의 시간이 한참이나 흘렀다. 다나카는 아무 말 없이 고개를 들어 창밖의 파란 하늘을 바라보고 있었다. 메넘은 손등으로 눈물을 훔치고는 자리에서 일어나 커피를 내왔다.

"마셔요."

다나카의 손이 커피잔을 꽉 잡았다. 같은 일본인이 이런 일을 저질렀다는 사실에 순간 구토가 밀려왔지만 간신히 참고 한 모금을 넘겼다.

"아버지는 난징대학살에 너무도 가슴 아파하시다가, 말년에는 중국에 대한 연민과 일본에 대한 증오로 괴로워하며 돌아가셨소."

"같은 일본인인 저로서는 뭐라 드릴 말씀이 없군요. 하나 다행인 것은, 중국인들은 아버님을 아직도 생생히 기억하고 있습니다. 비단 사진만 찍었을 뿐 아니라 직접 생명을 구하셨다고요."

다나카의 위로에 메넘의 얼굴이 밝아졌다.

"그런데 혹시 아버님이 '오버타임'이란 말을 하신 적이 있나요?"

"오버타임!"

큰 소리로 '오버타임'을 외친 메넘은 갑자기 격한 감정에 사로잡혀 손과 입술을 부르르 떨었다.

"어떻게 그 단어를 잊을 수 있겠소? 아버지는 그 단어가 떠오를 때면 눈물을 흘리며 반드시 회개의 기도를 하셨소. 아아!"

"그게 무슨 뜻입니까?"

메넘은 격한 감정을 쏟아내다 갑자기 말을 멈추고 다나카를 노려보았다. 한참이나 그렇게 날카로운 눈길로 다나카를 쏘아보던 그는 이제까지와는 전혀 달리 추궁조로 물었다.

"당신, 일본인이라고 했소?"

"네."

"역사학자고?"

"네."

"하하하하! 당신이 역사학자라고?"

다나카는 대답 대신 명함을 내밀었다. 경시청 지원팀에서 만들어준 명함이었다. 메넘은 명함을 한참 들여다보다 입꼬리를 올리며 슬쩍 웃었다.

"이곳으로 전화하면 누군가 '네, 다나카 교수님 연구실입니다' 하고 받겠지. 솔직히 말해보시오. 당신은 펑더화이를 알고 있소?"

펑더화이라는 이름이 다나카의 심장에 직선으로 날아와 꽂혔지만 다나카는 태연히 대답했다.

"아니, 모릅니다."

"당신이 여기 온 게 펑더화이와 아무런 관련이 없다는 얘기요?"

다나카는 대답 대신 고개를 가로저었다.

"당신은 분명 펑더화이를 쫓는 사람이오."

"왜 그렇게 생각하시죠?"

"평생 아버지를 가슴 아프게 했던 '오버타임'이란 말을 난생처음 보는 두 사람이 이틀 간격으로 찾아와서 물었는데, 그 두 사람이 어찌 관계가 없을 수 있소. 게다가 '오버타임'은 펑더화이의 가족에게만 해당되는 사연이라, 일본인인 당신은 죽었다 깨어나도 알 턱이 없소. 당신네 일본인들 가슴에도 양심이란 게 한 조각이라도 남아 있다면 제발 좀 솔직해지시오. 당신은 틀림없는 수사관이오. 펑더화이가 일본에서 무슨 복수라도 결행했소?"

다나카는 잠자코 있었다. 자신의 입에서 나가는 어떤 말도 거짓일 수밖에 없는 상황에서 그런 번연한 거짓말을 하기는 싫었다.

"자, 이제 당신이 하고자 하는 궁극적인 질문을 내가 맞혀보겠소. 솔직히 고개를 끄덕이시오. 내가 당신 흉중의 진짜 질문을 맞힌다면."

갑자기 분노를 터뜨린 메넘은 이제 힐난을 넘어 조롱조로 나왔다. 다나카는 그런 상대를 그저 말없이 바라보는 수밖에 없었다.

"펑더화이가 여기 왔다 갔나요? 언제 왔다 갔죠? 어디로 갔을까요? 혹시 연락처를 아시나요? 그 사진은 줬나요? 후후, 솔직히 고개를 끄덕여보시오."

다나카는 메넘을 물끄러미 바라보다 자리에서 일어났다.

"개인적으로 존 매기 목사님의 훌륭한 행위에 대하여 존경을 표합니다."

이 한마디를 남기고 다나카가 자리에서 일어나 걸어나가자 메넘은 한참이나 멍하니 뒷모습을 바라보다 급히 따라나와서는 악수를 청했다.

"당신은 틀림없는 수사관이지만 비열한 사람이 아닌 건 알겠소. 펑더화이에게 무슨 문제가 있는지는 모르겠지만, 그는 선량한 청년이오. 만약 그가 일본에서 무슨 범죄인가를 저질렀다면, 그건 과거의 역사 때문이오."

"어째서 그렇게 생각하시죠?"

"그는 내 아버지가 그날 찍은 한 장의 사진 때문에 미국까지 왔소. 너무나 강렬한 눈빛이었소. 그는 그날의 역사 때문에 사진 한 장을 찾아 미국까지 온 것이오."

"그게 조부의 사진입니까?"

"말하지 않겠소."

메넘이 알 수 없는 표정으로 대문을 닫자, 두 사람의 이해할 수 없는 언행을 그저 바라볼 수밖에 없었던 모리가 마른 입술로 다나카에게 물었다.

"그냥 가시는 겁니까?"

다나카는 묵묵히 고개를 끄덕였다.

"저 사람은 절대 입을 열지 않아."

"펑더화이가 왔다간 겁니까?"

"펑더화이도 나와 같은 질문을 했던 거야. 아니 내가 펑더화이와 같은 질문을 한 거지. 저 사람도 난징에 매몰된 사람이야. 한평생 아버지로부터 들은 얘기와 아버지가 찍은 사진들을 못 떠나는 거지."

말은 이렇게 했지만 이상하게도 어느 순간부터인지 난징대학살이 자신의 숙제가 되어버린 것 같은 기분이 들어 다나카는 고개를 흔들어 방금 들은 얘기들을 흩어버렸다. 하지만 '오버타임'의 수수께끼는 다나카의 가슴에 더욱 강렬하게 자리잡았다.

"그럼 그냥 돌아갑니까?"

"절차를 밟아 FBI에 도움을 청해 저 사람을 신문해야겠지. 얻는 건 별로 없겠지만. 다만 샌디에이고공항의 CCTV를 돌려보면 뭔가 나올지 몰라."

과연 샌디에이고공항 경찰의 협조를 얻어 CCTV를 확인한 결과, 펑더화이가 이틀 전 뉴욕으로부터 비행기를 타고 왔다가 같은 날 다시 뉴욕으로 돌아간 것이 확인되었다.

"음!"

다나카가 또다시 이틀 차이로 펑더화이를 놓친 허탈감에 휩싸여 있을 때, 모리가 도쿄로부터 긴급 전화를 받더니 놀란 표정으로 달려왔다.

"경시정님, 수사부장님이 즉각 돌아오시랍니다. 범인이 신문사에 요구조건을 보내왔답니다."

귀가 번쩍 뜨이는 얘기였다.

"신문사에? 요구조건은 뭔가?"

"일단 보도 연기 요청을 해놨는데, 돌아오시면 말씀하신답니다."

납치범의 요구조건

일본 정부는 내일까지 두 문서를 공개하라. 첫째, 외무성이 보관하고 있는 「한성공사관발 전문 제435호」를 전 언론에 공개하라. 둘째, 1937년 12월 13일 자 〈동경일일신문〉을 전 국민 앞에 공개하라. 그러면 황태자비를 풀어주겠다.

황태자비가 납치된 후 처음으로 범인의 요구조건이 전달된 것이다.

새벽에 도쿄에 도착한 다나카는 신문사 관계자들을 불러 꼼꼼하게 조사했다.

"전화를 걸어온 사람이 어떻게 범인인 줄 알았습니까?"

"자신에 대해 자세히 설명했습니다. 여권 번호라든지, 세 여자와 만날 때 썼던 휴대폰 번호라든지……."

"목소리는 어땠습니까?"

"젊은 사람 목소리였어요. 이십대 후반 정도."

평더화이였다.

"범인이 다시 연락하겠다든지 하는 말은 없었습니까?"

"그런 말은 없었습니다."

범인이 전화한 곳은 미국 뉴욕의 한 공중전화였다. 신문사 직원을 돌려보낸 다나카는 수사부장과 마주 앉았다.

"「한성공사관발 전문 제435호」와 1937년 12월 13일 자 〈동경일일신문〉을 공개하면 황태자비를 풀어주겠다니, 뭐 이런 시시한 조건이 다 있나?"

수사부장은 믿기지 않는다는 듯 다나카를 정면으로 응시한 채 실소를 지어 보였다.

"그게 어떤 내용인지 알아보셨습니까?"

"일단 외무성과 마이니치신문사에 연락을 했네. 동경일일신문은 마이니치의 전신이야. 찾아서 알려주겠다고들 했는데 시간이 걸리는 모양이야. 그런데 범인의 말을 믿어도 될까?"

다나카는 잠시 생각하다 고개를 끄덕였다. 너무나 엉뚱한 이 요구조건이 다나카에게는 의외로 감당할 수 없는 무게로 다가왔다. 수사부장은 어리둥절해하면서도 다 끝났다는 표정이었지만 다나카의 얼굴은 오히려 더 굳어졌다.

"그런데 이놈들, 왜 이렇게 늦는 거야. 외무성 놈들은 사료관에서, 신문사 놈들은 영인본에서든 컴퓨터에서든 찾아내면 되는 거 아냐? 그거 한 장 복사해서 보내는 데 왜 이리 오래 걸리는 거야?"

"아마 그 문서들은 쉽사리 오지 않을 겁니다."

다나카의 한 마디에 수사부장은 펄쩍 뛰었다.

"뭐? 황태자비의 목숨이 경각에 달렸는데 이까짓 종잇조각들을 안 보낸다는 게 말이나 돼?"

수사부장은 즉각 전화기를 집어들어 신경질적으로 외무성에 퍼부었지만, 몇 군데를 거쳐서 겨우 들은 답변은 이제야 찾고 있다는 거였다. 마이니치신문 역시 비슷한 대답이었다.

"총리께 보고해서 외상 모가지를 쳐버려야 해! 노골적으로 수사에 비협조적인 마이니치는 공무집행 방해로 사법처리를 해버리고!"

수사부장은 분노에 찬 목소리로 푸념을 내뱉다가 다나카에게로 눈길을 돌렸다.

"이봐, 다나카. 자넨 뭘 그렇게 생각하는 거야? 범인의 요구 조건이 신뢰할 만하다 하지 않았나? 그럼 외무성과 신문사, 두 군데를 족치면 되는 거 아냐?"

"쉬운 일이 아닐 겁니다. 어쩌면 매우 복잡한 정치적 계산이 내재되어 있을 거란 생각이 드는군요. 그렇잖으면 황태자비가 즉각 풀려난다는데 외무성의 반응이 이렇게 더딜 수는 없는 일이지 않습니까. 신문은 더 이상합니다. 부장님 말씀대로 옛날 신문 한 장 찾아주면 되는데 이럴 순 없지요. 더 이상한 건 범인이 왜 이런 옛날 기록들을 찾느냐 하는 겁니다."

"그러게 말이야. 게다가 한성이라면 대한민국의 서울인데, 중국인 범인들이 왜 한성공사관발 전문을 찾는 거지?"

"흠, 이번 납치사건에 한국인이 개입되었을 수도 있겠군요. 어쨌든 부장님은 총감님과 어떻게 대처할지 상의해주십시오. 그동안 저는 외무성 사료관과 마이니치신문 자료실에 가서 범인의 흔적을 쫓겠습니다."

"그게 무슨 소리야? 외무성 사료관이나 마이니치 자료실에 범인들의 흔적이 있다는 얘기야?"

"그럴 겁니다. 열람신청서 같은 것들이 남아 있을 테니까요."

"열람신청서?"

"범인은 이 문서들을 구하는 게 불가능하다는 걸 알고 황태자비를 납치했습니다. 이미 스스로 뒤질 수 있는 곳은 다 뒤졌다는 얘기지요. 그러니 열람신청서 같은 데 그자의 흔적이 분명 남아 있을 겁니다."

다나카의 얘기에 수사부장은 고개를 갸우뚱했다.

"그렇다면 이 사건이 무슨 역사 퍼즐 게임이란 말인가?"

"그렇게 되어버렸습니다."

"그럼 직원들을 대거 데리고 가게."

"아닙니다. 그리 복잡한 일이 아니니 제가 외무성에 가고 모리를 마이니치에 보내면 됩니다."

"음, 자네가 고생이군. 중국으로 미국으로 쉴 새 없이 다니고. 사실 이 사건 수사에서 우리야 뭐 한 게 있나. 오히려 방해만 되었지. 엉뚱하게 참고인 목숨이나 끊어버릴 뻔하고 말이야. 하여튼 자네가 날 살렸어. 지금도 와타나베 생각만 하면 등골이 다 서늘해져."

"참, 와타나베는 지금 어디에 있습니까?"

"수사본부 상황실장이야. 그런 거나 시켜야지. 위험해서 수사에는 손을 대게 할 수가 없잖아."

다나카는 고개를 끄덕였다. 와타나베가 한직으로 밀려난 것은 안됐지만, 그때 자칫 사토미가 죽기라도 했으면 경찰은 끝 간 데 없이 추락했을 것이다.

외무성 사료관을 찾아간 다나카는 일반 열람객들처럼 신청서를 썼다.

"기록을 열람하려면 모든 사람이 반드시 열람신청서를 써야 합니까?"

"네, 물론이죠."

"예외는 없습니까?"

"없는데요."

"잘됐군요."

여직원은 무슨 말인지 몰라 다나카를 빤히 쳐다봤다. 다나카는 여직원이 안내하는 방으로 들어가 테이블 앞에 앉았다.

여직원은 한참이나 다나카가 신청한 기록을 찾아보다 고개를 가로저었다.

"신청하신 「한성공사관발 전문 제435호」는 없습니다."

"없다고요?"

다나카가 신분을 밝히고 꼬치꼬치 캐묻자, 여직원은 잠시 그를 세워두고는 상사에게로 갔다. 경찰 간부에게 대충 얼버무려 대답할 수는 없었던 것이다.

"계장님께서 뵙자고 하십니다."

계장은 한결 협조적인 태도로 나왔다.

"무슨 문건을 보고 싶으신 겁니까?"

"「한성공사관발 전문 제435호」를 찾고 있습니다."

계장은 직접 자신의 컴퓨터에서 기록을 찾다가 난처한 표정으로 고개를 가로저었다.

"그 기록은 없습니다."

"그럴 리가 없는데요? 분명 본 사람이 있는데."

"그렇다면 다른 곳에서 본 것입니다. 이 문서는 전산화가 안 되어 있어요."

"전산화가 안 되었다? 그럼 어디에서 볼 수 있죠?"

"아마 문서고에 보관되어 있을 겁니다."

"문서고?"

"아직 분류가 안 되었거나 일반에게 공개할 수 없는 문서는 문서고에 있습니다."

"일반인이 거기 접근할 수 있습니까?"

"안 됩니다. 오직 외무성 담당자들만 출입할 수 있습니다. 사료가 훼손되면 큰일 아닙니까?"

"외무성 공무원들 말고는 아무도 못 보는 건가요?"

"외무성의 촉탁을 받은 학자는 가능합니다."

"사실은 현재 추적 중인 범인의 흔적이 여기서 발견되었다는 제보가 들어와서 CCTV와 열람신청 기록을 좀 보고자 합니다."

계장은 다나카가 내보인 신분증을 보더니 깜짝 놀라며 다나카의 얼굴을 똑바로 바라보았다.

"아, 그 유명한 다나카……."

다나카의 명성 덕분인지 계장은 영장 없이도 감시 카메라와 열람신청 기록을 보게 해주었다. 대기하고 있던 수사관들이 그 기록을 샅샅이 살폈으나 딱히 의심 가는 인물을 찾을 수는 없었다. 수사관들은 신분이 확실한 교수와 공무원을 뺀 나머지 열람객들의 인적사항을 옮겨적고는 외무성 사료관을 물러나오는 수밖에 없었다.

한편, 마이니치를 찾아간 모리는 크게 실망했다. 신문사 자료실에 들어가는 데는 열람신청서라든지 기타 허가받는 절차가 없어 범인의 흔적은 전혀 남아 있지 않았다. 모리는 풀이 죽어 그 날짜의 신문을 요청했으나 현재 갖고 있지 않다는 답변만 들었다.

"신문사에 신문이 왜 없단 말이오? 창간호부터 빼놓지 않고 다 보관한다는 거 다 알고 있소."

"보관은 하지만 일부 없어지기도 해요. 하여튼 그 날짜의 신문은 없어요."

모리는 어깃장도 놓고 악도 써가면서 쇼와 시대의 전산화된 기사는 물론 창고에 쌓여 있던 옛날 신문들까지 모두 제 손으로 헤집어보았으나 신기하게도 1937년 12월 13일 자 신문만 없었다.

"어째서 이 날짜 신문만 없는 거요? 앞뒤로 몇 년간 한 부도 빠짐없이 다 있는데."

"그건 몰라요."

창고지기가 알 턱이 없다는 생각이 들어 모리는 신문사 간부들을 직접 찾아가 대차게 대들었으나 역시나 모른다는 대답만 돌아올 뿐이었다.

"정 이런 식으로 나오면 당장 당신네 신문사에 압수수색을 실시할 거요."

"좋을 대로!"

신문사란 역시 만만치 않은 상대였다. 모리는 한없이 갑갑했지만, 다나카로부터 어떤 일이 있어도 신문을 찾는 이유를 발설하지는 말라는 엄명을 받았기 때문에, 그저 입을 꾹 다문 채 경시청으로 돌아올 수밖에 없었다.

모리의 보고를 받은 다나카는 고개를 끄덕였다. 짐작했던 일이었다. 그렇게 쉽게 볼 수 있는 자료였다면 범인이 요구조건 으로 내걸지도 않았을 것이다.

"더 이상 신문사를 조사하지 말게. 잘못하면 우리가 범인의 하수인이 되어 들쑤시고 다니는 꼴이 되니."

수사부장 역시 화가 나 있기는 마찬가지였다.

"다나카 자네 말대로야. 외무성 이 자식들! 방금 전화가 왔 는데 찾을 수 없다는 거야, 그 전문을."

"부장님, 이건 매우 정치적인 사건입니다. 범인의 요구와 외 무성, 신문사의 발뺌에는 분명 정치적인 계산이 깔려 있습니 다. 우선 범인은 이 두 문서의 내용을 몰라서 공개하라는 것이 아닙니다. 특히 한성공사관발 전문은 몰라도, 최소한 1937년 12월 13일 자 〈동경일일신문〉의 내용은 매우 잘 알고 있을 겁 니다."

"신문사에서도 그 날짜의 신문이 없다고 하지 않았나?"

"아무리 오래전 신문이고 구하기 어렵다 해도 신문입니다. 널리 배포되는 신문의 특성상 그 내용을 알아내는 건 별로 어 려운 일이 아닐 겁니다."

"그런데 왜 공개하라는 거지?"

"전 일본인에게 공개하라는 거죠. 즉, 숨겨진 역사를 똑바로 들여다보라는 메시지입니다."

"일본 국민에게 역사교육을 시키겠다는 건가?"

"바로 그겁니다. 1937년 12월 13일이 어느 무렵인지 아십니까?"

"……글쎄."

"바로 우리 군이 난징을 점령하고 있을 때입니다. 그러니 그 신문은 아마도 난징과 관련된 기사를 담고 있을 겁니다."

"난징?"

"펑더화이의 의도가 바로 그겁니다. 그 날짜 신문엔 아마 충격적인 기사가 실려 있을 겁니다. 그걸 국민들에게 알리라는 건데…… 신문은 부장님이 직접 구하시고 그 내용은 제게만 알려주십시오. 경시청에서 확산되는 것 자체가 범인의 의도입니다. 그리고 외무성에 대해서는 총감님과 의논해야 합니다."

다나카는 수사부장과 함께 총감실로 올라갔다.

"그래서 외무성을 비밀리에 압수수색하자는 말인가?"

"그렇습니다."

"음……."

경시총감은 깊은 신음을 토해냈다.

"압수수색 대신 협조를 구하는 것은 어떻겠나?"

"아마 외무성에서……."

236

"외무성에서…… 뭔가?"

"협조해주지 않을 겁니다."

"왜?"

"그쪽에서 뭔가 숨기고 있습니다."

"그러나 황태자비가 납치된 마당에 어떻게 협조하지 않을 수 있겠나? 설사 저쪽에서 끝까지 협조를 거부한다 하더라도, 압수수색은 너무나 위험한 일이야."

"제 판단에는 그 방법밖에 없습니다."

"어려워. 자네도 생각해보게. 납치범 중 한 명이 중국인으로 밝혀진 덕분에 겨우 국민의 분노와 시선을 밖으로 돌려놓았는데 갑자기 외무성을 압수수색하면 꼴이 뭐가 되겠나? 영장이 나올 리도 없고, 티끌만큼이라도 뭐가 잘못되면 우린 모두 이거야."

경시총감은 목에 손을 갖다 대며 다나카를 쳐다보았다.

"저는 정치적 판단은 하지 않겠습니다."

"어쨌든 압수수색이든 뭐든 우리가 직접 외무성과 접촉하는 건 안 돼. 총리께 보고해 도움을 청하겠네."

경시총감의 보고를 받은 총리는 긴급히 외상을 불렀다.

"외상, 진실이 뭐요? 그 435호 전문은 정말 없는 거요?"

외상이 망설이는 기색을 보이자 총리는 재차 물었다.

"사실 그대로 얘기하시오."

"사실…… 저는 확실한 진상을 모르겠습니다."

"뭐요? 진상을 모른다고요?"

"부끄럽습니다."

"그게 도대체 말이 되는 소리요? 외무성 일을 외상이 모른다면 대체 누가 안단 말이오?"

"아마 외무차관에게 물어보시는 편이 나을 것 같습니다."

얼굴을 잔뜩 찌푸리고 있던 총리는 그제야 고개를 끄덕였다. 짐작되는 바가 있었다. 외상은 교과서 내용에 대해 주변국의 반발을 고려해 온건하게 가야 한다고 발언한 후부터 외무성의 관리들로부터 노골적으로 따돌림을 당했던 것이다. 그렇다고 해도 장관이 진상을 모른다는 것은 보통 일이 아니었다.

총리는 외상을 보낸 후 외무차관을 집무실로 불렀다.

"차관, 그 전문은 정말 없는 거요?"

"그렇습니다, 각하."

"정말이오?"

총리는 목소리에 힘을 주었다. 거짓일 경우에는 가만있지 않겠다는 의지의 표현이었다. 그러나 외무차관은 추호의 흔들림도 없이 대답했다.

"정말입니다."

"원래 있던 게 없어진 거요? 아니, 원래는 있었겠지. 언제 없어진 거요?"

"모릅니다."

"왜 없어진 거요?"

"저는 그 문서에 관해서는 아무것도 모릅니다."

총리는 화가 나 고함을 질렀다.

"그럼 당신이 알고 있는 건 도대체 무엇이오?"

"……"

"그만 돌아가시오."

총리는 의자에 기대어 눈을 감았다. 외무차관은 총리인 자신에게도 뭔가를 숨기는 듯했다. 이런 느낌은 어제오늘 일이 아니었다. '새 역사교과서를 만드는 모임'에서 새로운 교과서의 검정 통과를 부탁해왔을 때부터 자신으로서는 감당 못할 거대한 힘이 밀려오는 게 느껴졌다.

전 총리 나카소네나 도쿄 지사인 이시하라 같은 정치인은 말할 것도 없고 학계, 문화계, 경제계 할 것 없이 거물들이 망라되어 교과서의 검정 통과를 요구했던 것이다.

총리 자신도 교과서를 채택하는 데 있어 일본의 독자적인 노선을 주장하긴 했지만, 문제는 자신이 그들을 따라가는 데 불과했다는 것이다. 외무차관은 그런 거대한 세력의 일원이었고, 일본을 실질적으로 이끌어가는 자들이 바로 그런 세력이라는 사실에 총리는 소외감을 느꼈다.

다나카가 총리의 반응을 묻자 수사부장은 큰 소리로 외무성 관리들을 욕하기 시작했다.

"외무성 놈들은 장관 말도 안 듣는 모양이야. 아니, 총리께도 모른다고 잡아뗐다는군."

"어떻게 그런 일이?"

"얼마 전 총리께서 새로 임명한 여성 장관 있잖나?"

"저와 이름이 같은 다나카 외상 말입니까?"

"그래. 처음엔 다나카 장관이 소신 발언을 했지. 중국과 가파르게 대립하고 있는 댜오위다오를 일본 영토로 기술한 교과서를 통과시켜선 안 된다고 말이야."

"그런데요?"

"그 직후부터 외무성 직원들이 장관을 보이콧하기 시작했어. 장관의 지시를 안 듣는 건 말할 것도 없고, 항의 표시로 장관의 호출에도 응하지 않거나 심지어는 장관을 목전에서 무시하고 노골적으로 훈계까지 했지. 장관은 목소리를 낮추다가 결국 그들에게 동조해버리고 말았어."

"도대체 어떻게 그럴 수 있죠?"

"외무성과 문부성 직원들은 자신들이 일본을 끌어가는 기관차라고 생각하지. 물론 그 뒤에는 각계의 거물들이 버티고 있어. 그러니 사실 장관 따윈 우스운 거지."

"도대체 누굴 믿고 인사권을 가진 장관 말도 안 듣는다는 거죠? 겉으로 따르는 사람과 속으로 따르는 사람이 따로 있다는 얘긴데."

부장은 잠시 생각하다 엉뚱한 대답을 했다.

"글쎄…… 하긴 그런 친구들이 있어서 우리 일본이 버틸 수 있는지도 모르지."

"무슨 소리죠?"

"중국과 한국이 저토록 압박하는데 우리 일본이 과거에 잘못했다고 반성하기만 해서는 안 되지 않겠나."

다나카는 부장의 얘기가 정치색을 띠자 곧 자리에서 일어났다. 수사는 수사일 뿐 거기에 다른 시각이 개입되면 안 된다는 것이 다나카의 신념이었다.

"신문은 어떻게 되고 있습니까?"

"무슨 이유인지 마이니치에는 아예 없어. 대신 여러 루트로 알아보고 있는데, 희망적이야."

방으로 돌아와 곰곰 생각하던 다나카는 다시 도쿄대학교의 야마자키를 찾아갔다. 아무리 외무성이 숨긴다 하더라도 범인들이 요구하는 문서의 존재 여부나 의의를 확실히 알아야 제대로 수사를 할 수 있을 것 같았다.

"전산화가 안 됐다고 한다고? 흠, 그럴 거야."

야마자키는 외무성의 내부 분위기에 밝은 모양이었다.

"예민한 문서겠지. 그 문서 때문에 황태자비까지 납치한 걸 보면. 어떻게 하면 볼 수 있을까? 외무성 문서고에는 있는 눈치던데."

"어려워. 외무성의 최고위 관리가 아니면 문서고에는 아예 접근이 불가능해."

"교수라면 출입허가를 받을 수 있다고 하던데."

야마자키는 고개를 가로저었다.

"굉장히 어려워. 그들은 사람을 심사하지. 평소 그 사람이 보인 성향을 보고 허가 여부를 판단해."

"성향이라니?"

"학문적 성향 말이야. 이름 없는 교수라면 성향을 볼 것도 없이 안 되겠지만, 명성 있는 교수일 경우에는 그 사람이 정부에 득이 될지 해가 될지를 판단해서 자료를 보여준단 말이야. 그러니 극소수의 명망 있는 보수학자들만 들어가는 거야."

"자네는 어떤가? 명색이 도쿄대학교 동양사연구실장인데."

"나는 가능할지도 모르지. 직위도 직위지만 그간 내가 보여온 보수 성향이 외무성 관리들의 눈에 어긋나지 않았을 테니."

다나카는 반색했다. 난징대학살을 난징전투라 강변하고 교과서에까지 싣는 야마자키를 외무성 관리들이 싫어할 이유는 없을 것이었다.

"그럼 자네가 날 좀 도와주게."

"도대체 무슨 일이야? 왜 그 전문을 그렇게 보려고 하나? 물론 황태자비 납치사건 수사 때문이겠지만 구체적으로 왜 필요한지를 얘기해야지."

"지금 당장 말하기는 어려워."

"그렇다면 난 도와줄 수 없네."

"뭐라고?"

"혹시 일이 잘못되면 나는 학교를 떠나야 할지도 모르는데, 자네는 내게 왜 그걸 봐야 하는지조차 알려주지 않잖아. 자네라면 도울 수 있겠나?"

야마자키의 말도 일리는 있었다.

"그럼 자네, 보안 유지를 약속할 수 있나?"

"물론이네."

다나카는 자초지종을 얘기했다. 황태자비 납치사건의 범인이 제시한 석방조건이 전문의 공개라는 말에 야마자키는 놀라는 표정이 역력했다.

"그 범인이라는 인물의 정체가 정말 궁금하군.「한성공사관 발 전문 제435호」를 공개하라니……."

"하여튼 자네의 도움이 절실하네."

"해보겠네."

한성공사관발 전문 네 장

얼마 후 야마자키에게서 연락이 왔다. 그는 바로 달려온 다나카를 향해 의미심장한 웃음을 지었다.

"후후, 믿는 도끼에 발등 찍힌다는 건 바로 이 경우를 두고 하는 말이겠지. 한성공사관의 전문을 찾았어. 그리고 극비리에 촬영도 했네."

야마자키는 기대 이상의 성과를 가지고 왔다.

"과연 외무성 문서고에 전문 435호가 있었단 말인가?"

"아니, 네 장이 있었어. 435호는 빼고 말이야."

"435호가 누락되어 있다고? 빈틈없이 찾아봤나?"

"몇 번이나 두 눈을 씻고 찾았네."

다나카는 고개를 끄덕였다. 하긴 야마자키가 금세 볼 수 있는 문서라면 납치범이 요구조건으로 내걸지도 않았을 것이다.

"다행히 전문들이 모두 연결되어 있어. 그러니 이 네 장을 보면 435호의 내용을 대략 유추할 수 있지 않겠나."

"고맙네."

"하지만 자네, 앞으로 내게도 수사 상황을 알려줘야 하네. 마사코는 내게도 잊지 못할 후배 아닌가."

"그래, 자네에게도 꼭 보고하지. 하지만 자네도 외무성 일과 관련해서는 날 좀 계속 도와주게."

"염려 마. 명분이 있는데 못할 게 뭐 있나."

다나카는 경시청에 돌아오자마자 야마자키에게 받은 USB 를 컴퓨터에 꽂았다. 야마자키의 말대로 제435호를 뺀 앞뒤 네 장의 전문 사진이 들어 있었다.

「한성공사관발 전문 제433호」

경복궁 시위대(侍衛隊)의 대오는 흐트러지고 수백의 병사들은 경복궁 앞에 도열한 스즈키 대대의 정연한 모습에 잔뜩 겁을 집어먹었다. 고바야가와를 비롯해 수십 명이 일거에 달려들자 시위대는 뒤돌아 도망치기 시작했다. 일부는 경복궁 담을 넘어 거리로 뛰어내렸다. 이때 시위대 병사 하나가 창을 휘두르며 도망치는 자들의 앞을 막아섰다. 그는 지휘관을 붙잡고 '일본의 불량배들이 왕비마마를 죽이려 궁궐을 습격했는데 지휘관이 도망을 가서야 되겠습니까!'라며 울부짖었다. 그러자 지휘관은 총을 꺼내 이 병사를 쏘아 죽인 후 황급히 병사들과 함께 북쪽 담을 넘었다.

「한성공사관발 전문 제434호」

왕과 왕비가 있는 건청궁까지는 두 갈래 길이 있었다. 고바야 가와는 건청궁으로 향하는 대로를 앞장서 뛰어가면서 '조선 무사들 한 놈이라도 있으면 나와라'라고 소리쳤다. 그러나 아무도 없었다. 같은 시각 〈한성신보〉 사장 아다치가 이끄는 이십여 명의 낭인은 동쪽으로 우회하여 건청궁을 향했다. 두 패는 왕의 침전인 곤녕전 앞에서 만나 곤녕전 문을 부수고 들어갔는데, 왕과 왕세자가 벌벌 떨고 있었다. 낭인 데라사키가 왕비가 있는 쪽으로 뛰어가자 왕이 의자에서 일어나려 했다. 데라사키는 왕의 어깨를 잡아 눌러 제자리에 앉혔다. 그때 누군가가 왕세자의 목덜미를 잡아 팽개쳤고 낭인들은 왕비가 있는 곳으로 급히 뛰어갔다.

「한성공사관발 전문 제436호」

왕비 살해가 대원군과 훈련대의 합작품이라는 미우라 공사의 발언이 현장 목격자들에 의해 하나둘 변명으로 드러났다. 그중 특히 러시아인 기사 사바친과 미국인 시위대 교관 다이의 증언을 듣고 난 후 각국 공사들은 한목소리로 미우라 공사를 규탄하고 있다. 아무래도 본국 정부의 강력한 대외적 조치가 있어야 서구 열강과의 충돌을 면할 수 있을 것 같다.

「한성공사관발 전문 제437호」

미우라 공사, 오카모토 고문, 〈한성신보〉 사장 아다치, 낭인 고바야가와, 호리모토를 비롯한 현장 가담자 사십팔 명을 일본으로 압송해 히로시마 형무소에 수감한다는 외무성의 결정은 미국, 러시아, 영국, 프랑스 공사들 사이에서 공감을 얻고 있다. 하지만 이것은 결국 미우라 공사가 이 사건의 주범인 것을 자인하는 결과가 되어 현지 조선인들 사이에 흉흉한 소문이 퍼지고 있다.

한성공사관으로부터 일본 외무성으로 타전된 네 장의 전문은 조선 왕비 살해사건의 전말을 담고 있었다.

숨겨야만 하는 진실

짐작했던 대로였다. 한성공사관발 전문을 읽고 다나카는 황태자비 납치는 난징학살과 조선 왕비 살해라는 과거 역사에서 비롯되었으리라는 추리에 더 확신을 가질 수 있었다. 특이한 건 범인들의 구성이었다. 펑더화이는 난징학살의 복수를 원하는 중국인이고 나머지 한 명은 조선 왕비 살해에 원한을 품은 한국인일 가능성이 컸다.

'중국인과 한국인, 원래는 모르는 사이지만 일본에서 만나 서로의 역사에 공감하고 같이 범행을 결심했다…….'

다나카의 눈길이 다시 넉 장의 전문으로 향했다. 도대체 사라진 435호가 어떤 내용이기에 범인은 황태자비를 풀어주는 조건으로 그 공개를 원하는지 궁금증이 턱밑까지 차올랐다. 다나카는 넉 장의 전문을 거듭 읽으면서 그 내용을 유추해보았다. 전문 433호와 434호는 조선 왕비를 살해하기 직전 왕비의 거처로 달려가는 낭인들의 모습을 담은 내용이었고, 436호와 437호는 사건이 끝난 다음의 상황을 담고 있었다.

'그렇다면 435호는 조선 왕비가 살해되는 장면을 담고 있단 말인가!'

다나카는 다시 야마자키에게 전화를 걸었다.

도쿄대학교 부근의 이자카야에서 만난 야마자키는 직접 유력한 증거를 찾아 전해주었다는 자부심 때문인지 황태자비 납치사건에 대해 수사관 못지않은 관심을 보였다.

"어때, 네 장의 전문이 도움이 됐나? 한성공사관에서 본국으로 조선 왕비 살해를 보고하는 내용이던데."

"물론이야. 과거의 역사가 납치의 동기이니만치, 이 사건을 제대로 이해하기 위해서는 정확한 역사를 알아야 해."

"역사가 범죄의 동기라…… 보통 이런 범죄는 특정 단체들이 저지르잖아?"

"아니, 특정 단체나 정부의 비밀 조직이 연출한 것 같지는 않아."

"개인적인 범행이라 이건가?"

"그래. 공범이 더 있을지도 모르지만 일단은 두 사람이 저지른 범행으로 드러났어."

"그자들의 목적이란 「한성공사관발 전문 제435호」와 1937년 12월 13일 자 신문의 공개라…… 흠, 거기에 어떤 내용이 담겨 있다는 걸까? 신문은 찾았나?"

"수사부장이 찾고 있어. 시간이 걸릴 뿐 반드시 찾아낼 거야. 신문인 이상 많이 발행됐을 테니까. 그런데…… 전문이 중간에 빠진 이유는 뭘까?"

"한성공사관에서 타전했으니 일단은 외무성에 있었을 텐데, 아마 극비 중의 극비 내용이 들어 있어 누군가 빼냈을 거야."

야마자키는 놀랄 것도 없다는 듯 덤덤하게 대답했다.

"빼내? 누가 빼냈단 얘기지, 정부의 공식 문서를?"

"빼내야 할 이유를 가진 사람은 많지 않겠나? 과거에는 전범재판이 있었고…… 지금은 중국, 한국과의 역사 정립 문제가 있어. 자네, 난징전투의 실상이 모두 공개되면 우리 일본이 어떻게 될지 알고 있나?"

"음, 그럼 자네도 사실은 난징대학살의 진상을 알고 있다는 얘긴가?"

"물론이지. 내가 난징대학살을 난징전투라 칭하고 교과서에서 그 범위를 잔뜩 축소한 건 결국 일본의 미래를 위한 거야. 도쿄대학교에서 동양사를 전공하는 내가 어찌 그 진상을 모르겠나?"

"도쿄대학교 교수가 진실을 알고도 교과서에서 그것을 축소 은폐한다? 그게 옳은 일일까?"

"세상에는 숨겨야 할 일이 있는 법이야."

"그래서 누군가 435호 전문도 숨겼다? 그런데 애초에 외무성 문서고에 들어가 그 문서를 자유롭게 볼 수 있었던 사람들은 누굴까?"

"글쎄……?"

경시청으로 다시 돌아온 다나카는 곧장 경시총감의 방으로 올라갔다.

"외무성은 무엇보다 황실에 미안해하고 있을 겁니다. 그러니 총감님이 외무차관에게 황실을 거론하십시오. 총리에게는 숨겨도 황실까지 무시하지는 못할 테니까요."

다나카의 종용에 따라 외무차관을 만나고 온 경시총감은 씁쓸한 표정으로 다나카를 불렀다.

"외무차관을 만났는데 435호 전문은 없다고 하더군. 태평양전쟁 때 없어졌다고. 그러면서 설마 그 전문 한 장이 없다고 범인을 못 잡겠느냐며 냉소를 지었어."

"이제 더 이상 외무성의 협조를 기대할 수는 없습니다. 그렇다면 우리는 외무성을 적으로 보고 수사를 진행해야 합니다. 총감님은 그간 외무성 문서고에 출입허가를 얻었던 사람들의 명단을 확보해주십시오."

"문서고의 출입허가 명단? 그 명단에 뭔가 있다는 얘긴가?"

"범인의 부탁을 받은 누군가가 외무성 문서고에서 435호 전문이 없다는 걸 확인했을 가능성이 큽니다. 그러니 저토록 강고하게 435호만 공개하라고 요구하는 겁니다."

"알겠네. 하지만 외무성을 적으로 본다는 등의 말은 삼가게."

다나카가 방으로 돌아오자 부장으로부터 호출 신호가 와 있었다.

"네, 부장님."

"빨리 오게."

부장의 목소리는 모처럼 활기를 띠고 있었지만 한편으로는 매우 침통했다. 다나카는 부장의 목소리가 어째서 그리 기묘한지 궁금했지만, 부장이 내미는 1937년 12월 13일 자 신문을 보자 바로 그 이유를 알 수 있었다.

"신문을 입수했어. 문제가 되는 건 바로 이 기사야."

"으음!"

부장이 손으로 가리키는 기사를 보는 순간 다나카의 입에서는 신음이 새어나왔다. 이미 중국과 미국에서 난징대학살에 대해서는 충분히 들었던 터라 그 참상을 짐작 못한 바는 아니었지만, 칼을 짚고 선 두 장교의 사진이 두드러진 신문 기사는 전혀 다른 방향에서 충격을 주었다.

중국인들의 목을 치는 시합에서 앞서거니 뒤서거니 경쟁을 벌여온 두 장교가 만나 포즈를 취했다. 이들은 그간 백 명 이상의 목을 쳐내는 엄청난 기록을 세웠는데 한 사람은 백다섯 개, 또 한 사람은 백여섯 개의 목을 잘라 제대로 승부가 나지 않았다. 따라서 두 사람은 연장전에 들어가기로 했다.

"개새끼들!"

감정이 무딘 부장조차 원색적 욕지거리를 내뱉었다.

"어떻게 사람의 목을 치는 것으로 시합을 할 수 있단 말인가! 아니, 이놈들이 문제가 아니야. 이런 식으로 기사를 낸 신문이 더 문제 아닌가! 일본을 대표한다는 신문이……."

흥분하는 부장과 달리 다나카는 조용히 입속으로 기사 속의 한 단어를 곱씹고 있었다.

"연장전이라…… 바로 오버타임이 아닌가!"

"이, 이걸 공개할 순 없어. 절대로……."

부장이 연신 고개를 가로젓는 모습을 보며 다나카는 착잡한 심정으로 경시청을 나왔다. 어딘지 마음 한구석이 허전했다. 중국에 가 펑더화이의 내력을 알고, 또 미국에서 존 매기 목사의 아들을 만나 난징대학살의 진상을 알고부터는 힘이 빠지는 기분이 들던 참이었다.

다나카는 목적지도 없이 한참을 걸었다. 걷는 내내 '오버타임'이란 단어가 머릿속을 맴돌았다. 아무리 걸어도 충격이 가시지 않자 다나카는 억지로 머리를 세차게 흔들었다.

어쨌든 수사에만 집중해야 한다고 자신을 몇 번이나 다그쳤지만, 수사 역시 답답한 건 마찬가지였다. 조선 왕비 살해사건의 핵심 문서조차 감추어져 있는 상황에서 사건의 배경은 모두 무시한 채 범인만을 추적해야 하는 현실이었다. 다나카는 수사의 정당성이 어느새 사라져버린 것만 같은 무력감에 휩싸였다.

다나카는 직감적으로 납치범이 검거되면 모든 것이 정치적으로 변질될 것을 깨달았다. 물론 납치범을 잡고 황태자비를 구해내는 것이 당장의 시급한 현안이지만, 실체적 진실의 파악도 그에 못지않게 중요한 일이었다. 그건 다나카가 수사관으로서 항상 추구해온 정의의 일면이었다.

「한성공사관발 전문 제435호」는 또 어떤 내용이기에 이 나라는 그걸 숨겨야만 하는 것일까?'

다나카는 아쉬움과 갑갑함을 견딜 수 없어 크게 숨을 들이마셨다.

탈출 감행

마사코는 다시 한 번 탈출 결심을 굳히며 하룻밤을 보냈다. 그동안 탈출의 최대 장애였던 신발 문제가 해결되었으니 이제 실제로 탈출하는 일만 남았다.

탈출 계획을 생각하고 또 생각하며 초조해하던 마사코는 막상 운동 시간이 다가오자 망설여졌다. 어쩌면 범인의 심리전에 자신이 말려든 것인지도 모른다는 생각이 든 것이다. 납치범이 운동화를 준 것은 자신의 탈출 기도를 다 알고 있다는 이야기이며, 그렇다면 이미 충분히 대비하고 있다는 뜻인지도 모른다.

마사코는 그 태산 같은 묵직함으로 은연중 자신을 압도해 온 납치범을 떠올렸다. 마사코는 자신이, 납치범이 쳐놓은 그물 안에서 불안에 떨며 탈출 희망을 접어버리는 어리석은 새처럼 느껴졌다.

납치범에게는 확실히 알 수 없는 힘이 있었다. 탈출 의지를 무력하게 만드는, 시도조차 하면 안 될 것 같은, 시도해도 반드시 실패할 것 같은 느낌이 마사코를 짓눌렀다. 그러나 마사코는 이윽고 다시 결론을 내렸다. 그럼에도 불구하고 탈출을 시도하지 않을 수 없다고.

오후 3시.

납치범은 정확하게 정해진 시간에 문을 열었다. 마사코는 무표정한 얼굴로 방을 나섰다. 납치범은 역시 어디론가 사라졌다. 납치범이 숨어서 자신을 지켜보고 있을지도 모른다는 생각을 떨치고 마사코는 곧장 산길을 향해 걸었다. 운동을 하는 척 범인을 안심시킬 수도 있었지만 그런 속임수를 쓰기는 싫었다. 아니, 천천히 걸어야 한다는 생각을 수없이 했지만 산길이 가까워질수록 자꾸 걸음이 빨라지는 것을 어떻게 할 도리가 없었다.

이윽고 산길 입구에 이르자 마사코는 고개를 돌려 뒤를 보았다. 역시 납치범의 모습은 보이지 않았다. 마사코는 있는 힘껏 뛰었다. 이제는 더 이상 다른 생각이 끼어들 여지도, 결심을 바꿀 여유도 없었다. 오직 달리는 것만이 마사코가 택할 수 있는 유일한 길이었다.

다음 순간, 굽이를 돌자마자 마사코는 그 자리에 얼어붙은 듯 멈춰 섰다.

"크르르르!"

"으르르!"

송아지만 한 개 두 마리가 버티고 있었던 것이다. 입을 벌리고 침을 질질 흘리는 맹견들의 모습에 마사코는 공포감에 휩싸였다.

"으르르르!"

그중 한 마리가 위협적으로 다가오자 마사코는 어떻게 해야 할지를 모르고 우왕좌왕했다. 뒤로 돌아서 달아나면 바로 쫓아와 덤벼들 것 같은 두려움에 극도로 다급해져 그만 비명을 지르고 말았다.

"아악!"

고함소리에 개는 더욱 흥분해 날뛰었다. 뒤에 있던 다른 한 마리도 누런 이빨을 드러내고 덤벼들 태세였다. 마사코는 더욱 큰 소리로 비명을 질렀다.

"살려줘요! 이봐요!"

"크르르르!"

검은 개가 마사코를 향해 고개를 낮춘 채 뛰어오르려는 순간, 멀리서 외침이 들려왔다. 맹견들은 훈련이 잘되었는지 주인의 목소리에 거짓말처럼 온순해졌다. 바로 납치범이었다.

"놀랐겠군요."

"……."

"먼저 말해두려 했지만 그보다는 한번 시도해보는 것이 당신이 탈출을 단념하는 데 좋을 것 같았소. 당신은 내 허락 없이는 산장으로부터 오십 미터도 내려갈 수 없소. 적외선 감시 장치가 되어 있으니 말이오. 마침 내가 즉각 경보를 들었으니 망정이지, 내가 없을 때 이런 일이 벌어졌으면 저 맹견들이 당신을 그냥 두지 않았을 거요."

마사코는 분노와 수치심으로 몸을 떨었다.

저녁 식사를 가지고 온 납치범은 마사코의 기색을 살폈다. 그가 식사를 두고 그대로 나가려 하자 마사코가 가시 돋친 목소리로 그를 불러세웠다.

"나는 내일 나갈 거예요."

"……."

"적외선 감시 장치로 나를 감시하고 개를 풀어놓다니! 당신은 나를 분노케 하는군요."

"미안하오."

"나는 단연코 내일 산을 내려갑니다. 개에게 물리든 어떻게 되든 말이에요."

"……."

"당신은 내일 이 방문을 열지 않을 건가요?"

"……."

"당신이 뭘 위해 이런 일을 저지르는지 모르겠지만, 그 명분이 무엇이든 이건 온당치 못한 방법이에요. 나는 더 이상 참을 수 없어요. 당신이 나를 죽이지 않는 걸 보면 나를 무기로 삼을 모양인데, 나는 결코 범죄자의 무기가 되지 않을 거예요."

마사코의 목소리가 예사롭지 않다고 판단했는지, 납치범은 그냥 나가려다 말고 그녀 앞에 앉았다. 마사코는 다시 힘주어 말했다.

"나는 아무것도 모르고 여기 납치되어 있어요. 당신은 어려운 상황에서도 나를 위해 최선을 다한다고 하지만 이것은 동물을 가둬두는 것과 다름없어요. 납치와 관계된 모든 것을 나에게 말해줘야 해요."

"뭘 알고 싶소?"

납치범은 묵직한 목소리로 물었다.

"우선 당신이 누구인지 말해요."

마사코는 다시 한 번 다부진 목소리로 내뱉었다. 범인은 마사코의 얼굴을 한참 바라보다 입을 열었다.

"나는 한국 역사에 지은 죄가 많은 사람이오. 당신을 인질로 일본 정부에 「한성공사관발 전문 제435호」의 공개를 요구하는 것은 그 죄를 씻기 위해서요."

"그럼, 당신은 한국인인가요?"

"그렇소."

"그런데 어떻게 모두의 신임을 받는 유지가 되었죠? 여기 일본 땅에서."

"이곳에는 오래전에 왔소."

"좋아요. 그러면 당신이 말한 죄와 435호 전문 사이의 관계
에 대해 말해보세요."

"그건 별로 말하고 싶지 않소."

"그렇다면 나는 내일 산을 내려갈 거예요. 당신이 막든 맹견
이 물든 상관하지 않을 거예요. 당신에게는 두 가지 방법밖에
없어요. 나를 죽이든 그냥 내버려두든."

너무도 단호한 마사코의 선언에 납치범의 표정이 굳어졌다.

"조금 기다려주시오. 곧 결정을 하겠소."

"무슨 결정을 하겠다는 거죠?"

"둘 중 하나요. 당신을 풀어주든, 아니면……."

납치범의 입에서는 정말 뜻밖의 말이 흘러나왔다. 자신을
풀어주다니. 그러나 그다음 말은 뭐란 말인가. 갑자기 끔찍한
상상이 마사코의 머리를 강타했다.

"아니면?"

마사코의 목소리가 가늘게 떨렸다.

팔인회

"모두가 쟁쟁한 사람들뿐이야. 추호도 의심할 여지가 없어. 단 한 사람도."

수사부장은 다나카를 보자마자 몹시 실망스러운 표정을 지으며 몇 번이나 같은 말을 반복했다.

"제가 한번 보겠습니다."

다나카는 날카로운 눈길로 경시총감이 외무차관에게서 입수한 외무성 문서고 출입허가 명단을 훑었다. 하지만 수사부장의 말대로 의심스러운 인물은 단 한 명도 없었다. 모두가 일본 사회에서 당당한 명망을 지닌 사람들이었고, 물론 외국인은 없었다.

"으음……."

'이 쟁쟁한 일본인들 중 하나가 범인의 충성스러운 하수인이란 말인가.'

"처음부터 자네 추리는 좀 이상했어. 범행의 동기가 역사에서 기인했다는 것도 그렇고……."

수사부장이 잔뜩 실망스러운 말투로 푸념을 했다. 경시총감 역시 근심을 보탰다.

"외무성에는 뭐라고 하지? 이 명단에 있는 자들 중 한 사람이 틀림없이 납치범이라고 장담했는데 말이야. 외무차관이 명단을 넘겨주면서도 무슨 개소리냐는 듯 연신 고개를 가로젓더니……."

다나카는 방으로 돌아와 생각을 거듭했다. 범인은 분명 외무성 문서고에 그 전문이 없다는 걸 잘 알고 있다. 그러나 범인은 외국인이고 그의 출입은 절대로 불가능하다. 그렇다면 일본인 하수인을 시켰을 수밖에 없다. 그러나 명단의 인물은 모두 쟁쟁한 우익 인사들. 절대로 일개 외국인의 하수인이 되어 비밀을 알려줄 사람들이 아니다.

다나카는 명단을 뚫어지게 바라보며 한참 생각에 잠겨 있다가 갑자기 명단 속 이름을 일일이 체크하기 시작했다. 그러고는 수사지원팀장을 불러 무언가를 조용히 지시했다.

'이제 내가 할 수 있는 것은 무엇인가.'

다나카는 고개를 저었다. 전국적인 비상사태, 황태자비 납치사건. 하지만 외무성을 비롯한 정부기관은 이상하게 비협조적인 태도를 보였다. 아니, 오히려 알 수 없는 힘으로 수사를 가로막고 있다. 다나카는 다시 한 번 고개를 저었다. 이렇게 기분이 가라앉아서는 안 되겠다는 생각에 활기찬 목소리로 모리를 불렀다.

"어이, 모리!"

"네, 경시정님."

"우리 기분전환 한번 하지."

"기분전환이라뇨?"

"나가서 원샷이라도 하자고."

모리는 너무나 뜻밖인지 즉각 대답을 하지 못했다.

"잠시라도 사건은 싹 잊어버리고 자네와 나, 둘이서만 한잔 하잔 말이야."

"아, 네. 좋습니다."

모리는 어리둥절했지만 다나카와 사적인 시간을 갖는 것은 너무나 신나는 일이었다.

다나카와 모리는 경시청 앞의 술집으로 갔다.

"어서 오세요, 경시정님."

"맥주로 줘요. 세상에서 제일 찬 맥주로."

"어머, 경시정님 마음이 바짝바짝 타시는 모양이네."

술을 기다리던 모리는 무릎 사이에 양손을 넣고 비비면서 고개를 숙였다.

"경시정님, 죄송합니다."

"그런 말은 하지 말게. 어려운 사건이야. 하지만 우리가 어려운 만큼 범인도 마찬가지겠지. 수색대가 조금이라도 압박을 해주면 좋겠는데, 그쪽은 도저히 가망이 없는 모양이군."

"저, 경시정님, 얼마 전에 시골 경찰서의 순사 하나가 찾아왔었습니다."

모리는 덴리경찰서의 곤도 순사 얘기를 전했다.

"혹시 그 엉뚱한 순사 말이 맞을 수도 있지 않을까요?"

"그럴 수도 있겠지. 하지만……."

다나카는 고개를 가로저었다.

"그렇게 해서 잡힐 자가 아니겠죠?"

모리가 다나카 흉내를 냈다.

"하하하하."

다나카와 모리는 한참 웃었다. 수사 도중 이렇게 술을 마셔 보는 것도 참으로 오랜만이었다. 술잔을 기울이던 다나카의 머릿속에 모리가 전해준, 엉뚱하다는 순사의 말이 다시 떠올랐다.

"그런데 그 순사가 진짜 큰 고기는 엉뚱한 데서 잡힌다고 했다고?"

"네, 남들이 안 하는 짓을 해야 한다고 했어요."

"하하하하!"

"……."

"차라리 그쪽이 나을지 모르지. 범인은 외무성 문서고의 사정까지 꿰뚫고 있는 능력자야. 그러니 수색은 맹점을 노출할 수밖에 없을 거야."

"……."

"어쨌든 수색은 수색이고 수사는 수사야."

모리는 다나카가 무엇엔가 기대감을 갖고 있다는 걸 느낄 수 있었다.

"혹시 무슨 단서라도 찾으신 건가요?"

"외무성이 조금만 협조적으로 나오면 찾아낼 수 있을 것 같은데 오히려 장애가 되고 있으니. 하지만…… 범인도 사람 아닌가."

"네?"

"영원히 꼬리를 감출 수는 없단 말이지. 자, 그럼 그 엉뚱한 순사를 위하여 건배!"

"건배!"

두 사람이 막 잔을 부딪쳤을 때였다.

삐리리리.

모리의 휴대폰이 울렸다. 다나카는 이미 전원을 꺼놓았지만 모리는 그렇게까지 할 수는 없었다. 모리는 잠시 자리를 비켜 전화를 받더니 다나카에게 돌아와 휴대폰을 건넸다.

"부장님이십니다."

다나카는 약간 늘어진 목소리로 노회한 수사부장의 전화

를 받았다.

"아, 예. 다나카입니다."

"다나카, 도대체 지금 어디에 있는 거야?"

"한잔하고 있습니다."

"뭐야? 많이 취했어?"

"취했는지 안 취했는지도 판단이 안 설 지경입니다."

"음……."

다나카는 뭔가 이상한 느낌을 받았다. 평소의 수사부장이라면 자신이 술집에 있는 것을 알면 그냥 전화를 끊었을 것이다. 다나카는 목소리를 가다듬었다.

"무슨 일이 있습니까?"

"총감님이 연락을 하셨어. 지금 외무차관을 만나고 계신데 급히 자네를 찾으셔. 갈 수 있겠나?"

다나카는 수사와 관련된 중요한 자리라는 것을 깨달았다.

"가겠습니다. 어딥니까?"

"요정 아오모리야. 알지?"

"네, 지금 바로 가겠습니다."

전화를 끊은 다나카는 바로 자리에서 일어났다.

"경시정님, 제가 모시겠습니다."

모리가 급박한 사정을 눈치채고 뛰어나가 택시를 잡았다.

아오모리는 정부의 고위 관리들이 자주 이용하는 유서 깊은 요정이었다. 경시총감과 외무차관은 안쪽 깊숙한 방에 단둘이 앉아 있었다. 다나카가 방으로 들어서자 외무차관은 반색을 하며 자리에서 일어났다.

　"마침 잘 왔소. 먼저 보실 데가 있소."

　외무차관은 앞장을 서더니 제일 안쪽의 큰 방으로 두 사람을 안내했다. 거기에는 정장 차림의 신사 십여 명이 무릎을 꿇고 있었는데, 외무차관은 그 한쪽으로 두 사람을 안내하고는 자신도 무릎을 꿇었다. 다나카도 급하게 무릎을 꿇다 눈에 들어오는 사람들을 보고는 깜짝 놀랐다. 여당 간사장과 방위상이 마찬가지로 옹색하게 무릎을 꿇고 있는 것이었다. 그러나 다음 순간 바로 앞의 기다란 테이블에 앉은 여덟 명의 얼굴이 눈에 들어오자 다나카는 아연실색했다. 과연 그들의 면면은 장관급 인사들이 옹색하게 무릎을 꿇고 대면할 만한 거물 중 거물이었다.

　"우리는 오늘 둘 중 하나를 택해야 하오."

　테이블의 여덟 사람은 하나같이 무거운 표정이었지만 눈빛에는 단호함이 배어 있었다.

　팔인회.

　다나카는 이것이 그동안 말로만 듣던 팔인회의 회합 장면이란 걸 알아차렸다. 막후에서 일본을 끌어간다는 이 팔인회는 현직 총리에게도 함부로 자리를 내주지 않는다는 소문이 돌고 있었다.

"나는 센카쿠요."

누군가의 묵직한 음성이 좌중에 낮게 깔렸다. 몇 년에 한 번씩 열리는 이 회합은 만장일치로 중요 현안을 결정하는데, 오늘은 센카쿠와 다케시마 중 한 곳을 택하기로 한 모양이었다.

"보충 설명을 하자면……"

오 년 전 모임에서 이들은 일본이 새로운 길을 가야 한다는 데 뜻을 모으고, 이후 정치에 급격한 변화를 일으키며 국민들의 열화 같은 지지를 이끌어냈다. 중국 및 한국과의 조화를 중시하던 분위기는 씻은 듯 사라지고 국민들은 '일본다운 일본'에 환호했다.

"하룻밤 자고 나면 중국은 흑자가, 미국은 적자가 쌓이고 있소. 초강대국의 지위가 점점 미국에서 중국으로 이동하고 있단 말이오. 그렇지만 미국은 결단코 그냥 물러서지는 않을 것이오."

목소리의 주인공은 전 총리 나카소네였다. 그는 좌우를 한 번 휘 둘러본 다음 말을 이었다.

"중국 경제가 이대로 거듭 상승한다면, 아니 미국 경제가 이대로 계속 하락하면 미국은 마지막 카드를 쓰게 되어 있소."

몇몇이 고개를 끄덕였다.

"바로…… 전쟁이오."

이제 모두가 고개를 끄덕였다. 그것은 기정사실이라는 공감의 표시였다.

"지금 우리가 센카쿠를 힘으로 밀어붙이면 중국은 꼼짝 못하게 되어 있소. 일본과 중국 사이에 무력 충돌이 일어나면 미국은 기다렸다는 듯이 개입해 초단시간 안에 중국의 모든 산업시설을 잿더미로 만들고 중국이 소유한 미국 채권을 모두 무효화한 다음, 전쟁배상금을 요구할 거요. 중국 정부는 이 시나리오를 무척 겁내고 있소. 그들은 향후 이십 년간은 미국과 군사 충돌을 일으키지 않는 걸 절대 원칙으로 삼고 있소. 우리가 센카쿠를 잡아채도 중국은 결코 군사적으로 대응할 수 없단 뜻이오. 그러니 센카쿠를 먼저 확보하는 게 맞소."

나머지 일곱 사람이 박수로 답하자 나카소네는 붓을 가져오도록 해 화선지에 굵은 글씨로 '일본령 센카쿠'라고 썼다.

외무차관은 흡족한 얼굴로 일어나서는 두 사람을 다시 원래의 방으로 안내했다. 그는 다나카가 자리에 앉기를 기다려 술잔을 채워서 다나카에게 권했다.

"명성은 늘 듣고 있었는데 오늘 이렇게 만나니 반갑소."

아무런 과장도 위압감도 없는 담백한 인사였다. 다나카는 고개를 숙여 인사에 답하고는 술잔을 앞에 놓았다.

"편하게 한잔하십시다. 오늘은 우리 '믿을 수 있는' 사람들끼리 마시는 자리니까."

외무차관은 역시 외교관답게, 편하게 술을 권하는 중에도 짧지만 의미심장한 말을 던졌다.

"남자의 삶이란 일을 통해 사람을 만나고 또 사람을 만나 일을 하면서 친구를 사귀는 거 아니겠소."

외무차관은 술잔을 비우며 다시 다나카에게 한 잔을 따라 주었다. 다나카도 그의 잔을 채웠다.

"다나카 경시정."

다나카는 외무차관이 나직하게 부르는 소리에서 어떤 꿍꿍이를 감지했다. 대화에 앞서 팔인회의 회합 장면을 보여준 것도 이유가 있을 것이다. 그리고 그 이유는 필시 황태자비 납치 사건 수사와 연관이 있을 것이다. 아니나 다를까, 외무차관은 은근한 목소리로 물었다.

"내가 준 명단에 한국인이 있으면 그가 바로 납치범이라고 말했다면서요?"

"네."

"그런데 그 명단에는 한국인이 없었나 보군요."

"네."

"그렇다면 범인은 한국인이 아니라는 얘기요?"

"그렇지는 않습니다."

"내게 설명을 좀 해주시오. 어째서 범인이 한국인인지."

다나카는 차분하게 자신의 추리 과정을 설명했다.

"하하, 과연 대단한 추리요."

외무차관은 흡족한 듯했다.

"하지만 다나카 경시정, 대단한 추리이긴 하나 국제 관계란 증거 몇 개로 좌우될 만큼 간단하질 않소."

"……."

"그래서 말인데…… 외국 기자들이 물어오면, 수사의 필요상 왜 범인들이 외국인이라고 보는지는 밝힐 수 없다고 해주시오."

"네? 무슨 말씀이신지?"

다나카는 납득할 수가 없었다.

"다나카 경시정, 범인들은 지극히 정치적이오. 435호 전문을 공개하면 황태자비 전하를 풀어주겠다는 요구조건부터가 의미심장하지 않소?"

외무차관은 나직한 목소리로 말을 이었다.

"지금 우리 일본은 매우 중요한 시점에 서 있소. 두 개의 일본 중 어느 일본으로 가느냐 하는 기로에 서 있단 말이오."

"……."

"아시아 각국이 앵무새처럼 되뇌는 패배자 일본이냐, 아니면 세계 무대에 우뚝 서는 강대국 일본이냐."

"……."

"강대국 일본이 되기 위해서는 무엇보다 국민들이 우리 역사를 자랑스럽게 여겨야 하오. 그러나 지금 일본의 역사는 자학과 참회의 역사요. 이 역사를 고쳐야만 우리는 일본다운 일본으로 나아갈 수 있소."

"교과서를 말씀하시는군요."

"그렇소. 중국과 한국에서 센카쿠와 다케시마를 일본령으로 기술한 새 교과서를 수정하라고 난리인 것은 다나카 경시 정도 잘 알고 있을 거요."

다나카는 고개를 끄덕였다.

"그러나 그들이 아무리 떠들어대도 우리는 새 역사교과서를 통과시킬 거요. 아까 팔인회의 회합에서 분명히 듣지 않았소. 중국은 입으로 떠들기만 할 뿐 어찌 해볼 방법이 없소."

외무차관의 목소리에 돌연 힘이 들어갔다.

"센카쿠에 군사 행동을 개시하는 순간 중국은 끝장이오! 외무성은 이미 이 문제에 대해 미국과 충분한 교감을 나누고 있소. 머지않아 일미방위조약에 센카쿠도 포함될 거요."

다나카는 표정을 내보이지 않은 채 묵묵히 외무차관의 말을 듣고만 있었다.

"하지만 과거의 역사가 자꾸 시빗거리가 된다면 좋을 게 없소. 상황이 악화되면 우리 국민들이 새 교과서에 의문을 가지게 될 테고."

"……."

"이런 참에 황태자비께서 납치되신 거요."

"……."

"그리고 다나카 경시정의 추리를 따르면, 그 납치범들이 하나는 중국인, 하나는 한국인이오. 알겠소? 그들이 왜 이 시점에 그런 요구를 해오는지. 놈들은 매우 정치적이오."

범인들의 요구조건이 매우 정치적이란 건 이미 실감하고 있는 터였다.

"그래서 황실이 일부러 반응을 보이지 않는 거요. 나루히토 황태자 전하는 몇 번이나 경시청을 방문하고자 하셨지만 그때마다 꾹 참으셨소. 그러나 우리에게도 대처법은 있소. 잘하면 '거꾸로' 교과서 문제를 일사천리로 해결할 수 있소."

"잘하면이라니요?"

"수사를 잘 활용해야 한다는 거요. 놈들이 범죄를 저지르고 있다는 사실을 부각시키는 한편 그들의 범행 동기는 묻어야 하오."

다나카는 이제 외무차관이 무엇을 원하는지 확실히 알 수 있었다.

"하지만 범인을 검거하기 위해서는 무엇보다도 범행 동기를 알아야 한다는 게 저의 신념입니다."

"나는 수사는 모르오. 하지만 어떤 경우에도 난징전투니

435호니 하는 걸 지나치게 파헤치지는 말라는 뜻이오. 범행 동기는 묻어두고 납치라는 중범죄에만 수사가 집중돼야 하오. 알겠소?"

다나카는 천천히 고개를 가로저었다.

"그리 간단한 문제가 아닙니다."

"무슨 말이오?"

"역사를 제대로 알지 않고서는 이 사건을 해결하기가 쉽지 않습니다. 저는 435호 전문의 내용을 알아야 합니다."

"이보시오, 다나카 경시정. 경시정은 그런 것까지 찾으러 다닐 필요 없소. 앞으로 외무성 사료관이니 문서고니 하는 데는 잊으시오. 대신 납치범이 문제가 많은 자들이라는 사실만 계속 언론에 주지시키면 되오."

"……"

"일국의 황태자비를 납치했다는 후안무치하고 부도덕한 범죄 사실을 바탕으로 우리가 양국 정부를 힘으로 밀어붙이면 범행 동기는 크게 문제가 안 될 거요. 내일 외무성에서 성명을 발표할 거요. 납치범은 외국인들이며 황태자비께 무슨 일이 생길 경우 양국 정부의 책임이라고 말이오."

"그러다 정말 황태자비께 무슨 일이라도 생기면요?"

"하하. 다나카 경시정도 조금 전 납치범들이 정치적이라 하지 않았소."

다나카는 외무차관이 만만치 않은 인물임을 감지했다.

"그런 정치적인 인물이 황태자비를 위험에 빠뜨릴 것 같소? 그 결과가 어떻게 되리란 걸 누구보다 잘 아는 인물이?"

"맞습니다. 범인들은 결코 잡범이 아닙니다."

경시총감 역시 외무차관의 말을 환영하는 눈치가 역력했다. 그는 사건이 외교적 문제로 확산되는 한 경찰이 문책당할 일은 없을 것이라 생각했다.

그러나 다나카는 두 사람의 생각에 동의할 수 없었다.

"역사의 복수도 복수인지라, 자칫하면 황태자비 전하의 안위가……."

"다나카 경시정, 범인에게는 이제 방법이 없소. 황태자비께 위해를 가한다? 그러면 그자들의 목적이 무엇이든 그 목적은 일단 깨지는 거요. 우리는 그자들의 범행을 세계 역사상 유례가 없는 부도덕하고 반인륜적인 범죄로 몰아가기만 하면 되오. 범인은 저항할 방법이 없소."

"차관님, 제 소견으로는 범인은 그렇게 만만한 자들이 아닙니다. 게다가 그들이 중국인과 한국인이라는 게 밝혀지면 사람들의 관심이 단연 범행 동기로 집중될 텐데요."

"어쨌든 외무성은 이걸 외교문제로 물줄기를 크게 바꿀 거요. 그러니 다나카 경시정만 괜히 역사니 뭐니 엉뚱한 얘기만 하지 않으면 되오. 알겠소?"

다음 날 오전 일본 외무성은 황태자비 납치사건에 대한 성명을 발표했다.

경시청은 그간의 수사 결과 황태자비를 납치한 범인들이 중국인과 한국인이라고 내각에 보고했다. 이에 따라 외무성과 경시청은 양국 정부에 범인 검거를 위한 협조를 요청했으며, 황태자비께 위해가 있을 경우 양국 정부 책임임을 분명히 했다.

외무성이 발표한 성명은 간단했지만 그 파장은 엄청났다.

일방통행

우에노고등학교에서 역사를 가르치는 후지사와 교사는 교실에 들어서자 뭔가 분위기가 뒤숭숭하다는 것을 알아차렸다. 교과서를 펴고 가마쿠라 시대의 토지제도에 대한 설명을 시작하려 할 때 한 학생이 손을 들었다.

"오다 군, 뭔가?"

"황태자비 납치사건에 대해 질문이 있습니다."

후지사와는 학생을 제지하려다가 교실 전체의 분위기를 감안해 질문을 들어보기로 했다.

"그래, 무슨 질문이지?"

"외국인들이 우리나라 황태자비를 그렇게 납치, 감금해도 되는 겁니까?"

"그거야 두말할 나위가 없다. 외국인이든 내국인이든 황태자비를 납치해서는 안 되지. 황태자비가 아니라 일반인도 마찬가지야."

"특히 중국인과 한국인이 말입니다."

"어쨌든 안 되는 일이지."

"그런데 왜 그들이 황태자비를 납치했단 말입니까?"

"이유는 아직 모른다. 경찰에서 수사하고 있으니 곧 밝혀지겠지."

"저는 하나의 행위를 문제 삼고자 하는 것이 아닙니다. 일전에 이시하라 도쿄 지사께서 중국인은 범죄적 유전자를 타고났다고 말씀하셨는데, 중국인과 한국인들을 우리 일본에서 추방해야 하는 게 아닌가 싶습니다."

"그건 근거 없는 주장이다. 범죄는 개인의 성향이야. 개인의 환경과 조건이 문제지 '범죄적 민족성'이라는 말은 타당하지 않다."

"하지만 중국인이나 한국인이 우리 일본인보다 무식하고 잔인한 것은 사실 아닙니까?"

"아니다. 오히려 근현대사에 있어서는 우리 일본인이 중국인이나 한국인에게 끼친 피해가 훨씬 크다!"

"무슨 말씀입니까, 선생님?"

"너희는 난징사건도 모르고 제암리사건도 모른다. 이 나라는 과거사를 반성하지도 않고 제대로 된 역사를 가르치지도 않으니까."

"그 사건들이 뭡니까?"

"우리 일본인들은 중국의 난징에서 무고한 시민들을 무참히 죽였어. 군사작전도 아닌데 남녀노소 가리지 않고 무차별로 죽였단 말이다. 그리고 한국의 제암리에서는 온 마을을 봉쇄한 채 생명 있는 모든 것을 죽이고 불까지 질렀다. 한 마을이 송두리째 없어진 거지."

"선생님, 무슨 근거로 교과서에도 안 나오는 그런 말을 하십니까?"

"일본 정부는 제대로 된 역사를 가르치지 않는다."

오다는 교과서를 휙 내던졌다.

"흥, 거짓말쟁이!"

오다는 자리를 박차고 일어났다. 오다뿐이 아니었다. 몇 명의 남학생에 뒤이어 여학생들까지 자리에서 일어났다.

"그건 우리 일본의 힘을 빼놓으려는 수작이라고 이시하라 지사님이 그랬어. 일본인을 끝없는 참회의 수렁에서 뒹굴게 하려는 당신은 역사 선생이 아니야. 패배주의자에 불과할 뿐이라고. 우린 당신에게 역사를 배울 수 없어!"

"자리에 앉아, 이 못된 녀석들아! 너희가 아는 건 진정한 역사가 아니야!"

그러나 다음 순간 후지사와의 눈에 불이 튀었다. 곧이어 발길질이 날아오고, 후지사와는 바닥에 쓰러지고 말았다. 그리고 학생들에게 무참히 짓밟혔다. 여기에는 여학생들까지도 가세했다.

절묘한 반격

"하하, 다나카. 이제 한숨 돌렸어. 사건을 양국 경찰에게로 미뤄버렸어. 오늘 저녁은 다 같이 한잔하자고."

"……."

"왜 그래? 다나카 경시정, 왜 그렇게 침울한가?"

"저는 왜 우리 경시청에 순수한 수사 정신보다 정치적 분위기가 앞서는지 이해할 수 없습니다."

"다나카, 너무 신경 쓰지 말게. 범인에 대한 모든 근거는 한국과 중국에 있어. 그쪽 경찰이 수사하는 게 백배 나아. 우리도 홀가분한 상태에서 새로 출발하면 더 좋은 결과를 얻을 수 있지 않겠나."

다나카는 고개를 가로저었다.

"그렇게 쉽게 정체를 드러낼 자가 아닙니다."

"알아, 그간 자네의 공이 얼마나 컸는지는 내가 더 잘 알아. 하지만 이제 사건은 정치적으로 풀어야 하네. 범인들이 외국인으로 밝혀지면서 우리가 한숨 돌린 건 사실이잖아. 양국 정부에 압력을 가하면 범인은 어떻게 해볼 도리가 없어. 가령 납치범이 일본의 역사인식에 불만이 있어서 범행을 저질렀다고 해도. 그 근거가 뭐든 범인은 이미 황태자비 납치라는 비도덕적·반윤리적 범행을 저질렀기 때문에 사람들의 공감을 얻을 수 없어. 한국에서 우리의 역사교과서를 고치라고 악을 쓰는 무리도 이번에 치명타를 맞았다고 자탄한다더군."

수사부장은 이번 사건의 정치적 의미를 잘 알고 있었다. 사실 수사부장이나 외무차관의 생각이 틀렸다고만은 할 수 없을 것이다. 하지만 다나카는 불안했다. 납치범은 일본 경찰을 한가하게 놔둘 자가 아니었다.

다나카의 불안은 오래지 않아 바로 현실로 드러났다.

다음 날 아침 〈요미우리신문〉을 본 일본인들은 모두 눈이 휘둥그레진 채 할 말을 잊어버렸다. 신문 하단 광고란에 사상 유례가 없는 이상한 광고가 실렸기 때문이다. 그리고 이 광고의 게재 사실은 물론 그 경위가 신문의 보도란을 빽빽이 채우고 있었다.

일본 정부는 오늘 중으로 두 문서를 공개하라. 첫째, 외무성이 보관하고 있는 「한성공사관발 전문 제435호」를 전 언론에 공개하라. 둘째, 1937년 12월 13일 자 〈동경일일신문〉을 전 국민 앞에 공개하라. 그러면 황태자비를 풀어주겠다.

외무성에서 쉬쉬하기 급급했던 범인의 요구조건이 엉뚱하게도 일간신문의 광고란을 타고 전 국민 앞에 공개되어버린 것이다.

이미 새벽에 연락을 받고 경시청에 도착한 다나카는 광고 게재의 경위가 신문에 고스란히 실려 있었지만 신문사 관계자들을 일일이 불러 다시 꼼꼼하게 조사했다.

"광고 게재 요청이 광고국이 아닌 편집부 차장에게 왔다는 말입니까?"

"그렇습니다."

"왜 그랬을까요?"

"아마 납치범은 신문사에서 매우 민감해할 내용이라고 판단했을 겁니다."

"어떻게 범인인 줄 알았습니까?"

"자신에 대해 자세히 설명했습니다. 여권 번호라든지, 세 여자와 만날 때 썼던 휴대폰 번호라든지……."

"납치범은 전화로 광고를 신청했습니까?"

"네."

"이런 일이 있으면 경찰에 즉각 신고하셨어야죠."

"너무 놀란 나머지 미처 생각을 못했습니다."

편집부 차장은 판에 박힌 핑계를 대며 스스로도 민망한지

실소를 머금었다. 이미 범인은 신문사의 생리를 번연히 알고 있었다. 특종 기사 이상의 의미를 가진 광고를 마다하고 경찰에 신고할 신문사가 이 세상에 존재할 리 없었다.

"범인이 언제 다시 연락하겠다든지 하는 말은 하지 않았습니까?"

"그런 말은 없었습니다."

범인이 전화한 곳을 추적해보니 역시 미국 뉴욕의 한 공중전화였다.

다나카는 범인의 광고가 절묘한 반격임을 눈치챘다. 과연 이른 아침부터 외무성에서 전화가 걸려왔다. 경시총감이나 수사부장을 통하지도 않고 바로 다나카에게.

"다나카 경시정, 나 외무차관입니다."

외무차관의 목소리는 고르지 못했다. 다나카는 직감적으로 그가 당황하고 있다는 것을 알아차렸다. 범인에게는 저항할 방법이 없다고 그토록 강변하던 그의 모습이 떠올랐다. 다나카는 애써 쓴웃음을 참았다.

"도대체 누가 그 광고를 낸 거요? 아직도 범인의 정체를 못 밝혀낸 거요?"

"네⋯⋯ 아직. 그런데 그때 주신 문서고 출입허가 명단 말입니다."

"그 명단은 잊으시오. 그중에 납치범이 있을 리는 없소. 모두 이너서클의 멤버들이니까."

"누군가에게 유출되었을 수도 있지 않습니까? 납치범으로부터 금전 등의 유혹이 있었을 수도 있고……."

외무차관이 다나카의 말을 잘랐다.

"이너서클이란 말이오. 알겠소? 그들은 일본과 운명을 같이하는 사람들이오. 보안을 생명으로 안단 말이오. 시시한 문서라 하더라도 결코 유출할 리 없소. 더군다나 그 435호 전문은 존재 여부조차 극비 중의 극비요."

"하여간 전문을 공개하실 겁니까?"

외무차관은 단호한 목소리로 대답했다.

"지금 그 전문은 없소."

"지금은 진실만을 말하실 때입니다."

"정말이오. 그건 없소. 없어졌소."

"그렇다면 납치범이 황태자비를……?"

"그래도 어쩔 수 없소. 실제 없는 거니까. 하지만 놈은 절대 다른 방도가 없을 거요."

외무차관은 다시 그때처럼 자신 있는 목소리로 말했지만, 다나카는 이미 이 싸움은 범인이 이긴 것이라고 생각했다. 전 국민의 이목이 사라진 435호 전문에 집중된다면 정부도 공개할 수밖에 없을 것이다.

그러나 한나절 후 사태가 진전되어가는 것을 본 다나카는 놀라지 않을 수 없었다. 그날 오후 외무성은 그런 전문은 존재하지 않는다는 내용을 언론에 공식적으로 발표했다.

황태자비 납치의 목적

마사코는 지난 탈출 시도 때 있었던 범인과의 마찰을 잊어버리려고 노력했다. 어제도 마치 아무 일도 없었던 것처럼 태연하게 산책을 했다. 조금만 기다려달라는 범인의 말을 곱씹으며 마사코는 마음을 다잡았다. 저녁에 식사와 낡은 신문 한 부를 가지고 온 범인은 먼저 말문을 열며 마사코 앞에 앉았다.

"나는 일본 정부에 그 문서를 공개할 것을 요구했소."

마사코의 눈이 빛났다.

"결과가 어땠는지 아시오?"

"……."

"아무 대답이 없소. 오히려 그 문서가 존재하지 않는다는 성명을 발표했소."

마사코는 실망한 표정을 드러내지 않으려고 애썼다. 누구보다도 황태자가 가만있지 않았을 텐데, 그런 전문은 없다고 했다니. 마사코는 애써 담담한 목소리로 물었다.

"당신은 지난번에 그 전문의 내용을 대략 추측하고 있다고

286

했는데, 왜 굳이 외무성으로 하여금 그걸 공개하도록 요구하는 거죠?"

"물론 이유가 있소."

"이유를 얘기하세요. 거듭 말하지만, 모든 걸 나에게 밝히면 나는 당신의 납치 동기를 용인할 수도 있어요. 하지만 그러지 않는다면 나 스스로 극단적인 결정을 내릴 거예요. 당신이 날 풀어주든 말든 나는 내 의사대로 행동하겠어요."

납치범은 마사코의 의지가 굳어진 것을 알고는 고개를 끄덕였다. 그는 마사코가 무슨 일을 저지를까 겁이 나서가 아니라, 오랫동안 가슴에 묻어온 얘기를 누구에게든 털어놓고 싶다는 생각이 들었다.

납치범은 과거를 회상하는 듯한 눈길로 허공을 한참 쳐다보더니 이윽고 입을 열었다.

"이 이야기는 1895년 10월 8일로 거슬러 올라가오. 당시 조선의 공사로 부임한 미우라는 왕비를 살해할 목적으로 특별히 선발된 자였소. 그는 왕의 아버지인 대원군을 허수아비로 내세우고, 그날 중으로 해산하기로 한 훈련군 일부를 들러리로 세웠소. 그러나 실제로는 일본군과 경찰, 그리고 일본에서 건너온 낭인들이 중심이었소. 그들은 이른 새벽 대원군을 가마로 납치해 앞세우고는 경복궁으로 쳐들어갔소. 당시 나의 증조부는 시위대의 지휘관이었는데, 일본의 낭인들이 쳐들어오자 왕과 왕세자, 왕비를 버리고 병사들과 함께 도주했소."

"……"

"나는 어릴 때부터 역사를 매우 좋아했소. 다른 공부에는
별로 관심이 없었지만 역사책이라면 식사도 거르고 매달릴 정
도였소. 광개토대왕의 이야기를 읽을 때면 절로 신이 났고, 고
구려가 신라와 당나라의 연합군에 의해 망할 때는 눈물을 흘
렸소. 결국 나는 역사학과로 진학했지만 이미 대학에 들어가
기도 전에 한국사는 줄줄 꿰고 있었소. 역사적 사실뿐만이 아
니라 역사를 보는 안목, 나아가 인간이 어떻게 살고 어떻게 죽
어야 하는가 하는 문제까지, 역사와 더불어 생각하는 인간이
되어 있었던 거요."

마사코는 그간 납치범이 드러낸 성품으로 미루어 그의 젊은
시절을 충분히 짐작할 수 있었다.

"나는 독립운동에 삶을 바친 분들의 자손들은 가난에 허덕
이고 친일파들의 자손들은 떵떵거리며 잘사는 걸 역사의 커다
란 오점으로 생각했소."

마사코는 고개를 끄덕였다. 납치범은 젊은이라면 누구나 품
음 직한 조국에 대한 열정을 얘기하고 있었다.

"그래서 나는 우리 역사상 가장 부끄러운 인물들을 꼽아내
기 시작했소. 그중 단연코 수위를 차지하는 인물이 있었소."

"……"

"임석호. 왕을 지키는 시위대의 지휘관으로서 왕을 버리고 왕비를 버리고 왕세자를 버리고 도주한 사람. 나는 그의 후손을 추적했소. 혹시 그 후손들이 위세를 누리고 산다면, 찾아내 하다못해 사과라도 받고 싶었소."

다음 순간 납치범의 목소리와 표정이 돌연 자조와 비탄으로 물들었다.

"그는 나와 같은 임씨라 추적하기도 쉬웠소. 하지만 가을비가 흩뿌리던 어느 스산한 날 오후, 나는 그의 아들, 그의 손자, 그의 증손의 이름을 족보에서 확인하고는 그 자리에 얼어붙어버리고 말았소. 내 증조부, 조부, 부친의 이름이 임석호라는 이름 밑에 줄줄이 나타나고 종래는 내 이름이 거기 붙어 있었소. 어이없게도 내가 바로 그의 후손이었던 거요."

그의 무거운 목소리가 이어졌다.

"그 후 나는 그토록 좋아하던 역사에 흥미를 잃어버렸소. 역사를 떠나고 싶었소. 아니, 한국을 떠나고 싶었소. 임이라는 나의 성, 선규라는 나의 이름도 싫었소."

마사코는 그의 심정을 이해할 수 있었다.

"나는 대학도 마치지 않고 한국을 떠났소. 아버지는 내가 미국에서 공부하기를 바랐소. 역사에 환멸을 느낀 나에게 아버지가 권한 것은 신학교였소. 아버지가 다녔던 신학교. 나는 아버지의 권고에 진정으로 감사했소. 신의 품 안에서 평화와 사랑을 느낄 수 있었으니 말이오."

마사코는 임선규의 인생 이야기가 전혀 낯설게 들리지 않았다.

"나는 막대한 아버지의 재산과 사랑 속에서 얼마든지 행복하게 살 수 있었고, 이제 그렇게 살아야겠다고 마음을 고쳐먹었소. 그런데 나는 새로운 사실과 마주치고 말았고, 이내 나는 누구를 용서할 자격조차 없는 인간이라는 것을 깨달았소."

"무슨 일이 있었나요?"

임선규는 말없이 고개만 끄덕였다. 마사코는 점점 그의 얘기에 빨려들었다.

"임석호 그자뿐이 아니었소. 나의 아버지, 그리고 할아버지가 한국 사회에서 어떻게 살아왔는지 알아버리고 만 거요."

"……."

"나의 아버지는 한국에서 이름만 대면 누구나 다 아는 유명한 목사요. 지금도 수많은 신도를 거느린 신성한 하나님의 종이지. 나는 늘 아버지를 존경했고, 내가 방황하던 때 신학교를 권한 아버지께 항상 감사했소. 그런데 우연한 기회에 나는 아버지가 군사독재자를 위한 조찬 기도회를 열었다는 사실을 알게 됐소."

"군사독재자를 위한 조찬 기도회라니, 그게 뭔가요?"

"말 그대로요. 집권을 위해 어린 학생들을 학살하고 자유를

290

압살한 대한민국 최악의 군사독재자의 앞날을 축복해주는 기도회였소. 그것도 수십 명의 무고한 학생들을 죽인 직후에. 게다가 역시 목사였던 나의 할아버지는 일제강점기에 일본을 위해 군대를 가라고 전국을 돌며 설교를 했소. 증조부, 조부, 부친 삼 대가 모두 그 이상 부끄러울 수 없는 행위를 하며 살아온 거지."

마사코는 자신도 모르게 얼굴을 찡그렸다. 임선규의 처참한 심정이 안타까웠다. 마사코는 인정이 많고 남을 이해할 줄 아는 넓은 마음의 소유자였다. 그녀의 그런 착한 심성은 비록 납치범이라 할지라도 인간적인 연민을 느끼고 있었다.

"나는 충격을 받았소. 처음에는 내 혈통에 환멸을 느꼈지만, 차츰 그 환멸은 내가 믿었던 신에게까지 옮겨갔소. 내게는 더 이상 떠날 곳도 없었소."

"그 괴로움이 이해가 되는군요."

"나는 조국을 떠나 일본으로 왔소. 나는 침략이니 뭐니 하면서 일본인을 욕할 자격도 없었소. 내가 일본인과 뭐 다를 바가 있나 싶은 자괴감에 난 일본인으로 행세하며 신의와 명성을 쌓아왔소. 돈 많고 유창한 일본어를 구사하는 나를 아무도 한국인으로 보지 않았지. 일본에 온 지 몇 년 후 나는 이 지방으로 왔소. 대부분의 시간을 독서와 사색으로 보내며, 인간의 심연과 숨은 역사의 진실에 대해 고민했소. 그런데 그렇게 세월을 보내던 중 두 가지 변화가 생겼소."

마사코는 임선규의 이야기에 강한 호기심을 느꼈다.

"드디어 나는 아버지를 용서할 수 있었소. 인간이라는 가엾은 존재를 진정으로 용서할 수 있는 힘이 생긴 거요. 종교에서 말하는 교조적인 용서가 아니라 인간의 한계에 대한 깨달음에서 기인한 용서였소. 인간의 한계를 인식하는 순간 나는 신이 필요했고, 진정한 기독교인으로 되돌아왔소."

마사코는 임선규의 내면세계가 결코 평범하지 않으리라는 생각이 들었다.

"나는 아버지의 죄를 빌면서 살아왔소. 교회도 일으켰소. 길 아래 아득히 보이는 교회가 내가 목회자로 있는 곳이오."

마사코는 그제야 수색의 손길이 임선규에게 뻗치지 않는 이유가 이해되었다. 이 지방의 유지이자 교회 목사인 사람을 납치범으로 의심할 경찰관은 없을 것이다.

"또 하나의 변화는 다시 역사에 대한 관심이 살아난 거요. 역사, 내가 그렇게나 좋아하던 역사. 나는 어느덧 그 역사를 껴안을 수 있는 내면적 깊이를 갖게 되었소."

"다행이네요."

임선규의 입가에 되살아나는 미소를 보자 어느새 마사코의 마음도 편안해졌다.

"자학의 긴 터널을 빠져나오자 나는 도쿄에서 벌어지는 혐

한시위에 대항할 용기도 생겼소. 그러던 중 한 중국인 청년을 만나게 되었고."

"청년? 그 운전하던?"

"그렇소. 당신을 납치할 때 운전을 하던 그 청년이오. 펑더화이라는 이름의 아주 순수한⋯⋯."

임선규는 차분한 목소리로 펑더화이의 이야기를 시작했다.

임선규는 도쿄에 가면 늘 들르는 찻집이 있었다.

"자네는 새로 온 모양이군."

주문한 커피를 가지고 온 인상 좋은 청년은 깊이 고개를 숙여 인사를 했다.

"펑더화이라고 합니다. 새로 근무하게 된 아르바이트 학생입니다. 잘 부탁드리겠습니다."

"중국 유학생인가 보군. 그래, 무슨 공부를 하지?"

"역사를 전공합니다."

"그래? 나도 역사에 관심이 많다네. 난 하야시야."

그 후 찻집에 들를 때면 늘 펑더화이와 길고 짧은 이야기를 나누던 임선규는 어느 날 밤 놀라운 광경을 목도했다. 댜오위다오 문제로 중국과 일본의 충돌이 있던 날 저녁, 아카사카에서 벌어진 반일 시위대의 맨 앞에서 격렬한 구호를 외치는 펑더화이를 우연히 보게 된 것이다.

'순하게만 보이는 펑더화이에게 저런 면이……'

펑더화이가 결근한 찻집에서 커피를 한 잔 마신 후 뒷골목을 걸어 호텔로 돌아가던 선규는 급히 뛰어 출근하는 펑더화이를 보고 반가움에 손을 흔들며 소리쳐 불렀다.

"펑더화이! 오늘은 지각이군. 무슨 일이라도 있었던 거야?"

펑더화이가 굳었던 표정을 풀고 미소를 띠며 선규에게 고개를 숙이는 순간, 갑자기 자동차가 한 대 멈춰 서더니 네댓 명의 사내가 뛰어내려 펑더화이를 마구 때리기 시작했다. 펑더화이는 이내 피투성이가 되어 길바닥에 쓰러졌다. 놀란 선규의 외침에 괴한들이 돌아보는 순간, 펑더화이는 품속에서 무언가를 꺼내며 후다닥 일어섰다. 어느새 펑더화이의 손에는 날카로운 칼이 들려 있었다. 펑더화이는 실성한 사람처럼 사내들 중 하나를 향해 칼을 찌를 기세로 손을 높이 쳐들었다. 펑더화이의 얼굴은 악귀같이 돌변해 있었다.

"으악!"

칼도 칼이지만 순간적으로 느껴진 귀기에 놀란 사내들이 비명을 지르며 달음질했다. 펑더화이가 수그러들지 않는 기세로 그들을 쫓아가는 찰나 선규가 뛰어들었다.

"놔!"

펑더화이의 눈에는 핏발이 서 있었다. 이미 이성을 잃은 그에게 임선규의 만류는 아무 소용이 없었다. 펑더화이는 흥분을 가라앉히지 못하고 소리를 질렀다.

"이거 놓으란 말야. 어차피 더 살고 싶은 생각도 없어! 저놈들 죽이고 나도……."

"안 돼, 그건 개죽음이야!"

팔을 뿌리치는 펑더화이를 임선규는 잡아끌다시피 해 그 자리를 벗어났다. 선규가 자신을 한국인이라고 밝히자 펑더화이는 일본에 온 이유를 털어놓았다.

"잘 먹고 잘 입고 좋은 차를 굴리며 남의 부러움을 받고 사는 게 인생의 전부는 아니지 않습니까? 난징대학살은 우리 할아버지의 일만은 아닙니다. 저는 단 한 번도 제대로 된 사과를 받지 못한 채 그 학살을 외면하고 사는 우리 중국인들이 싫습니다. 지금 중국인들에게는 돈이 종교요, 진리입니다. 저는 그게 싫습니다. 솔직히 저는 원자력발전소든 어디든 가장 처절한 파괴를 꿈꿨고 긴자 한복판에서 지나가는 사람 수백 명을 한꺼번에 죽이는 상상도 수없이 했습니다."

임선규는 아직 어리고 순수해 보이는 펑더화이의 내면이 일본에 대한 증오와 복수심으로 가득 차 있는 걸 보고 그를 벳푸의 온천으로 데려갔다. 그 후로 오랜 시간을 펑더화이와 함께하며 그의 마음에 사랑과 용서를 심어주려 애썼지만, 펑더화이가 도저히 과거의 기억과 강박에서 벗어나지 못하자, 임선규는 깊은 고민 끝에 한마디를 꺼냈다.

"펑, 마사코 황태자비를 납치하자!"

마치 오래전 일을 회상하듯 담담하게 펑더화이와의 지난 세월을 얘기하던 임선규가 마지막 한마디를 툭 떨어뜨렸다.

"너무나 순수해 더욱 불쌍한 아이였소."

마사코는 이제 두 사람이 납치극을 벌인 이유를 어렴풋이나마 짐작할 수 있었다.

"당신들은 우리 일본에 복수를 하려는 거군요. 역사의 복수 말이에요."

그러나 임선규는 담담한 표정으로 고개를 가로저었다.

"그렇지 않다면 왜 이런 일을 하는 거죠? 그 젊은이에게 범죄의 굴레를 씌워가며 말이에요."

"이 일은 복수가 아니오. 범죄도 아니오."

마사코는 멈칫했다.

"놀랍군요. 사람을 납치해놓고 범죄가 아니라니."

"때로는 의를 실행하지 않는 것이 오히려 범죄요."

"……"

"이것은 범죄가 아닌, 불의에 대한 궐기요."

"정의의 궐기에 있어 납치쯤은 아무런 죄도 안 된다는 논리인가요?"

임선규는 마사코의 말에는 대꾸하지 않고 자신의 이야기를 이어나갔다.

"사실 나는 그 아이를 역사에 무관심하도록 이끌려 했소. 난징대학살 때 그 아이의 조부는 마을 사람 중 유일한 생존자였소. 그 탓에 평생을 조부의 증오와 원한을 대신 품고 살아왔지만, 나는 그가 과거를 잊고 보통의 젊은이들처럼 밝고 즐겁게 살기를 바랐소."

"……"

"나는 돈이 있었고, 따라서 자신도 있었소. 그 아이를 위해 얼마든지 돈을 쓸 생각이었소. 한때 그 아이는 어두운 기억을 뒤로하고 밝은 세상으로 한 걸음씩 걸어나왔소. 차츰 표정도 밝아지고 세상 사는 데 재미도 붙이고 있었소. 그러던 어느 날 갑자기 걷잡을 수 없는 분노에 사로잡혀 내게 전화를 걸어왔소. 이유는 너무나 엉뚱하게도 교과서였소."

"교과서요?"

"난징대학살을 난징전투라 지칭하고 댜오위다오를 일본령이라고 기술한 교과서가 발행된다는 보도를 보고는 비장한 음성으로 내게 물었소. 그 교과서를 없앨 방법이 없느냐고. 교과서 만드는 인쇄소를 태우고 자신도 그 불길에 휩싸여 죽겠다고 했소. 심사숙고 끝에 나는 이 납치에 그 아이를 끌어들인 거요."

"그런데 나의 납치와 교과서, 그리고 435호 전문 사이에 존재하는 상관관계는 뭐죠?"

"한국 정부는 유네스코에 새 교과서에 대한 불량 판정을 요구했소. 이제 8일 후면 그 교과서에 대한 유네스코 심사가 끝나지. 하지만 일본 역사계의 거두 사이토를 중심으로 한 일본 정부와 학자들이 맹렬하게 반격을 하고 있으니 유네스코가 그 교과서를 불량으로 판정하기는 어려울 거요."

"나야말로 이해하기 어렵군요. 그렇다고 날 납치해요?"

"이제 일주일밖에 남지 않았소. 그 안에 당신네 일본이 입이 백 개라도 변명하지 못할 그 잘못만 끄집어낸다면 유네스코는 심사를 뒤집을 거요."

"……."

"그래서 펑더화이와 나는 당신의 납치를 결심한 것이오."

"대단한 합작이군요. 그런데 도대체 어떤 증거가 이미 결론이 난 심사를 뒤집을 수 있다는 얘기죠? 당신들은 불가능한 걸 꿈꾸고 있어요."

임선규는 고개를 가로젓고는 들고 온 낡은 신문을 마사코에게 내밀었다.

"이걸 보면 생각이 달라질 거요."

마사코는 이제까지와는 달리 잠자코 신문을 받아들었다.

"이 신문과 전문 435호에 일본이 결코 변명하지 못할 무언가가 있다는 말인가요?"

임선규는 무거운 낯빛으로 고개를 끄덕이고는 아무 말 없이 방을 나갔다.

마사코는 그의 등으로 향했던 시선을 거두어 신문을 펴들었다.

명성황후의 시체를 불태운 이유

납치범이 435호 전문의 공개를 요구하고 외무성이 이를 거부하자 일본 열도는 들끓었다. 언론은 집중적으로 외무성을 파고들었다. 그러나 외무성은 그 전문이 분실되었을뿐더러, 언제 어떻게 사라졌는지도 알 수 없다고 발표했다.

"그렇다면 납치범은 435호 전문의 존재를 어떻게 알고 있습니까?"

기자들은 끈질기게 파고들었다.

"그건 알 수 없소."

"그 전문의 내용은 무엇입니까?"

"그것도 알 수 없소."

외무성은 오로지 '알 수 없다'는 말로 버텼다. 기자들은 학자들을 찾아다니며 문제의 전문에 대해 캐물었으나 아무도 아는 사람이 없었다. 분위기는 외무성이 승리하는 듯했으나, 다음 날 일본의 주요 언론에 납치범의 요구조건이 담긴 팩스가 동시다발적으로 도착했다. 발신지는 지난번과 마찬가지로 뉴욕이었다. 언론은 정부의 보도연기 요청을 받아들이지 않았다.

문제의 전문이 없다는 일본 정부의 발표는 유치하기 짝이 없다. 일본 정부가 이렇게 무책임하게 나온다면 더 이상 황태자비의 안전을 보장할 수 없다. 전문을 공개하는 데 시간이 필요하다면, 오늘부터 정확히 7일간의 말미를 주겠다. 대신 일본 정부는 먼저 명성황후를 살해하고 나서 왜 시체를 불태웠는지, 그 이유부터 밝혀라.

이번에는 더욱 구체적인 요구였다. 사람들의 불같은 관심은 역사적 사실로 향했다. 사람들은 모이기만 하면 435호 전문과 명성황후 살해를 입에 올렸다. 하지만 일본 정부는 이번에도 묵묵부답이었다.

"납치범이 일본 국민을 교육시키는군."

다나카가 혼잣말로 되뇌자 곁에 있던 모리가 물었다.

"무슨 말씀이세요?"

"범인들은 역사에 대한 일본 국민들의 관심을 이끌어내려는 거야. 조선 왕비 암살 당시 엄청난 일이 있었음에 틀림없어. 일본 정부가 숨길 수밖에 없는 역사적 사실을 황태자비 납치와 교묘하게 짜맞추고 있는 거야. 사람들의 마음에 의구심과

자괴감을 심고 있는 거지. 황태자비를 이용해서."

일본 국민들은 납치범이 역사적 사실만 밝히면 황태자비를 돌려보내겠다는데도 무반응으로 일관하고 있는 일본 정부에 크게 분노했다. 외무차관의 의도와는 달리 일본 열도는 때 아닌 역사적 호기심으로 들끓었다.

"435호 전문이 실제로 없으니까 정부가 공개하지 않는 것 아니겠어?"

"아니야, 정부가 숨기는 게 있는 것 같아."

"황태자비가 저 지경인데 감추는 게 있을라고?"

"그 전문에는 세상에 절대로 공개할 수 없는 어마어마한 비밀이 있지 않을까?"

의혹은 퍼져나갔다.

"우리 일본이 정말 한국의 왕비를 죽였나?"

"그랬다나 봐."

"왜 죽였지?"

"모르겠어."

"그런데 죽이고 나서 시체를 불태웠다며?"

"납치범의 말이 그렇잖아."

"그런데 대체 시체는 왜 불태운 걸까?"

"글쎄, 한 나라의 왕비를 무슨 이유로 그렇게까지 한 거지?"

"그럼 그 전문이 시체를 불태운 것과 관련이 있는 건가?"

"그런 모양이야."

"그러면 그 보복으로 범인이 황태자비를 살해하고…… 혹시 시체를 불태우는 거 아냐?"

"설마 그런 끔찍한 짓을……."

"모를 일이야."

세인들의 이런 관심에 부응하기라도 하듯, 언론에서는 역사학자들을 동원해 나름대로의 추측 보도를 내보내기 시작했다. 학자들은 당시의 기록을 바탕으로 시체가 불태워진 이유를 설명했다.

그중 가장 사람들의 고개를 끄덕이게 한 보도는, 히로시마 법정의 구사노 검사장이 요시가와 법무대신에게 보낸 전문에 기초한 것이었다. 구사노 검사장은 1895년 11월 9일 조선 왕비 살해에 가담한 낭인 히라야마와 후지 가쓰아키를 신문한 후, 그들의 자백 내용을 전문에 기술했다.

당시 왕비는 마흔네 살이었는데, 왕비를 척살하러 간 우리 중 누구도 왕비의 얼굴을 알지 못했다. 게다가 왕비가 거처하는 옥호루에는 모두 화사하고 얼굴이 앳돼 보이는 여자들만 있었고 마흔네 살인 듯한 여자는 보이지 않았다. 우리는 여자들의 옷을 벗겨 유방을 검사했다. 얼굴로는 구분이 안 되어도 유방으로 나이 든 여자와 젊은 여자를 구분할 수 있기 때문이다.

우리는 마흔네 살 정도의 유방을 가진 여자를 골라내어 칼로 베었다. 나중에 왕세자에게 시체를 확인시켰더니 조선 왕비였다. 그녀의 얼굴은 젊었지만 다시 유방을 살펴보니 나이가 든 여자였다.

한 일간신문은 이 전문과 함께 그날에 대한 추측 기사를 실었다.

낭인들이 조선 왕비를 죽일 때 칼로 유방을 베었을 가능성이 충분하다. 더 심하게는 차마 볼 수 없을 정도로 유방을 난자했을 가능성도 있다. 따라서 시체는 불태워져야만 했을 것이다.

언론이 들끓자 총리는 다시 외무차관을 집무실로 불렀다.

"차관, 그 전문이 없다는 대답에 책임질 수 있소?"

차관은 묵묵히 고개를 끄덕였다.

"하나 묻겠소. 한국의 명성황후를 살해한 후 시체를 불태운 이유는 뭐요?"

"한국이 아니라 조선입니다, 각하."

"뭐냔 말이오?"

"아는 바 없습니다."

사라진 문서의 행방

머리끝까지 화가 난 총리는 외무차관을 돌려보내고 나서 검찰총장과 경시총감을 불렀다.

"작금의 사태는 두 분도 예의 주시하고 계시겠지만, 문제는 외무성에서 그 전문을 가지고 있는지 아닌지가 불확실하단 겁니다. 장관에게 불복종한 지난번 사태에서 볼 수 있듯이 외무성의 관료들은 내각에 협조하지 않고 있어요. 그래서 말인데, 외무차관을 극비리에 조사해야겠소."

검찰총장과 경시총감은 깜짝 놀랐다.

"그 조사를 검찰에서 하는 게 낫겠소, 아니면 경찰에서 하는 게 낫겠소?"

총리의 결심이 확고하다는 것을 안 두 사람은 잠시 생각에 잠겼다. 이윽고 먼저 입을 뗀 것은 검찰총장이었다.

"각하, 이 일은 경찰에서 하는 게 옳을 것 같습니다. 만약 노출이 되더라도, 기왕에 경찰에 특별수사본부가 있으니 경찰에서 외무차관을 조사하는 것이 더 자연스러울 겁니다. 하지만 검찰에서 외무차관을 조사한다면 사람들은 내각의 알력을 의심할 것입니다."

검찰총장의 얘기가 일리 있다고 판단한 총리는 경시총감에게 지시를 내렸다.

"경시청에서 철저히 조사해 보고하시오."

"알겠습니다, 각하."

경시청으로 돌아온 총감은 걱정이 태산 같았다. 외무차관 아니라 그 이상의 인물도 사건과 관련하여 조사하지 못할 것은 없지만, 지금 총리의 지시는 외무차관을 꺾어놓으라는 주문과 마찬가지였다. 총리는 외무성의 관리들이 자신의 대리인이라고 할 수 있는 장관조차 업신여기고, 그들만의 비밀을 총리인 자신에게도 공개하지 않는 듯한 분위기에 잔뜩 화가 나 있는 것이었다.

그렇다 해도 외무차관을 함부로 다룰 수는 없는 일이었다. 총리야 지금의 임기가 끝나면 물러날 사람이지만 외무차관은 일본을 움직여가는 핵심 중의 핵심이었기 때문이다. 경시총감은 깊이 생각한 끝에 조사를 다나카에게 맡겨야겠다고 결론지었다. 외무차관도 다나카와는 면식이 있으니 덜 불쾌하게 생각할 것이었다.

"절대로 기분 상하지 않게 주의하시오."

다나카는 내키지 않았다. 경시총감의 지시대로라면 조사는 형식적 절차로 끝날 뿐이었다. 그러나 다나카는 외무차관을 상대로 진지한 조사를 하고 싶었다. 차관은 혼내주기 식의 조사가 아닌 납치범에 대한 방증 수사를 할 수 있는 여지가 충분한 사람이었다.

다나카는 총감을 설득하기 시작했다.

"총감님, 잘못하면 이 조사는 총감님까지 곤경에 빠뜨릴 수 있습니다."

경시총감도 충분히 감지하고 있던 일이었다.

"총리께 신임을 잃을 수도 있습니다. 차관은 어떤 조사에도 응하지 않아 결과적으로 아무런 성과가 없을 텐데, 그렇게 되면 총리께서는 총감님을 차관과 한통속으로 생각하게 될 겁니다. 총감님께 사표를 요구할 수도 있지 않겠습니까? 명분은 충분하니까요."

경시총감의 표정이 일그러졌다. 실세도 실세지만 당장 자신의 목을 칠 수 있는 사람은 총리가 아닌가.

"그렇다고 외무차관을 무리하게 조사할 수도 없지 않나?"

"방법은 있습니다."

"그게 뭔가?"

"이번 수사를 와타나베에게 맡기시죠. 현직 차관인 데다 실세 중 실세라 강압 수사를 못하는 대신 그런 방법이라도 써야 할 겁니다."

경시총감은 고개를 갸우뚱했다.

"그게 도대체 무슨 말인가?"

"엘리트 중의 엘리트로 자부하는 외무차관에게는 와타나베 같은 친구와 한 공간에 있는 것 자체가 자존심 상하는 일일 테고 고문일 겁니다."

"그렇군."

"와타나베에게 총리께서 주목하고 계신다고 하세요. 그러면 그는 신이 나서 추궁할 겁니다."

"그건 그런데…… 와타나베가 차관의 입을 열 수 있을까?"

"제가 같이 참여하겠습니다."

"그럼 그렇게 하지."

총감의 직접 지시를 받자 와타나베는 기가 살았다. 강압 수사로 야기된 사고 때문에 한직으로 밀려나 있던 터라 기쁨은 더했다. 게다가 다나카가 보조 수사요원으로 참여하니 어려운 문제는 다나카가 다 해결할 것이었다.

총감은 미리 전화를 걸어 외무차관을 극비리에 시내의 한 호텔로 나오게 했다. 외무차관은 총리의 지시라는 말에 분노를 꾹 누르는 모습이었다.

"와타나베 경시정입니다. 실례하겠습니다."

와타나베는 특유의 굵은 톤으로 나갔다. 상대가 누구든 신문의 대상으로 맞대면할 때는 당당한 신문관의 자세를 유지해야 한다는 게 와타나베의 지론이었다.

"차관님, 안녕하셨습니까?"

다나카가 인사하자 외무차관은 악수를 건넸다. 화가 나 있긴 했으나 여유 있는 표정을 잃지는 않았다.

"황태자비 납치사건으로 차관님께 여쭤볼 일이 있습니다. 편하게 대답해주십시오."

비록 말은 공손하게 했지만 와타나베의 얼굴은 타오르고 있었다.

"그러겠소."

차관은 여전히 무게를 잃지 않았다.

"범인은 435호 전문을 공개하라고 했는데, 그 전문에 대해 들어본 적이 있습니까?"

전형적인 수사관의 질문이었다. 차관은 잠시 당황했다.

"기억이 나지 않소."

와타나베가 슬며시 비웃었다. 차관은 그 웃음이 몹시 비위에 거슬렸다. 자신의 인격을 한없이 깎아내리는 웃음이었기 때문이다.

"본 적은 있습니까?"

더욱 기분 나쁜 질문이었다. 들은 기억이 없다면 본 기억은 더더욱 없을 게 아닌가. 차관은 이런 질문에 계속 답변을 해야 한다고 생각하니 울화가 치밀었다. 그러나 분노를 꾹 누르고 애써 태연한 척하며 대답했다.

"기억이 나지 않소."

"그러면 납치범은 문서의 존재를 어떻게 알고 일련번호까지 지정하면서 공개하라고 했을까요?"

"내가 납치범의 마음을 어떻게 알겠소? 당신이 납치범을 잡으면 그때는 내가 물어봐주리다."

차관의 대답에는 가시가 돋쳐 있었다. 그러나 와타나베는 그런 야유쯤은 신경도 쓰지 않는다는 듯 질문을 계속했다.

"조선 왕비의 시체가 왜 불태워졌는지 아십니까?"

차관은 대답조차 하기 싫다는 듯 고개를 가로저었다.

"차관님의 생각은 어떻습니까?"

"무슨 생각 말이오?"

"신문에서는 조선 왕비의 유방이 어쩌고저쩌고 하던데, 차관님의 생각도 같습니까?"

"멍청한 놈들! 그게 바로 납치범이 노리는 건데!"

와타나베는 미동도 하지 않았다.

"차관님은 어떻게 생각하시느냐 이 말입니다."

"미우라 공사는 군인 출신이오. 그는 사건이 끝나면 시체를 태우라고 지시했소. 시체가 있으면 조선인들이 시체를 구심점으로 모일 것 아니오?"

"우리 일본에서는 군인들이 어떻게 합니까? 왕이나 왕비 혹은 적장을 죽이고 나서 불태웁니까?"

"그렇지 않소."

"그런데 왜 조선 왕비의 시체는 불태웠을까요?"

"조선인들은 시체를 잘 떠메고 다니기 때문이오."

이때 다나카가 끼어들었다.

"차관님, 제가 질문을 해도 되겠습니까?"

외무차관은 기다렸다는 듯 고개를 끄덕였다.

"범인은 그 전문을 공개할 것을 요구했다가 그것이 거부당하자 조선 왕비의 시체가 왜 불태워졌는지 묻고 있습니다. 이것은 같은 내용의 질문이 아닐까요?"

"……."

"경찰의 판단으로는 범인은 지금 강한 암시를 주고 있습니다. 바로 그 없어진 전문에 조선 왕비의 시체를 불태운 이유가 담겨 있다고 말입니다."

"……."

"우리는 그 이유를 알아야 합니다. 그래야만 납치범에게 휘둘리지 않을 수 있습니다. 전문이야말로 납치범을 잡을 수 있는 열쇠입니다. 그 문서를 납치범이 보게 된 경로만 파악하면 그자를 검거할 수 있습니다. 그런데 그 문서 자체가 없다고 해버리시면 납치범을 잡을 수 있는 단서를 은폐하는 것과 같습니다. 다시 한 번 생각해보시죠. 그 문서를 본 기억이 정말 없으십니까?"

외무차관은 순간적으로 주저하는 모습이었지만 곧 종전의 태도를 고수했다.

"없소."

하지만 다나카는 차관의 미세한 심리적 변화를 놓치지 않았다. 이 점은 와타나베도 마찬가지였다.

"이것 보세요, 차관님! 거짓말은 이제 그만하시죠! 자꾸 이렇게 잡아떼실 겁니까? 이거 공범 아냐?"

역시 와타나베는 상대가 누구든 거칠게 치고 나가는 특기가 있었다. 차관은 태어나서 처음 당하는 모욕적인 언사에 치를 떨면서도 움찔했다.

"똑바로 얘기하시죠! 총리께는 제대로 말씀드려야 할 것 아닙니까! 참 나, 별!"

외무차관은 분노와 공포로 몸을 부르르 떨었다.

하지만 늦은 밤까지 계속된 와타나베의 신문에도 차관은 끝까지 모른다고 버텼다.

총리는 밤늦게 걸려온 이시하라 지사의 전화를 받고 고민에 휩싸였다. 저녁 무렵에 나카소네 전 총리로부터 받은 전화와 똑같은 내용이었다.

"밤늦게 전화를 다 하고…… 무슨 일이오?"

"모처에서 외무차관을 조사하고 있다면서요?"

"그렇게 알고 있소."

"총리께서 그렇게 지시한 데에는 이유가 있겠지만, 이젠 그만 풀어주는 게 좋겠습니다."

"아니오. 이번 기회에 버릇을 고쳐줄 생각이오. 지난번 장관에 대한 보이콧 건도 있고 해서 말이오."

"충분히 이해는 합니다만, 교과서 문제도 있고…… 이런 사실이 언론에 새나가기라도 한다면 우리 정부에 심각한 의견 대립이 있는 것으로 비칠 겁니다."

"교과서?"

"그렇습니다. 새 교과서 필진이 외무성의 각종 기록과 문서를 참고로 한 것은 주지의 사실이고 이 작업에는 외무차관도 깊이 관여했는데, 납치범이 조선 왕비 운운하는 이 시점에서 차관을 문책하는 것은 심각한 문제로 비칠 수 있다는 말입니다. 게다가 새 역사교과서는 오래전부터 정치권 수뇌부에서 추진해온 겁니다."

총리는 잠시 머뭇했다. 나카소네, 이시하라 등이 외무차관의 뒤에 있다는 말이 아닌가. 총리는 그들의 적극적 협조로 당선될 수 있었고, 특히 국민들에게 강력하고 새로운 이미지를 심어주는 데는 이시하라의 조언이 큰 힘이 되었다.

　국민들은 눈치만 보는 총리가 아니라 당당히 제 목소리를 내는 총리를 원했고, 이시하라는 틈나는 대로 강력한 소신 발언을 주문했다. 이시하라의 조언에 따라 신사참배라든지 교과서 문제에 대해 외국의 간섭을 받아들일 수 없다고 발언하자 총리의 인기는 믿기지 않을 정도로 치솟았다. 총리는 그제야 이시하라 도쿄 지사의 인기 비결을 알 수 있었다. 눈치 보는 일본에 지친 국민들은 매우 과격해져 있었던 것이다.

　"그러나 황태자비의 목숨이 촌각을 다투는 와중에도 외무 차관은 외무성의 문서에 대해 함구하고 있지 않소? 그래도 된단 말이오?"

　"아마 차관도 모를 텐데…… 내가 얼핏 알기로 그 전문은 이미 십여 년 전 맨 처음의 교과서 왜곡 파동 직후 사라졌을 겁니다."

　"아니, 지사는 그 전문의 내용을 안다는 말이오?"

　"나도 알지는 못해요. 누군가가 그 전문의 내용이 너무 자극적이라 없애거나 숨겼을 것으로 추측할 뿐입니다."

　"그럼 차관은 정말 그 내용을 모를 수도 있다?"

　"하여튼 차관은 빨리 내보내는 게 좋을 겁니다. 그리고 그 전문은 이대로 묻어두는 게 나아요. 잘못하면 우리가 납치범의 하수인이 됩니다. 총리께서도 이 점을 생각하셔야 해요."

"으음."

총리는 전화를 끊고 깊이 고민하다 경시총감에게 전화를 걸었다.

외무차관은 호텔에서 나가기 전 와타나베를 무서운 눈으로 노려봤다.

"죄송합니다."

"……"

차관은 무슨 말인가를 하려다 말고 그냥 나갔다. 다나카는 차관을 바로 뒤따라 나가 엘리베이터를 탔다.

"고생하셨습니다, 차관님."

엘리베이터가 1층에 도착하기 직전 다나카는 아주 나직하고 은근한 목소리로 물었다.

"차관님, 혹시 그 문서는 외무성에서 빠져나가 어떤 민간인이 보관하고 있지 않을까요? 저는 목숨을 걸고 보안을 유지할 테니, 황태자비의 목숨을 구하기 위해서 그 문서의 내용을 좀 알려주시죠."

외무차관은 몇 걸음 걸어가다 뒤로 돌아서 단호한 목소리로 말했다.

"무슨 일이 있어도 그 문서는 공개되어서는 안 됩니다!"

차관은 이 말을 남기고는 뒤도 돌아보지 않고 현관을 지나

기다리고 있는 차를 향해 걸어가버렸다. 그러나 다나카는 쾌재를 불렀다. 전문이 현재 분명히 존재한다는 사실을 차관이 확인해준 셈이었다.

절호의 기회

마사코는 계속 침대에 누워 뒤척였다. 초저녁부터 아랫배에 간헐적으로 통증이 있더니 이제는 복부 전체로 퍼져 견디기 어려울 정도로 온몸이 쑤셨다. 아무리 참아보려 입을 앙다물어도 자신도 모르게 신음이 터져나왔다.

"아아!"

시간이 갈수록 통증이 심했지만 자존심이 강한 마사코는 임선규를 부르지 않았다. 아무리 납치된 몸이라지만 황실의 위엄을 생각하지 않을 수 없었던 것이다. 마사코는 마른 수건을 입에 물었다. 어떻게 해서든지 혼자 고통을 이겨내고 싶었다. 그러나 참을수록 고통은 커져만 갔고, 마사코는 차츰 의식이 희미해졌다. 이러다 잘못되는 것이 아닌가 싶은 순간, 퍼뜩 머리를 스치는 생각이 있었다.

'혹시?'

얼마 전 주치의가 이번에는 임신할 가능성이 높다고 얘기했었다. 그 말이 떠오르는 순간, 마사코는 임선규를 소리쳐 불렀다. 불안감이 엄습해오며 마음이 급해졌다.

그러나 곧장 마사코는 다시 마음을 다잡았다. 비록 임신이라 하더라도 지금 상황에서는 달리 방법이 없었다. 임선규를 부른들 무엇을 어떻게 할 수 있단 말인가. 마사코는 비로소 자신이 납치당했다는 사실을 뼈저리게 절감했다. 눈물이 핑 돌더니 뺨을 타고 흘러내렸다.

지금 황실에 있다면 모두가 얼마나 좋아할 것인가. 결혼 후 팔 년이 지나도록 황태자 부부는 아기가 없었다. 온갖 정성을 기울이고 별별 방법을 다 써보았지만 효험이 없었다. 그런데 기막히게도 납치당해 있는 바로 지금 임신의 징후가 보이다니.

마사코는 얼른 자세를 고쳤다. 임신일지도 모른다는 생각이 들자 아무리 고통스러워도 엎드려 있을 수는 없었다. 마사코는 두 손을 모아 배를 덮었다. 하지만 이 자세도 얼마 가지 못했다. 마사코가 다시 웅크린 자세로 배에 두 손을 대고 눈물을 참으려 애쓸 때였다.

철커덕.

문이 열리는 소리가 나더니 임선규가 들어왔다. 그는 마사코가 배를 움켜잡고 있는 것을 보자 빠른 걸음으로 다가오더니 표정이 굳어졌다. 마사코의 이마에 맺힌 땀방울로 보아 간단히 해결될 문제가 아님을 느낀 것이다.

"많이 아프오?"

임선규는 마사코의 표정을 살피며 물었다. 담담한 목소리였지만 긴장감이 묻어 있었다. 마사코는 간신히 고개를 끄덕였다. 의식이 몽롱한 중에도 혹 지난번 탈출 실패로 미루어 자신이 꾀병을 부린다고 생각하면 어쩌나 걱정이 되었다. 마사코는 의심당하는 것이 정말 싫었다.

"어디가 아픈 거요?"

마사코는 대답하지 않았다. 사실대로 말한다 한들 무슨 소용이 있을 것인가. 임선규가 병원으로 데려갈 가능성은 전혀 없지 않은가. 마사코는 신음을 참으며 간신히 입을 열었다.

"복통이에요."

고통의 와중에도 마사코는 품위를 잃지 않으려고 노력했다.

그러나 다음 순간 마사코는 복부를 찌르는 고통 앞에 무너져내렸다.

"아야!"

임선규의 얼굴이 일그러졌다. 직감적으로 진통제 정도로 해결될 상태가 아니란 것을 알아차린 것이다.

"병원으로 갑시다!"

마사코는 순간 자신의 귀를 의심했다. 통증으로 혼미한 와중에도 병원으로 가자는 말이 또렷하게 들렸다. 임선규는 마사코를 부축했다. 마사코는 간신히 걸음을 옮기면서도 도대체 이 사람이 제정신인가 하는 의심이 들었다.

"어느 병원으로 가야 하오?"

"산부인과요."

순간 임선규의 얼굴에 놀라움이 번졌다. 그 놀라움은 이내 당혹감으로 이어졌다. 산부인과라면 임선규로서는 진찰실에 같이 들어갈 수 없는 일이었다. 임선규가 없는 진료실 안에서 마사코가 한 마디만 하면 의사나 간호사는 바로 경찰에 신고할 테고, 그러면 오랜 세월에 걸쳐 어렵게 준비한 모든 것이 물거품이 될 것이다.

"으음⋯⋯."

임선규의 입에서 신음이 새어나왔다. 병원, 특히 산부인과로 간다는 것은 경찰서로 간다는 것과 같은 의미였다. 마사코는 임선규가 당연히 거부할 것으로 판단했다. 그런데 그는 묵묵히 마사코를 부축해 차에 태우고 산을 내려갔다.

"한 가지 약속을 해줘야겠소."

자동차로 산길을 내려가는 동안 임선규는 시종 군은 표정을 지우지 못하다가 마침내 입을 열었다. 마사코는 고개를 끄덕였다. 임선규의 입에서 무슨 말이 나올지는 듣지 않아도 알수 있었다.

"이제 얼마 후면 모든 것이 결정나오. 오늘 내가 병원에 가는 것이 무엇을 뜻하는지는 당신이 더 잘 알 것이오. 나의 모든 것은 당신에게 달렸소."

마사코는 임선규가 말을 마치기도 전에 고개를 끄덕였다.

"고맙소."

자동차가 도로에 진입하기 전 임선규는 차를 세우고 내려서 트렁크를 열었다. 그러고는 마사코를 부축하며 미안한 표정으로 말했다.

"도리가 아니지만 이해해주기 바라오."

마사코는 고개를 끄덕였다. 임선규의 부축을 받아 트렁크 안에 갇혔을 때 마사코는 자신의 마음을 이해할 수 없었다. 고개를 끄덕일 수밖에 없는 상황이었지만, 한편으로는 선뜻 자신을 데리고 병원으로 향하는 임선규의 행동에 감동했는지도 모른다. 트렁크 안에서 마사코는 자동차가 한 마을을 지나치는 것을 느낄 수 있었다. 신호등에 걸리는지 자주 차를 세웠다 출발시키곤 했다.

마을을 빠져나갈 무렵이었다.

"잠시 검문이 있겠습니다."

경찰관의 목소리가 들리자 마사코는 뛸 듯이 기뻤다. 이제 곧 경찰관이 트렁크를 열어볼 것이다. 그러면 모든 것은 끝이다. 그러나 희망과 기쁨 뒤로 임선규에 대한 연민이 따라붙었다. 그는 오로지 마사코의 건강을 지켜야 한다는 일념으로 병원행을 결심하지 않았던가. 이 세상의 어떤 납치범이 이럴 수 있을 것인가. 비록 짧은 순간이었지만 마사코의 머릿속에는 수

많은 생각이 엇갈렸다.

"수고 많으십니다."

임선규의 목소리에 이어 당연히 트렁크를 열어보겠다는 경찰관의 사무적인 목소리가 들려야 했지만, 뜻밖에도 마사코의 귀에 들려온 것은 경찰관의 공손하고 부드러운 목소리였다.

"아, 하야시 목사님. 실례했습니다."

곧이어 임선규의 자상한 목소리가 들렸다.

"실례는 무슨…… 수고하세요."

"감사합니다. 안녕히 가십시오."

마사코의 뇌리에 임선규가 이 지방의 유지라고 했던 말이 떠올랐다. 그는 이 고장에서 오래전부터 교회의 목사로 봉직해왔다고 했다.

마사코는 순간적으로 트렁크 문을 두드려야 한다고 생각했다. 트렁크를 두드리고 발로 차면 검문 경찰관이 즉각 반응할 것이다. 마사코는 이제 모든 상황을 끝낼 기회가 자신의 손에 넘어왔다고 생각했다. 그러나 주먹을 꼭 쥐고 트렁크를 힘차게 두드리려는 순간 임선규와의 약속이 떠올랐다. 그는 긴장되고 절실한 표정으로 자신에게 약속해달라고 하지 않았던가. 그때 자신은 고개를 끄덕이지 않았던가.

주먹을 쥔 마사코의 손에서 힘이 빠졌다. 하지만 억압된 상황에서 어쩔 수 없이 한 약속을 지킬 의무가 있을까? 앞으로 이런 기회가 또 올 수도 있다. 그렇다면 그때도 이런 선택을 해야 하는가? 황태자비는 고개를 가로저었다. 그 물음에 대해서는 쉽게 확신이 섰다. 그러나 임선규가 보여준 인간적인 배려에 대해서는 어떻게 대응해야 할지 판단이 서지 않았다. 위험에 처할 수도 있는 병원행을 결심해준 임선규의 마음은 아무리 자신을 억압한 상황이라 하더라도 가볍게 넘겨버릴 수 없는 것이었다.

마사코가 이런 생각에 골몰해 있을 무렵 차를 세우는 소리가 났다. 그리고 곧이어 트렁크 문이 열렸다. 어느 마을의 후미진 골목이었다. 임선규는 이 부근의 지리를 훤히 알고 있는 모양이었다.

임선규가 손을 내밀어 트렁크에서 내리는 것을 도와줄 때 마사코는 통증이 많이 완화된 상태였다. 임선규라고 그런 기색을 모를 리 없다는 생각이 들어 조바심이 났지만, 그는 무심하게 자동차를 병원 현관에 대고는 야간 비상벨을 눌렀다.

의사 한 사람이 경영하는 개인병원으로, 진료 과목은 내과와 산부인과였다. 간호사가 문을 열자 임선규는 즉각 마사코를 부축한 채 담담한 목소리로 말했다.

"산부인과 환자요."

순간 마사코는 다시 한 번 임선규의 배려에 고마움을 느꼈다. 그는 마사코를 내과 환자라고 말해 진료실에 함께 들어갈 수도 있었다. 그러면 자신은 임선규의 감시에서 벗어날 수 없게 된다. 결국 의사와 간호사 앞에서 아무 말도 하지 못하고 나올 것이다.

그러나 임선규는 또렷하게 산부인과 환자라고 말했다. 도대체 그에게는 어떤 방법이 있기에 이토록 태연하단 말인가? 전혀 예측할 수 없는 방법으로 자신의 탈출을 막아냈듯이 이번에도 자신이 상상도 할 수 없는 방법을 숨기고 있는 게 아닐까 하는 의구심이 밀려왔다.

그러나 아무리 생각해도 이번만큼은 임선규도 별수 없을 것 같았다.

임선규는 현관에 들어서자 부축하던 손을 풀고 간호사에게 마사코를 인계했다. 의사는 나이가 꽤 들어 보였다. 아마 도시에서 젊은 시절을 보내고 이제는 이런 작은 마을에서 한가로이 환자를 보는지도 몰랐다. 간호사는 이제 막 고등학교를 졸업했을 정도의 앳된 얼굴이었다. 마사코는 이들이 자신의 얼굴을 알아봐주기를 바라며 고개를 꼿꼿이 들었지만, 민낯이라 그런지 두 사람은 전혀 알아차리지 못했다.

임선규는 마사코가 진료실로 들어가기 직전 큰 목소리로 말했다.

"하나코, 나는 여기서 기다릴게요. 간호사님, 건강보험증을 안 가져왔는데 현금으로 계산할게요."

진료 결과는 의외로 단순한 복통이었다. 의사는 간단한 처방을 하고는 바로 들어가려 했다. 마사코는 다급한 마음에 의사의 옷깃을 꽉 잡았다. 마사코는 이것이 범인에게서 벗어날 수 있는 마지막 기회라는 것을 너무도 잘 알고 있었다.

"부인, 너무 걱정 마세요. 단순한 복통이에요."

아무것도 모르는 의사는 아직 잠이 덜 깬 목소리로 말하고는 돌아섰다. 간호사가 약을 지으며 커튼 뒤에서 물었다.

"하나코 씨, 나이는요?"

다시 한 번 마사코는 당혹감을 느꼈다. 나는 하나코가 아니라 마사코라고 외쳐야 한다는 충동을 간신히 억누르며 마사코는 채 갈피가 잡히지 않은 목소리로 대답했다.

"서른일곱이에요."

간호사는 이내 약을 지어왔다. 약 봉투에는 하나코라는 이름이 쓰여 있었다.

마사코는 끝까지 운이 따르지 않는다는 생각에 기운이 빠졌다. 간호사가 자신의 이름과 주소 등을 물었다면 절대로 가명을 댈 수 없었을 것이다. 마사코는 아무 말도 하지 않고 병원을 나왔다.

자동차가 마을을 벗어날 즈음 임선규는 다시 한적한 곳에 차를 세우고 트렁크를 열었다. 마사코는 또다시 굴욕감을 느꼈다. 자진해서 몸을 구부리고 트렁크로 들어가는 동작도 우습

거니와 임선규의 손을 빌리는 것 역시 내키지 않았다.

"고맙소."

임선규는 정중하게 인사를 하고는 마사코를 도왔다. 자동차
는 아까 지나쳤던 검문소에서 한 번의 인사로 검문을 피하고
는 도로를 달려 산길로 접어들었다. 산장으로 올라온 임선규
는 트렁크를 열고 마사코를 부축했다. 그러나 마사코는 그의
손을 뿌리쳤다.

방으로 들어온 마사코의 마음은 복잡하기 이를 데 없었다.
트렁크에 갇혀 오는 내내 검문소와 병원에서 자신의 정체를
밝히지 못한 데 대한 후회와 임선규와의 약속을 저버리지 않
은 데 대한 안도감이 뒤섞여 몹시 혼란스러웠던 것이다. 물론
세 번의 기회가 있었음에도 그렇게 하지 않은 것은, 임선규가
위험을 무릅쓰고 병원까지 자신을 데리고 간 데 대한 인간적
인 고마움과 신의 때문이었다.

얼마 후 임선규가 보리차를 끓여 쟁반에 받쳐들고 방으로
들어왔다.

"조선 왕비는 어떤 사람이었나요?"

"……."

임선규는 잠시 주저하다가 말문을 열었다.

"총명한 분이었소. 나설 때와 물러날 때를 구분할 줄 아는

지혜로운 조선의 여인. 일본 낭인들에게 젖가슴을 짓밟히며 칼을 맞고 쓰러지면서도 왕비께서는 신음 대신 왕세자가 안전한지만 물으셨소."

마사코는 고개를 끄덕였다. 자신 역시 단순한 복통에도 임신 가능성 때문에 태아의 안전을 걱정하지 않았던가. 마사코는 조선 왕비가 일본인들에게 가슴을 짓밟히고 칼을 맞아 피투성이가 된 채 아들의 안전에 애를 끓이는 광경이 떠올랐다. 마음이 쓰라렸다.

"미안하네요. 같은 일본인으로서……"

"……."

"우리 일본 정부에서는 그 문서와 관련해 아직 대답이 없나요?"

"없소."

임선규는 나가려다 잠시 멈춰 서서 감정이 실리지 않은 목소리로 말했다.

"내일 개를 주인에게로 돌려보내겠소."

마사코는 개를 치우겠다는 임선규의 의도를 곰곰 생각하며 잠이 들었다.

위기일발

곤도 순사는 오늘도 동료들과 떨어져 혼자 움직였다. 모리 형사의 특별 지시로 특별수사본부의 차출 요원 형식으로 근무하게 된 그는 다나카의 말대로 '도저히 의심할 수 없는' 사람만을 수사하는 특이한 일을 맡았다.

보통의 경찰관이라면 득보다는 실이 많은 이런 일을 피하려고 할 텐데 곤도는 정반대였다. 그는 남들이 하지 않는 일에 더욱 열정적인 특이한 사람이었다. 수십 개의 마을을 혼자서 뒤지고 다니던 곤도가 이번에는 순찰차를 몰고 기쿠 마을로 직행했다.

"이미 수십 번이나 뒤졌습니다. 우리 마을은 깨끗해요."

파출소의 순사는 곤도를 보자 손을 휘휘 내저었다. 옆의 순사가 피곤에 지친 얼굴로 퉁명스럽게 한마디 보탰다.

"이십사 시간 비상근무 덕에 애들 얼굴도 잊어버리겠어요."

곤도는 예의 그 더듬거리는 말투로 물었다.

"이, 이 마을 유지들을 좀 만나보고 싶어요."

"유지들이요? 그분들은 왜요?"

"그러니까…… 일종의 수, 수색 작업이죠."

파출소 순사들은 웃었다. 어눌한 순사가 유지들을 상대로 수색을 하겠다는데야 웃지 않을 도리가 없었다.

"이 마을 유지들이래야 뭐, 우리 소장님하고 동장님, 소방서장님, 우체국장님, 목사님 정돈데요."

어차피 내 일도 아닌데 하는 심정으로 순사 하나가 몇 사람을 읊어댔다. 그는 곤도가 이런 사람들을 찾아다니다 망신당할 것이 뻔하다고 생각하며 속으로 웃었다.

곤도 순사는 일일이 그 사람들의 주소를 받아적은 후 우직스럽게 파출소 소장의 집부터 찾아갔다.

"수고하십니다."

소장은 곤도가 가진 특별수사본부의 신분증을 보고는 점잖게 인사를 나눴지만 그가 대문을 나서자 혀를 끌끌 찼다.

유지들의 집을 차례로 방문한 곤도는 이제까지 늘 그래왔듯이 허탕과 함께 뒤통수에 비웃음만 받으며 돌아섰다.

지칠 줄 모르던 곤도 순사도 날이 어둑해지자 맥이 풀렸다. 이제 하나 남은 유지는 목사였다. 그것도 신임 목사도 아니고 이미 오래전에 교회를 일으킨 유지 중의 유지였다.

곤도는 차를 돌렸다. 그 목사만큼은 빼먹어도 문제 될 것이 없을 거라고 생각한 것이다. 지금 출발해도 목사가 사는 곳까지 가자면 밤이 깊을 것이다. 곤도는 속력을 내 마을을 빠져나왔다.

그런데 왠지 마음이 켕겼다. 이제껏 간사이 지방의 유지라면 단 한 사람도 빼놓지 않고 확인했는데, 지금 와서 원칙을 어긴다는 사실이 마음에 걸렸던 것이다. 곤도는 마을을 벗어나 한참을 달리다가 핸들을 꺾었다. 원칙을 깨면 안 된다는 강박관념에서 비롯된 행위였다.

저녁 식사를 마치고 창밖을 내다보고 있던 마사코의 눈에 멀리서 불빛이 다가오는 것이 보였다. 불빛은 산 아래에서부터 계속 올라오고 있었다. 자동차의 헤드라이트였다. 뿐만 아니라 그 위에는 경광등이 쉴 새 없이 번쩍였다.

마사코의 가슴이 마구 뛰었다. 드디어 수색대가 오는 것이라 생각하니 눈물이 날 것 같았다. 마사코는 두근거리는 가슴을 진정시키고 동정을 살폈다. 그러나 단 한 대의 순찰차만 올라오는 것으로 보아 경찰이 확실히 상황 파악을 한 것 같지는 않았다.

'임선규는 무엇을 하고 있을까?'

임선규가 이 상황을 지켜보고 있다면 급히 이리로 달려와 자신을 다른 방으로 옮길 것이다. 산장에는 여러 개의 방이 있었고, 그중에는 바깥에서는 잘 보이지 않는 방도 있었다. 마사코가 거처하고 있는 방은 외부에서 바로 눈에 띄는 대신 해가 잘 들고 전망이 좋았다.

마사코는 임선규의 배려를 다시 한 번 깨달았다. 그는 최대한 정중하게 그녀를 대접하고 있는 것이었다.

이제 오 분도 못 되어 순찰차는 산장의 현관 앞에 멈추어 설 것이다. 그리고 경찰관은 차에서 내리기만 하면 자신을 알아볼 것이다. 마사코의 가슴은 순찰차의 헤드라이트가 숲에 가려졌다 다시 나타났다 하는 동안 계속 쿵쾅거렸다.

그러나 순찰차의 헤드라이트가 보이기 시작한 지 한참이 지났는데도 임선규는 나타나지 않았다. 마사코는 그가 다른 일에 신경이 팔려 순찰차가 올라오는 것을 보지 못하고 있을 거라고 생각했다.

순간 마사코는 임선규가 걱정되었다. 자신을 숨기지 못한다면 그걸로 모든 것이 끝이었다. 이제 불과 몇 분 후면 순찰차는 이곳에 도착할 것이다. 마사코의 온몸은 갑자기 거센 배반의 기류에 휘감겼다. 그토록 기다리고 기다리던 순찰차가 나타났다는 기쁨 속에서도, 어느 틈엔가 아직 나타나지 않고 있는 임선규에 대한 연민의 싹이 머리를 내미는 것이었다.

순찰차의 헤드라이트가 바로 코앞에 보이기 시작하자 마사코는 가슴이 덜컹 내려앉았다. 도대체 이 사람은 어디서 뭘 하고 있기에 저승사자가 다가오는 것도 모르고 있단 말인가. 속이 타고 입술이 말라 마사코는 방문 앞에서 서성거렸다.

마사코는 자신을 구해줄 순찰차가 오고 있는데 지금 도대체 무슨 생각을 하고 있는지 스스로도 이해가 되지 않았다. 그러나 이성적 판단과는 다른 어떤 감정이 오롯하게 가슴 깊숙이에서 솟아나는 것을 부정할 수 없었다. 임선규가 잡혀서는 안 된다는 다급함이 어느새 그녀의 머릿속을 뒤덮었다. 그것은 임선규를 향한 개인적 연민이 아니었다. 마사코는 마치 자신이 임선규의 동료인 듯한 기분이 들었다. 설명할 수 없는 이상한 느낌이었지만, 그것이 그의 범행 동기에서 비롯된 것임은 확실했다.

조선 왕비가 일본인들의 칼을 맞고 절명하기 직전 비명이나 신음 대신 혼신의 힘을 다해 왕세자의 안위를 물었다는 얘기를 들은 날 밤, 마사코는 밤새 잠을 이루지 못했다. 가슴 한 군데가 텅 빈 것 같은 허전함과 더불어 임선규의 마음이 비로소 다가오기 시작했던 것이다.

임선규는 지금까지 단 한 번도 무례하게 굴거나 위협을 가하지 않았다. 게다가 위험을 무릅쓰고 병원으로 데려간 것이나 해가 잘 들고 경치가 좋은 방에 감금한 것도 모두 신사적인 배려였다.

마사코의 뇌리에 임선규의 얼굴이 클로즈업되었다. 그리고 그 위로 다시 그 젊은이의 앳된 모습이 오버랩되었다. 그 젊은 청년은 왜곡된 역사 때문에 평생을 건 모험을 하고 있는 게 아닌가. 그 결과가 어떠하리라는 것을 너무나 잘 알면서도 스스럼없이 자신들의 뜻을 실행에 옮긴 두 사람에 대한 연민이 바로 이 순간 마사코의 가슴을 저몄다. 그리고 한편으로는 황실에 들어온 이래 묻어두었던, 젊은 시절의 정의감이 서서히 고개를 들었다.

쾅쾅쾅.

마사코는 문을 두드리기 시작했다. 이제 순찰차는 바로 산장 아래까지 다가왔다. 한 굽이만 돌면 모든 게 끝이라는 생각에 마사코는 전력을 다해 문을 두드렸다. 그러나 임선규는 아무런 기척도 없었다.

"이봐요! 큰일 났어요!"

마사코의 입에서 자신도 모르게 애절한 목소리가 터져나왔다. 그때였다.

끼익.

삐걱.

마사코는 흠칫 뒤로 물러섰다.

마사코가 주먹에 느껴지는 감각이 이상하다고 생각한 순간, 힘을 다해 두드리던 육중한 나무문이 마찰음과 함께 조금씩 밀렸다.

'문을 잠그지 않았단 말인가?'

마사코는 문을 열고 나와 숲으로 달렸다. 마사코가 막 숲으로 몸을 숨기자마자 경광등을 번쩍이며 달려오던 순찰차가 산장 현관에 멈춰 섰다.

곤도는 차에서 내려 현관문을 두들겼다.

"실례합니다."

그러나 안에서는 아무런 대답이 없었다. 곤도는 몇 번 소리쳐 부른 다음 그래도 대답이 없자 불이 켜져 있는 마사코의 방 쪽으로 걸어갔다. 밖에서 방을 살피던 곤도는 문이 빼꼼 열려 있는 것을 확인하고는 슬쩍 문고리를 당겼다. 육중한 나무 문은 의외로 쉽게 열렸다.

곤도는 목만 길게 뽑아 방을 이리저리 살폈다. 수색영장도 없이 타인의 주거지에 함부로 들어가서는 안 된다는 것쯤은 곤도도 익히 알고 있었다. 여자 혼자 생활하는 것이 분명한 방이었다.

"누구요?"

곤도는 갑자기 들려온 묵직한 남자의 음성에 깜짝 놀랐다. 어느새 다가왔는지 한 남자가 바로 뒤에 버티고 서 있었다.

"아, 죄, 죄송합니다. 저는 특별수사본부의 곤도 순사입니다."

"그런데 무슨 일이오?"

남자는 목소리를 늦추지 않았다.

"황태자비 납치사건 때문에 수색차 나왔습니다."

"그래서요?"

"아무도 안 계시기에 찾던 중이었습니다. 저, 절대로 방 안에는 들어가지 않았습니다."

임선규의 눈이 재빠르게 방 안을 훑었다.

"저, 정말입니다. 문이 열려 있기에……."

마사코가 없는 것을 확인한 임선규는 그제야 목소리를 늦추었다.

"나는 하야시 목사요."

"아, 그러시군요. 저는 덴리경찰서의 곤도 순사입니다. 이 근방을 수색 중인데 오늘은 이 마을 차례라 들렀습니다."

"수고가 많소. 그런데 마을의 파출소에서 나에 대해 얘기하지 않던가요?"

"유지 중의 유지시라고 들었습니다. 그런데 저는 바로 그 유지들만 찾아다니는 중입니다."

"유지만 찾아다닌다고요?"

"그렇습니다. 누구도 생각하지 못한 사람이 의외로 범인일 수도 있으니까요."

"그럴 수도 있겠지. 음…… 그런데 여기는 언제 왔소?"

"이제 막 왔습니다. 그런데 이 방에 누가 기거하는지 여쭤도 실례가 되지 않을까요?"

"실례는 무슨? 수색이라는 게 그런 걸 묻는 것 아니오?"

"고맙습니다. 목사님은 정말 친절하시군요. 어떤 분들은 먼저 호통부터 치시기 때문에…… 힘없는 순사는 정말 괴롭습니다."

"이 방엔 내 여동생이 거처하고 있소. 지금은 산책이라도 하러 나갔나 보오."

"그렇군요."

곤도는 대답을 하면서도 방 안의 물건들을 살폈다. 하이힐과 여자용 운동화가 눈에 띄었다.

"참 멋진 하이힐이군요. 이런 시골에서는 좀처럼 볼 수 없는 멋쟁이 구두네요."

임선규는 당황했다. 이 순사가 어떤 의도로 이런 말을 늘어놓는지 알 수 없었다. 그는 소리 없이 숨을 들이마셨다.

"도쿄에 사는 동생이 당분간 요양차 왔소."

"그렇군요. 그럼…… 폐가 많았습니다."

"뭐 더 협조할 것은 없소?"

"없습니다. 목사님을 이렇게 직접 뵈었으니 됐습니다. 실례했습니다."

곤도는 인사와 함께 쫓기다시피 차에 올라탔다. 아직 수사 경력이 별로 없는 그로서는 아무도 없는 상태에서 빈방을 들여다본 것에 대해 상당한 심리적 압박을 느꼈다. 목사가 상부에 항의라도 하면 큰일 날 것 같아 곤도는 바로 차를 빼서는 산길을 달려 내려왔다.

임선규는 곤도의 순찰차를 유심히 살폈지만 차 안에는 아무도 없었다. 곤도가 내려가자마자 그는 황급히 방으로 들어갔다.

귀신이 곡할 노릇이 아닌가. 마사코는 감쪽같이 사라지고 없었다. 선규는 다시 집 밖으로 뛰어나가 곤도 순사의 순찰차에 시선을 집중했다. 순찰차는 결코 서둘러 내려가는 기색도 아니요, 중간에 멈추지도 않았다. 만약 마사코를 트렁크에 실었다면 도중에 멈춰 자리를 바꿔 타게 하거나 급히 산길을 벗어날 텐데 전혀 그렇지 않았다.

안으로 들어가 화장실을 열어보아도 마사코는 없었다. 방 밖으로 나와 욕실에도 가보았지만 역시 마사코는 없었다. 선규는 애타는 가슴을 간신히 누르고 생각을 해보았다.

자신이 집을 비운 시간은 불과 십오 분이었다. 그 십오 분 사이에 다른 차량이 그의 산장까지 올라왔다 내려갔다면, 분명 그와 마주쳤을 것이다. 아니면 곤도 순사의 순찰차처럼 산장 앞에 멈춰 서 있어야 했다. 이제 마사코는 곤도가 오기 전에 탈출했을 거라는 게 유일한 결론이었다.

임선규는 산장을 비우면서 마사코의 방문을 잠그지 않았다. 병원을 다녀온 후로 마사코와 인간적으로 가까워진 느낌 때문이었다. 그에게 그것은 한마디로 서로에 대한 신뢰였다. 만약 마사코가 방 안에 있는 상태에서 곤도 순사가 왔더라면 자신은 꼼짝없이 붙들릴 수밖에 없었을 것이다. 그런데 지금 마사코는 어디로 갔단 말인가?

마사코가 탈출했다는 결론을 내린 선규는 더할 수 없이 착잡한 기분으로 마사코의 방문을 당겼다.

방에 들어선 순간, 선규는 눈이 휘둥그레졌다. 조금 전까지도 텅 비어 있던 방에서 알 수 없는 눈길로 자신을 바라보고 있는 사람은 다름 아닌 황태자비 마사코였다.

황태자비의 운명

"어떻게 된 일이오?"

"그날 밤 보았던 그 중국 청년의 맑고 선한 눈동자를 잊을 수 없었어요. 내가 그냥 떠나면 그 눈동자는 영원히 원한을 품고 나를 지켜볼 것만 같았어요."

"당신은 일본의 황태자비가 될 자격이 충분한 여자요. 일본의 진정한 힘은 바로 당신과 같은 사람들에게서 나온다는 생각이 드오. 어쨌거나 오늘 일은 고맙소."

"1937년 12월 13일 자 신문을 본 후 얼마를 울었는지 몰라요. 사람들이 어떻게 그럴 수 있는지, 어떻게 그런 참혹한 사건에 '연장전'이라는 단어를 쓸 수 있는지. 신문에서 그 일을 중계했다는 건 온 일본인이 그 상황을 즐겼다는 뜻인데……."

그날 밤 두 사람은 밤이 깊도록 한국과 일본의 역사에 대해 이야기를 나누었다. 똑똑한 마사코는 새 역사교과서의 문제점이 무엇인지를 정확하게 파악했다.

"그러니까 새로운 전쟁의 불씨는 댜오위댜오와 독도처럼 일본이 과거 제국주의 침략 때 잠시 강탈했던 걸 영원히 일본의 소유라고 주장하는 데서 나온다는 거군요?"

"그렇소. 모든 문제는 바로 거기서 출발하오. 정신대니 징용이니 하는 것은 오히려 지엽적인 문제요. 언제라도 중국 및 한국과 전쟁을 치르도록 조장하는 게 바로 그런 탐욕이오. 이제 일본은 댜오위다오와 독도 영유권 주장을 교과서에 실어 전 국민을 전쟁으로 내몰려 하고 있소."

"당신은 그 전문이 어떤 내용인지 어렴풋이 안다고 했죠? 이제는 내게 알려줄 수 있지 않나요?"

마사코는 절묘한 타이밍에 질문을 던졌다. 임선규는 잠시 머뭇거리더니 양복 주머니에서 오려진 아침 신문 기사를 꺼내 건넸다.

납치범이 조선 왕비의 시체를 불태운 이유를 밝히라고 요구한 시한이 이제 3일 앞으로 다가왔다. 처음에는 비밀문서를 공개하라고 했다가 정부가 그런 문서는 존재하지 않는다고 발표하자 즉각 조선 왕비의 시체가 불태워진 이유를 밝히라고 요구를 수정한 것으로 보아, 비밀문서에는 조선 왕비의 죽음과 관련된 모종의 정보가 담긴 것으로 보인다. 학계와 민간에서는 수많은 억측이 나돌고 있지만 정부는 아무런 반응도 보이지 않고 있으며, 납치범의 요구 시한까지도 이 입장은 바뀌지 않을 것으로 보인다. 수사 당국에서는 이 시한이 유네스코의 교과서 심사 최종일 하루 전날에 맞춰진 점을 주목하면서, 납치범은 새 역사교과서의 내용에 불만을 품은 자일 가능성이 높은 것으로 보고 있다.

기사를 읽고 난 마사코는 얼굴을 찌푸렸다.

"조선 왕비의 시체가 정말 불태워졌나요?"

"그렇소."

"그럼 장례도 제대로 치르지 못했겠네요?"

"시체 없이 장사를 치렀소. 그것도 이 년 후에."

"살해당한 것도 억울하기 짝이 없는데 시체마저 불태워지다니, 왜 그렇게 됐죠?"

"……."

"정부에서는 그런 문서가 없다고 하는데…… 끝내 아무런 회답이 없으면 어떻게 할 거죠?"

"……."

사실 임선규도 난감했다. 아무리 일본에 대한 복수의 상징으로 황태자비를 납치했다 해도 이제는 동료 의식마저 느낄 정도로 그녀와 가까워져 있었다. 순찰차가 왔는데도 스스로 몸을 숨긴 황태자비가 아닌가.

"이번 일을 계획할 때 틀림없이 이런 경우도 예상했겠죠?"

임선규는 맨 처음 범행을 계획하던 때를 떠올렸다. 일본 정부가 그 문서의 존재를 부정할 경우를 예상치 못한 것은 아니었다.

"선생님, 만약 일본 정부가 문서 공개를 거부하거나 아예 문서의 존재를 부정한다면 어떻게 하죠?"

"자넨 어떻게 생각하나?"

"반드시 황태자비를 살해해야 합니다."

"으음……."

"황태자비를 그냥 돌려보내면 우린 일본인들에게 또 한 번 지는 겁니다. 약속해주십시오. 만약 선생님이 황태자비를 그냥 돌려보내시겠다면 저는 절대 미국행을 택하지 않겠습니다."

"안 돼! 그건 안 돼! 너는 반드시 미국으로 가야만 한다."

"저를 살리려는 선생님의 마음은 누구보다 제가 잘 압니다. 하지만 이번 복수에 실패한다면 제 삶은 더 이상 아무 의미도 없습니다. 반드시 복수를 해야 합니다. 절대 황태자비를 그냥 돌려보내선 안 됩니다. 그러면 우리 중국인과 한국인은 또다시 비웃음거리만 되고 맙니다."

"그래…… 반드시 죽이마!"

펑더화이에게는 다짐을 해주었다. 만약의 사태가 발생할 경우 반드시 황태자비를 살해하겠다고. 펑더화이는 그 다짐을 받고서야 미국으로 떠났다. 선규는 대답을 기다리는 황태자비의 초롱초롱한 눈망울을 피해 자리에서 일어났다.

"원래 당신들의 계획은……"

선규는 손을 들어 황태자비의 말을 끊었다.

"황태자비를 어떻게 한다는 것은 처음부터 생각도 하지 않았소."

묵직한 목소리만을 남기고 임선규는 방을 나가버렸다. 마사코는 그가 이번에도 문을 잠그지 않았다는 것을 알아차렸다. 그리고 그가 납치 이후 처음으로 자신을 황태자비라고 지칭했음을 깨달았다.

시간이 지날수록 마사코는 자신의 납치가 납치 그 이상의 의미가 있다는 확신이 들었다. 두 사람에게 황태자비라는 자신의 신분은 난징대학살 및 조선 왕비의 비극적인 죽음을 은폐하려는 일본의 거짓과 역사 왜곡의 실태를 세계적으로 폭로할 수 있는 최고의 수단이었던 것이다.

납치범의 실체

　외무성 문서고 출입허가 명단을 다나카로부터 건네받아 며칠간 비밀리에 조사를 진행해온 수사지원팀장은 동이 트기 바쁘게 전화를 걸었다.

　"경시정님!"

　다나카는 수화기 너머의 목소리를 듣자마자 소득이 있었다는 걸 느꼈다.

　"뭔가 나왔나?"

　"바로 댁으로 찾아뵙겠습니다."

　집으로 찾아온 팀장은 흥분된 목소리로 말을 꺼냈다.

　"꼽아주신 인물 중 딱 한 사람이 말씀하신 조건에 부합합니다. 바로 와세다대학교의 마쓰다 교수입니다."

　"무슨 문제가 있지?"

　"약 여섯 달 전 한 대포통장에서 마쓰다 교수의 계좌로 오십만 엔이 입금된 기록이 있고, 그 직후 그는 외무성 문서고에 들어갔습니다. 문서고에서 그가 열람한 자료 또한 한성공사관의 전문들입니다."

"어떻게 확인했지?"

"문서고를 방문하는 사람은 열람 대상물을 자세히 적어야 합니다. 그러면 관계 직원이 안내를 하고 입회하게 되어 있는데, 마쓰다 교수가 그 전문들을 열람하고 복사까지 해갔다는 기록을 확인했고 담당 직원으로부터 진술도 받아냈습니다."

"대포통장의 명의인은?"

"명의인 추적을 했습니다만 주거불명이라 찾을 수 없었습니다. 통장 개설 당시의 은행 CCTV와 입출금기 사진을 보니 행색이 노숙자 같았습니다. 지금 은행과 입출금기 부근의 노숙자를 중심으로 사진 대조를 하고 있습니다."

"노숙자와 마쓰다 교수, 그리고 외무성 문서고는 너무나 안 맞는 조합이군. 잘 찾아냈어. 바로 그자야. 노숙자를 시켜 마쓰다 교수에게 돈을 보내고 문서고 열람을 지시한 자! 그가 확고부동한 범인이야!"

다나카는 수사지원팀장을 데리고 바로 마쓰다 교수의 집으로 향했다.

마쓰다 교수는 이른 아침 집으로 찾아온 수사관들을 보자 크게 놀랐다. 게다가 다나카 경시정이 직접 온 사실에 대해 무척 놀란 눈을 두리번거리며 당황하는 태가 역력했다.

"시간이 없으니 정확하게 답하셔야만 합니다."

다나카가 정중한 중에도 단호하게 첫 마디를 꺼내자 마쓰다는 겁먹은 표정으로 고개를 끄덕였다. 다나카는 통장 사본을 제시했다.

"이 돈은 누구한테 받은 겁니까?"

"나, 나카무라 씨."

"이 돈이 대포통장으로부터 송금된 건 아셨나요?"

"전혀 몰랐습니다. 송금인이 나카무라가 아니어서 누굴 대신 시켰나 보다 생각했을 따름입니다."

"나카무라가 누굽니까?"

"그는 자신을 향토역사학자라고 소개했습니다."

"어디 향토요?"

"구마모토라고 했습니다."

"구마모토의 향토역사학자 나카무라라? 바로 확인하게."

다나카는 팀장에게 나카무라의 신원을 확인하라고 지시한 다음 마쓰다를 추궁했다.

"이 돈은 왜 받은 거죠?"

다나카의 한 마디에 마쓰다는 새파랗게 질렸다.

"이, 일종의 수고료입니다."

"무슨 수고를 하셨죠? 그를 위해서 무얼 해준 겁니까?"

"그는 외무성 문서고를 출입할 수 없다면서 내게 어떤 자료를 찾아 보여달라고 했습니다."

"그게 한성공사관발 전문입니까?"

"그렇습니다."

"왜 보여달라고 하던가요?"

"조선 왕비 살해를 주도한 〈한성신보〉 사장 아다치가 구마모토 사람이라 그에 관한 연구를 한다고 했습니다."

다나카는 다시 한 번 범인이 상상 이상으로 치밀한 자라는 생각이 들었다. 마쓰다 교수가 추호도 의심할 수 없도록 명분을 만든 것이었다.

"전문을 복사해 그에게 주었나요?"

"아니, 주지는 않았습니다. 그건 규정에 어긋나니까요."

마쓰다는 이 대목에서 자신이 범법을 한 건 아니란 점을 강조했다.

"전문은 모두 몇 장이죠?"

"넉 장입니다."

"435호가 없었나요?"

"네, 그게 없었어요. 나카무라 씨는 고개를 갸웃거리며 묻더군요. 왜 435호는 없냐고."

다나카는 보일 듯 말 듯 고개를 끄덕였다. 범인은 당연히 그걸 물었을 것이다.

"나도 문서고 직원에게 그걸 물었던 터라 직원의 대답을 그대로 전했습니다. 언제 없어졌는지는 모르지만 현재는 없다고 말입니다."

"크게 실망하던가요?"

"약간 실망하는 기색이긴 했지만 아예 없다는 말에 그냥 고개를 끄덕였어요."

옆에서 듣고 있던 팀장이 거칠게 추궁했다

"왜 신고를 안 한 거요? 435호 전문을 공개하란 게 납치범의 요구조건인 걸 알았을 때 바로 신고를 했어야 하는 거 아닙니까!"

팀장의 거친 목소리에 화들짝 놀란 마쓰다가 황급히 고개를 저었다.

"나카무라 씨가 범인이라고는 미처 생각 못했어요. 그에게는 435호보다 433호가 훨씬 중요해 보였으니까요. 나카무라 씨는, 아, 아니 범인은 433호를 열 번도 넘게 읽고 또 읽었어요. 넉 장의 전문 중 다른 건 별다른 표정 없이 한 번 스쳐 읽었는데 433호만 심각한 표정으로 거듭 읽었단 말입니다."

"433호를?"

"네, 틀림없이 그는 433호 전문에 무척이나 집착했어요. 몇 번이나 되풀이해서 읽었는데, 읽을수록 얼굴이 점점 일그러지더군요. 자조적이랄까, 자학적이랄까, 마치 특별한 사연이라도 있는 사람처럼 말이에요."

"음, 433호 전문을 보여주시죠."

과연 마쓰다는 규정대로 복사한 전문을 상대방에게 넘기지 않고 자신이 보관하고 있었다.

지휘관의 후손

경복궁 시위대(侍衛隊)의 대오는 흐트러지고 수백의 병사들은 경복궁 앞에 도열한 스즈키 대대의 정연한 모습에 잔뜩 겁을 집어먹었다. 고바야가와를 비롯해 수십 명이 일거에 달려들자 시위대는 뒤돌아 도망치기 시작했다. 일부는 경복궁 담을 넘어 거리로 뛰어내렸다. 이때 시위대 병사 하나가 창을 휘두르며 도망치는 자들의 앞을 막아섰다. 그는 지휘관을 붙잡고 '일본의 불량배들이 왕비마마를 죽이려 궁궐을 습격했는데 지휘관이 도망을 가서야 되겠습니까!'라며 울부짖었다. 그러자 지휘관은 총을 꺼내 이 병사를 쏘아 죽인 후 황급히 병사들과 함께 북쪽 담을 넘었다.

이미 야마자키의 도움으로 확인한 내용이었다. 다나카의 눈에는 넉 장의 전문 중 가장 쓸 만한 정보가 없는 전문이었다. 그런데 범인이 여기에 집착했다니…… 다나카는 한참이나 433호 전문을 뚫어지도록 쏘아보다가 수사지원팀장에게 전문을 내밀었다.

"무슨 이유로 범인이 이 전문에 그리 집착했을 것 같나?"

"저도 그 이유를 생각하고 있었는데, 아마도 범인은 궁을 지키는 시위대가 왕과 왕비를 버리고 달아났다는 사실에 강한 자괴감을 느낀 게 아닐까요?"

다나카는 고개를 끄덕였다.

"그렇겠지. 한국인이라면 누구라도 망연자실하겠지. 이 기막힌 사실 앞에. 그런데……."

다나카는 잠시 말을 멈추고 팀장의 얼굴을 바라보다가 다시 433호 전문으로 시선을 돌렸다.

"또 다른 가능성도 있지 않을까? 범인이 이 전문을 보고 보통의 한국인 이상으로 격정을 쏟아냈다면…… 범인의 입장이 되어 다시 이 전문을 읽어보게."

팀장은 몇 번이나 전문을 읽다 다나카의 눈치를 보며 말끝을 흐렸다.

"저는 범인이 부끄러웠을 거라는 것 외에는……."

다나카는 손가락을 뻗어 전문의 지휘관이라는 단어를 천천히 짚었다.

"범인과 이 전문 사이에는 한국인이라는 것 외에 더 밀접한 연결고리가 있는 게 아닐까? 가령 이 전문에 언급된 자들과 개인적인 관계가 있다든지. 여기 이 지휘관과 병사라는 단어에 주목해서 읽어봐. 범인은 이들과 관련이 있을지도 몰라. 수사란 일어날 수 있는 모든 경우를 상정해야 하는 것 아닌가. 범인의 감정이 그렇게도 흔들렸다면 나는 오히려 이쪽을 택하겠네."

팀장은 다나카가 짚은 지휘관과 병사라는 단어에 시선을 고정시킨 채 묵묵히 고개를 끄덕였다.

그때 옆에 있던 마쓰다 교수가 확신에 찬 목소리로 고함치듯 말했다.

"그토록 자조하고 자학하던 범인의 표정으로 보아 그는 병사를 총으로 쏴 죽이고 도망친 지휘관과 연관이 있는 게 아닐까요?"

경시청으로 돌아온 다나카는 한국에 나가 있는 파견대장에게 433호 전문을 보냈다. 파견대장은 다나카와 같이 근무한 경력이 있는 노련하고 끈질긴 사람이었다.

"선배, 범인은 그 전문 속 지휘관과 연관이 있는 사람일지도 몰라요. 어쩌면 후손일 수도 있겠다는 생각이 드는데, 그를 찾을 수 있을까요?"

"글쎄, 확신할 수는 없지만…… 이게 단서라면 목숨 걸고 찾아야 하지 않겠나?"

"국가기록원 같은 델 가면 당시의 시위대 직제를 알 수 있을

지 몰라요. 근대사를 전공한 교수들의 도움을 받아볼게요."

모리는 다나카가 이른 아침부터 한국에 전화를 걸어 무슨 말을 하는지 도저히 이해할 수 없어 고개를 갸우뚱할 뿐이었다. 하지만 다음 날 한국에서 걸려온 전화를 받는 다나카의 얼굴이 환호로 물드는 걸 보고 덩달아 흥분하지 않을 수 없었다.

"임석호!"

전화를 끊는 다나카의 입에서 환호성처럼 튀어나온 '임석호'라는 이름을 듣자 모리는 큰 소리로 외치듯 물었다.

"누굽니까? 범인입니까?"

"지휘관! 왕궁에서 도주를 제지하던 부하를 쏘고 도망친 비겁한 지휘관! 바로 그 지휘관이 임석호야! 마쓰다 교수의 증언대로 범인이 그토록 충격에 빠진 모습을 보였다면 범인은 이자와 관련이 있을 가능성이 높지. 그의 후손이라든지!"

모리는 백 년 전의 전문에서 범인을 찾아내려는 다나카의 의지에 동조하고 싶은 마음은 없었지만, 수사란 일 퍼센트의 의심을 구십구 퍼센트의 확신보다 우선시해야 한다던 다나카의 말이 생각나 하려던 말을 약간 바꿨다.

"정말 범인이 임석호의 후손이라면 좋겠습니다!"

한국에 파견된 수사팀은 조선 왕비 살해 당시의 시위대 직제표를 통해 그 지휘관이 임석호란 걸 알아냈고, 다시 족보를 추적해 그 후손들의 명부를 손에 넣을 수 있었다.

"이들 중 누군가 여기 한국에 없다면, 정확히 말해 일본에 오래 체류하고 있는 자가 있다면……."

기도하는 심정으로 한 사람 한 사람의 행적을 확인하던 파견대장은 한 사람의 출국 정보가 모니터에 뜨자 자신도 모르게 의자에서 벌떡 일어나 만세를 불렀다.

"임선규! 마흔세 살! 일본으로 출국!"

임석호의 후손 중 유일하게 일본에 체류 중인 임선규는 아주 오래전에 일본으로 건너간 데다 다나카가 전화상으로 제시한 범인의 특징과 완전히 일치했다.

파견대장은 신속히 그의 정보를 일본으로 보냈고, 사진을 본 하시모토는 그가 펑더화이의 정신적 스승이라고 증언했다. 그토록 지지부진하던 수사가 드디어 급물살을 탔다.

"빨리 외국인등록부를 추적하고 귀화인 명단도 찾아! 임선규라는 이름을 찾으라고!"

모리의 한껏 고조된 목소리가 경시청 복도에 드높게 울려퍼졌다.

곤도 순사는 산장에 다녀온 후로 어딘지 썩 개운하지가 않았다. 산장에서 본 여차의 방, 그 방이 못내 이상했던 것이다. 게다가 자신의 바로 뒤에 그림자처럼 다가와 있던 목사, 그에게서 느껴지던 위압감, 그리고 순찰차를 훑어보던 그 싸늘한 눈초리.

그렇게 의심하기 시작하자 이상한 점은 또 있었다.

'동생이라는 여자는 왜 신발을 방 안에다 두었을까? 산책하러 나갔다는 여자의 운동화가 왜 방 안에 그대로 있었던 거지? 방의 모양으로 보아 여자는 실내에서 슬리퍼를 신고 지냈을 수도 있는데, 산책을 나간 후라면 운동화와 하이힐 대신 슬리퍼가 남아 있었어야 하는 것 아닌가?'

곤도 순사는 도쿄의 경시청으로 전화를 걸었다.

"모리 형사님, 덴리경찰서의 곤도 순사입니다."

"아, 곤도. 무슨 일인가?"

"황태자비 전하의 구두는 어떤 모양입니까?"

"구두? 검은색인데 나비 모양의 금제 장식이 달려 있지."

"검은색이라고요?"

곤도는 순간 알쏭달쏭했다. 자신이 본 게 검은색인지 갈색인지 잘 기억나지 않았다.

"어떤 목사의 산장에서 본 구두가 그런 모양이었던 것 같은데 정확히 무슨 색이었는지 기억이 안 나네요."

"무슨 소리야? 목사의 산장에서 뭘 봤다고?"

"의심이 가는, 아니 의심해볼 만한 가치가 있는 뭔가를 본 것 같아서요. 확인해본 다음 다시 전화드리겠습니다."

모리는 역시 곤도란 친구는 좀 싱거운 인물이라고 생각하며 전화를 끊었다.

곤도는 우선 오늘 조사해야 할 마을들을 다 둘러본 후에 어제 그 산장에 다시 가봐야겠다고 생각했다.

유네스코와 일본 교과서

한국 정부가 처음 유네스코에 일본 역사교과서의 검토를 의뢰할 때의 낙관적 분위기는 차츰 희석되고 있었다. 유네스코가 한 나라의 교과서를 대상으로 시비를 따지는 일도 쉽지 않을 뿐 아니라, 제삼자의 입장에서는 일본의 논리도 나름대로 일리가 있어 보였기 때문이다.

일본 대표 사이토 박사는 풍부한 증거 자료를 들이대며 유네스코의 심사위원들을 장악한 반면, 한국 학자들은 증거 부족으로 애를 먹었다. 이렇게 되자 한국 정부 내에서는 유네스코 청원을 철회해야 한다는 주장이 나오기도 했다.

"문제는 논리가 아닌 감정입니다. 감정을 건드릴 강력한 증거가 있어야 합니다. 심사위원들의 머리를 강타할 사건, 그들의 가슴에 잊혀지지 않을, 어떤 논리로도 변명하거나 호도할 수 없는 결정적인 증거가 있어야 하는데, 우리에게는 그런 증거가 없지 않습니까?"

끝도 없이 계속되는 논쟁에 유네스코의 심사위원들은 진저리를 쳤다. 한국 측 입장에 동조하던 위원들마저 이제는 거의 포기 상태였다. 결국 마지막 모임을 앞둔 심사위원회는 파장 분위기였다.

위원회는 일본의 교과서가 역사를 왜곡했다는 의견을 집약할 수 없었다. 여기에는 미국이 내세운 각계각층 인사들의 입김도 작용했다. 미국은 중국을 최대의 적으로 보는 동북아시아 정책에 따라 일본을 파트너로 선정했고, 따라서 유네스코의 서구 인사들이 일본의 교과서를 불량으로 판정하도록 내버려둘 리 없었다.

일본의 기를 꺾어놓는 것이 미국 외교의 제일 목표였던 때와는 현격한 차이가 있었다. 심사위원들을 상대로 열심히 로비를 하던 다수의 한국 학자들과 지원에 나섰던 중국 학자들도 자포자기해 하나둘 자국으로 돌아갔다. 이틀 후로 다가온 최종 심사는 그저 형식일 뿐 실제로는 일본의 교과서를 불량으로 판정할 수 없다는 게 암묵적인 결론이었다.

"사이토 박사, 정말 수고가 많았소. 그 치밀한 논리 구성에 우리 모두 놀라지 않을 수 없었소."

일본 측 대표들은 이미 승리의 축배를 들고 있었다. 새 교과서 편성의 핵심 중 한 사람인 인기 만화가가 샴페인잔을 들며 사이토의 노고를 치하했다.

"당연한 일이지요. 우리가 그토록 고심해서 만든 교과서가 유네스코로부터 불량 판정을 받는다면 대일본제국의 꼴이 얼마나 우습겠습니까?"

사이토는 득의만면했다.

"그렇지요. 이건 단순한 교과서의 문제만이 아니에요. 일본의 미래가 걸린 일입니다."

문부성의 고위 관리가 역시 흡족한 얼굴로 맞장구를 쳤다.

"청년들에게는 꿈을 심어줘야 합니다. 강력하고 전통 있는 일본의 모습을 각인시켜야지. 침략과 약탈로 얼룩진 어두운 조국의 모습을 보여줘서야 청년들이 자신감을 가질 수 있겠습니까?"

사이토의 목소리는 자신감에 차 있었다.

"한국과 중국 학자들도 이번에는 전력을 다해 주장을 늘어놓더군요."

도쿄대학교의 역사학과 교수가 마치 전승의 기쁨을 나누듯 한국과 중국 대표들의 안쓰러운 모습을 언급하자 사이토는 더욱 신이 났다.

"몸부림이지요. 증거가 없는 한 모든 주장은 논리와 사관의 대립으로 갈 수밖에 없어요."

좌중의 학자들과 공무원들은 모두 고개를 끄덕였다. 징용자들의 월급명세서와 정신대의 전표 등 서류상의 증거들이 이

번 심사에서 큰 효력을 발휘했다.

"정신대 문제가 어려웠지요. 아직 생존자가 너무 많아서."

대표 중 한 사람이 어려움을 토로하자 사이토는 갑자기 얼굴 표정을 확 바꿨다.

"미친년들, 그중에 돈 안 받고 몸 준 년 있으면 나와보라 그래요. 그년들이 돈 받고 배불리던 시절은 다 잊어버리고, 종전 무렵 고생한 얘기들만 늘어놓으니 그런 거 아니오. 그때 고생 안 한 사람이 누가 있어요? 예나 지금이나 공창이 없었던 적이 있었소? 더구나 전쟁 중에 그런 일은 오히려 당연지사 아니오? 돈 실컷 벌어 처먹다가 지금 와서 어쨌니 저쨌니 하는 꼴이라니!"

사이토의 악의적인 발언에 대해서는 그 자리에 모인 대표들조차 멋쩍었는지 잠시 침묵이 흘렀다.

"그런데 사이토 박사, 지금 황태자비를 납치한 자가 하는 얘기는 뭡니까? 조선 왕비의 시체를 불태운 이유를 밝히라고 하는 모양이던데?"

"그놈도 마찬가지로 미친놈이오. 조선 왕비를 태웠든 묻었든, 내가 안 그랬는데 나한테 물으면 어떡합니까?"

좌중에 웃음이 터졌다.

"무슨 435호 문서니 어쩌니 하는 건 또 뭡니까? 정말 그런 것이 있기는 한 겁니까?"

또 한 사람이 궁금증을 참지 못하겠다는 표정으로 물었다.

"원 참, 내가 그 문서를 갖고 있어요? 왜 내게 묻습니까?"

"혹시 외무성에서 보관하고 있지는 않을까요?"

"그거야 외무성에 물어봅시다. 나도 궁금하던 참이오."

"그런데 그 문서가 원래는 존재했다는 소문이 있소."

도쿄대학교의 또 다른 노교수가 잔뜩 목소리를 낮추고 말했다.

"그래요?"

사이토를 비롯한 좌중의 모든 사람이 그 노교수의 입을 주목했다.

"그런데 없어졌다는 거요. 외무성 문서고에서 말이오."

"누가 그래요?"

"언젠가 언뜻 들은 것 같소. 그리 오랜 옛날 같지는 않은데…… 한 십여 년 전."

"그러면 누군가 그 비밀문서를 봤다는 얘기 아닙니까?"

"아, 그가 그랬나?"

노교수가 갑자기 생각난다는 듯이 한 사람을 거명했다.

"미카미. 그래 얼마 전에 돌아가신 외무성의 미카미 차관이었던 것 같소."

"그가 비밀문서를 숨겼다는 겁니까?"

"아니오. 그가 없어졌다는 보고를 받았다는 얘기 같았소."

"무슨 내용인지는 모르시고요?"

"그도 모른다고 했소. 전문을 정리하던 중 누락된 게 있다는 보고를 받고 대장을 봤더니 거기에는 분명히 그 전문의 일련번호가 기록되어 있었다고 했소. 지금 납치범이 요구하는 전문의 번호가 바로 그 일련번호였던 것 같소."

"그렇다면 지금 누군가가 그 전문을 가지고 있다는 얘기가 되는군요."

"그렇겠지요."

"허, 거 참, 누군지 대단한 사람이군요. 도대체 그 전문 한 장이 뭐기에 황태자비 전하가 저렇게 납치를 당했는데도 내놓질 않는단 말입니까."

"그런데 말조심하셔야 되겠습니다."

"아니 왜요?"

"아, 지금 외무성에서 그런 문서는 없다고 발표했고, 외무차관이 총리의 지시로 극비리에 경찰 조사를 받은 마당에, 괜한 얘기를 하다가는 수사 대상이 될 수도 있어요."

노교수는 천천히 고개를 끄덕였다. 자신이 생각해도 맞는 얘기였다.

공범

　곤도 순사는 어두워지기 전에 산장으로 올라가는 산길로 접어들었다. 어둠 속에서 순찰차 헤드라이트를 켜고 올라가면 너무 눈에 띌 것 같았기 때문이다. 천천히 차를 몰고 산길을 올라간 그는 산장 아래 숲 속에 순찰차를 숨겼다. 그러고는 조심스럽게 산장으로 접근했다. 이윽고 산장이 눈앞에 나타나자 곤도는 몸을 낮추고 어두워질 때까지 기다렸다.

　완전히 어둠이 깔리자 곤도는 땅바닥에 엎드렸다. 그리고 옛날 전쟁놀이에서 하던 것처럼, 불이 환하게 켜져 있는 어제 그 방을 향해 천천히 기어갔다. 창 밑에 다다르자 곤도는 조금씩 고개를 들었다.

　한 여자가 테이블 앞 의자에 앉아 있는 것이 보였다. 그러나 등을 돌리고 있어서 얼굴은 보이지 않았다. 곤도는 여자의 발을 보았다. 여자는 분명 슬리퍼를 신고 있었다.

　곤도는 다시 어제 신발이 놓여 있던 자리를 살폈다. 운동화와 하이힐이 있고, 하이힐은 검은색이었다. 게다가 나비 모양의 금제 장식이 달려 있었다. 곤도는 숨결이 가빠졌다.

'얼굴만 볼 수 있다면……'

곤도는 애가 탔다. 상대방이 황태자비가 틀림없다면 창을 두드리면 될 것이다. 그러나 황태자비가 아니라면 뭐라고 둘러댈 말이 없었다. 곤도는 일단 여자가 몸을 돌리거나 자리에서 일어날 때까지 기다리기로 했다.

그때 방문이 열리더니 어제의 그 목사가 방 안으로 들어왔다. 곤도는 머리를 낮추고 동정을 살폈다.

"고개를 돌리지 말고 그대로 있어요."

아주 작고 긴장된 임선규의 목소리에 마사코는 당황했다. 그러나 마사코는 곧 선규에게 위급한 상황이 닥쳤다는 것을 알아챘다. 갑자기 온몸이 굳어졌다.

"지금 경찰관이 이 방을 들여다보고 있소. 지난번에 왔던 그 순사요. 아직 당신의 얼굴은 보지 못했을 거요. 그는 당신이 일어나거나 고개를 돌릴 때까지 창밖에서 지켜보고 있을 거요. 저 친구 하나를 해치운다 하더라도 아무 소용이 없소."

마사코는 선규의 한층 경직된 목소리를 듣고는 망설임 없이 말했다.

"제게로 가까이 오세요."

"……."

"얼른요."

선규가 영문을 모른 채 다가가자 마사코는 그를 끌어당겨 옆에 앉혔다. 그러고는 어깨에 팔을 두른 채 웃으면서 큰 소리로 말했다.

"오빠, 그렇잖아도 물어보고 싶은 게 있었어요."

선규는 놀라지 않을 수 없었다. 그 놀라움은 이내 진한 감동으로 다가왔다.

얼마 후 문을 열고 밖으로 나가보니 순사는 사라지고 없었다. 산 아래 저 멀리로 순사가 타고 왔던 순찰차의 경광등이 희미하게 보였다.

"고맙소."

"이러다 저도 공범이 되겠어요."

선규는 소리 없이 웃었다. 황태자비가 스스럼없이 어깨에 팔을 두르고 편하게 웃으며 오빠라고 부른 것은 충격적이었다.

비단 경찰관을 물리치기 위한 기지 때문만은 아니었다. 황실이라는 장막을 아무렇지도 않게 걷어내고 그녀를 납치한 자신을 보호한 데서 오는 감동 때문이었다.

"나는 내일 당신을 산 아래로 내려보낼 거요."

"내일이 신문에서 말한 당신의 최종 요구 시한인가요?"

"그렇소."

"그럼, 모레가 유네스코의 마지막 심사가 있는 날이군요?"

"그동안 미안했소."

"목적을 이루지 못했잖아요?"

"하지만 다른 도리가 없소."

두 사람 사이에 잠시 침묵이 흘렀다.

"내가 가고 나면 어떻게 할 거죠?"

"……."

마사코는 자신의 무력함을 견딜 수 없었다. 비록 황태자비지만 눈앞에서 벌어지고 있는 교과서 왜곡 사태에 대해 아무것도 할 수 있는 게 없었다.

"요즘 자꾸 조선 왕비 생각이 나요. 죽으면서까지 왕세자를 걱정했다는 얘기가 머리에서 떠나지 않아요. 그 아픔과 괴로움이 어느새 내 마음 깊이 스며들었어요."

"명성황후가 어떻게 죽었는지를 알면 아마 그 충격으로부터 평생 벗어나지 못할 거요."

"알고 싶어요. 얘기해주세요."

마사코의 간절한 표정을 읽은 선규는 입을 열 듯 말 듯 망설였다. 그러나 한참 생각하던 그는 고개를 떨구었다.

마사코는 자신의 예상대로 조선 왕비의 죽음이 예사롭지 않았음을 짐작할 수 있었다. 일본의 불량배들에게 궁중에서 비운의 죽음을 당한 것도 예사롭지 않은데, 그 이상의 어떤 엄청난 일이 있었는지 궁금했다.

선규는 신문을 통해 조선 왕비의 시체를 불태운 이유를 밝히라고 했고, 당시 조선의 한성공사관에서 일본 외무성으로 보낸 435호 전문에 그 이유가 있다고 했다.

"만약 내일 황궁으로 돌아가면 많은 사람이 내게 당신에 대해 물을 거예요. 그때……"

마사코는 말을 더 잇지 못했다. 선규가 긴장한 표정으로 그녀의 입을 손으로 막았기 때문이다. 그는 목소리를 낮추어 말했다.

"밖에 누군가 있는 것 같소."

"네?"

선규는 황급히 불을 껐다.

어둠 속에서 마사코가 속삭였다.

"아까 그 경찰관일까요?"

"그런 것 같소. 창밖에서 인기척이 들렸소."

만약 아까 그 순사라면 분명 황태자비의 얼굴을 봤을 것이다. 그랬다면 이미 본부에 연락했을 것이다. 선규는 서서히 문쪽으로 움직였다. 섣부르게 행동하다가는 상대가 어둠 속에서 총을 쏠지도 모른다.

방법은 단 하나, 황태자비를 버리고 도망치는 수밖에 없었다. 그러나 그것도 무의미한 일일 것이다. 이미 연락을 받은 경찰관들이 산 밑에서부터 새카맣게 몰려올 테니까.

"으음……."

짧은 한숨을 토해낸 선규는 밖으로 나갔다. 마사코 앞에서 난동을 벌이는 것만은 피하고 싶었던 것이다. 사실 난동이랄 것도 없을 터였다. 상대가 권총을 들이대면 그걸로 끝이었다. 다만 그는 마사코 앞에서 비참한 모습을 보이기 싫었다.

"손들어!"

등 뒤에 뾰족한 것이 닿았다. 선규는 권총임을 직감하고 손을 들었다.

"뒤로 돌아!"

차가운 목소리였다. 선규는 천천히 뒤로 돌았다.

"어!"

돌아서는 순간, 선규의 입에서 자신도 모르게 탄성이 터져 나왔다.

"펑!"

"선생님!"

두 사람은 깊게 껴안았다. 헤어진 지 불과 며칠 되지 않았지만 오랜 세월이 지난 것 같았다. 하지만 선규는 곧 펑더화이를 밀어내고 감정이 배제된 목소리로 물었다.

"도대체 왜 돌아온 거냐?"

"이곳에서 할 일이 있습니다."

선규는 펑더화이의 목소리가 예사롭지 않음을 직감했다.

결연하게 자신이 갈 길을 정한 사람 특유의 힘이 느껴졌다.

"무슨 일?"

선규는 퍼뜩 머리에 떠오르는 것이 있었다.

'설마⋯⋯?'

선생님, 반드시 복수를 해야 합니다. 절대 황태자비를 그냥 돌려보내선 안 됩니다. 그러면 우리 중국인과 한국인은 또다시 비웃음거리만 되고 맙니다.

"들어가서 얘기하고 싶습니다."

"그래, 방으로 가자."

선규가 자신의 방 쪽으로 몸을 틀었을 때였다.

"선생님, 황태자비의 방문은 잠그셔야죠."

선규가 급히 나오느라 황태자비의 방문은 약간 열려 있었다. 그는 펑더화이를 물끄러미 바라보았다. 이제껏 한 번도 자신이 하는 일에 대해 뭐라고 한 적이 없던 펑더화이였다.

"그냥 두자."

"⋯⋯"

펑더화이는 그냥 따라왔다. 하지만 표정은 그리 밝지 않았다. 방에 앉은 두 사람 사이에 잠시 침묵이 흘렀다.

"고생이 많으셨군요."

"마음고생은 네가 더 심했겠지."

"아닙니다. 선생님, 이제 선생님은 할 일을 다 하셨습니다."

"무슨 얘기냐?"

"일본 정부가 문서를 공개할 생각이었다면 벌써 공개했을 겁니다. 그리고 명성황후의 시체를 왜 불태웠는지에 대한 대답도 나왔겠죠."

"……."

"저들은 우리의 요구에 눈 하나 깜짝하지 않습니다. 이미 우리의 거사는 끝났습니다. 실패한 겁니다. 선생님도 그렇게 생각하고 계시지 않습니까?"

선규는 무겁게 고개를 끄덕였다.

"선생님, 이제 뒷일은 제게 맡기고 떠나십시오."

"무슨 소리냐?"

"저는 뒷일을 정리하려고 돌아왔습니다. 선생님은 일본을 빠져나가십시오. 아직 선생님의 정체는 누구도 모릅니다."

"평, 괜한 짓을 했구나."

"아닙니다, 선생님. 제발 선생님 대신 제가 여기 있게 해주십시오."

"그건 절대 안 된다. 더 이상 그 얘기는 꺼내지 마라."

선규의 표정이 워낙 단호하자 펑더화이는 입을 닫았다.

"그런데 어떻게 일본에 다시 들어올 수 있었지? 신분이 드러났는데."

선규는 펑더화이가 결코 일본을 떠나려 하지 않자 그의 마지막 임무는 미국으로 가 '오버타임'의 의미를 밝혀내는 것이라고 설득했고, 그것이 주효했다. 그 후 선규는 펑더화이가 영원히 일본으로 돌아올 수 없을 것이라고 안심했지만, 펑더화이도 이제는 더 이상 앳된 청년이 아니었다.

"선생님이 저를 위해 미국 은행 계좌에 넣어놓은 돈을 썼습니다. 그 나라는 돈만 있으면 안 되는 게 없더군요. 위조 여권을 만들었습니다."

"어쨌든 너는 다시 떠나라. 미국으로 돌아가. 제발 부탁이다."

"선생님은요?"

"내일 황태자비와 같이 경찰에 갈 생각이다."

"네?"

"나는 경찰에서 당당히 요구할 것이다. 그 비밀문서를 공개해야만 비로소 역사에 대한 참된 사과가 이루어지는 거라고 말이다."

"그건 제가 하겠습니다. 제가 하려던 게 바로 그거였습니다. 하지만 일의 선후가 바뀌었습니다. 저는 황태자비를 살해하고 당당하게 자수할 겁니다. 선생님은 피신하십시오."

"넌 안 된다니까!"

선규는 날카로운 목소리로 단호하게 펑더화이의 말을 잘랐다.

"선생님, 제 이름이 왜 펑더화이인지 아십니까? 기필코 저들에게 원수를 갚으라는 일념으로 아버지가 펑더화이 대원수와 같은 이름을 지어주신 겁니다. 저는 황태자비를 살해하고 저들 앞에 당당히 나서 난징대학살의 전모를 샅샅이 밝히라고 요구할 겁니다. 목숨 따위는 전혀 아깝지 않습니다."

"그건 안 돼! 무슨 일이 있어도 너는 돌아가야 한다. 이건 내가 할 일이야."

"그럴 수 없습니다. 이것은 제가 해야 할 일입니다. 절대로 가지 않겠습니다."

"가야만 한다니까!"

"……"

"너는 방해만 될 뿐이다. 전혀 도움이 안 돼. 네가 있으면 진술도 갈릴 것이다. 일본 경찰이 우리를 이간질하고 사건을 조작할 기회만 주는 꼴이야. 그러니 어서 떠나거라."

"만약 그것이 제가 떠나야만 하는 이유라면, 저는 죽는 한이 있어도 한 마디도 하지 않겠습니다."

"으음……."

출동

급히 산에서 내려와 덴리로 돌아가던 곤도는 자꾸만 의구심이 들었다. 문제는 구두였다. 이런 시골에서는 좀처럼 볼 수 없는 우아한 디자인의 하이힐. 게다가 나비 모양의 금제 장식.

'왜 구두를 다다미방 안에 들여놓았을까? 어제는 왜 실내용 슬리퍼를 신고 산책을 나갔을까?'

곤도는 머리를 세차게 흔들어 이런 생각을 떨쳐버렸다.

자신의 두 눈으로 똑똑히 보지 않았던가. 여자는 목사의 어깨에 너무도 자연스럽게 팔을 두르며 '오빠'라고 불렀다. 더 이상 의심할 여지가 없어진 것이다. 세상에 목사가 황태자비를 납치했을 리도 없거니와 황태자비가 납치범의 어깨에 팔을 두르며 오빠라고 부를 리는 더더욱 없을 것이다.

경시청의 다나카는 초조한 기색을 감추지 못했다. 이제 내일이면 납치범이 요구한 시한은 끝난다. 범인이 임선규라는 이름의 한국인임이 밝혀졌지만 문제는 시간이었다. 그는 처음

몇 년은 오사카에서 외국인 등록을 하고 살았지만, 현재 어디에서 어떤 모습으로 살고 있는지를 추적하는 것이 그리 간단하지는 않았다. 며칠의 시간이 물리적으로 더 필요하건만 범인이 제시한 시한이 내일이면 끝나는 것이다.

내일 범인은 어떻게 할 것인가. 설마 하면서도 다나카는 간간이 스치는 불안감에 흠칫 놀라곤 했다. 범인은 결코 무도한 자는 아닌 것 같지만, 요구조건이 계속 거절되었으니 마사코를 그냥 돌려보낼 것 같지 않았다. 다나카는 조바심이 나 모리를 불렀다.

"아직 임선규에 대한 신원 정보 들어온 거 없나?"

"없습니다, 경시정님."

"으음……."

쉽지 않을 줄은 알았지만 이렇게 시간이 걸릴 줄 몰랐던 다나카는 답답함을 견딜 수 없었다. 상대방이 외국인 등록도 귀화도 하지 않고 어딘가에서 일본인 행세를 하고 있다면 그의 소재를 파악하는 것은 결코 쉬운 일이 아닐 것이다. 전국에 범인의 여권 사진으로 수배령을 내렸지만 너무 오래전에 찍은 것이라 성과가 없었다. 형사들 역시 오사카 일대에서 범인에 관한 정보를 필사적으로 수집하고 있었지만 아무런 소득이 없었다.

"수색대도 아직 소식이 없나?"

"네."

처음부터 수색대에 큰 기대를 걸지는 않았지만 범인이 어떻게 이 전국적인 수색을 피하고 있는지는 역시 의문이었다.

"참, 오늘 오후에 곤도 순사로부터 전화가 왔습니다."

"곤도?"

"네, 덴리경찰서의 그 순사 말입니다."

"아, 그래!"

"그 친구가 황태자비의 구두에 대해 물어왔습니다."

"구두? 구두는 왜?"

"아마 어디선가 여자 구두를 봤나 봅니다. 세상에 여자 구두가 한두 켤레겠어요? 더 이상 의심할 사람이 없어 이번에는 구두로 옮겨갔을지도 모르죠."

"그래도 그 성실한 태도는 배울 만해. 수사란 그런 태도에서 출발하는 거야."

"정말 그 점은 인정합니다. 그제는 시장이 화가 나서 전화를 걸어왔더군요. 곤도란 사람이 특별수사본부의 요원이 맞느냐고요. 왜 그러느냐고 했더니 세상에, 특별수사요원이라면서 시장의 관사까지 조사했답니다."

"후후, 정말 대단한 친구군."

"어제는 목사관까지 갔던 모양입니다."

"시장 관사도 뒤지는 친구가 목사관인들 안 뒤지겠어?"

"목사관이 뭡니까, 수녀원까지 갈 친구입니다."

"가만, 자네 방금 뭐라 그랬나? 목사관?"

"네."

"그 목사관에서 구두를 봤다는 얘기야?"

"네."

"여자 구두를?"

"네."

"분명히 목사관이라고 했나?"

"분명합니다."

"어서 빨리 연결해!"

다나카의 재촉에 깜짝 놀란 모리가 곧바로 곤도에게 전화를 걸었다.

"네, 곤도 순사입니다."

"나 다나카 경시정인데, 어제 목사관에서 여자 구두를 본 게 맞나?"

"네. 하지만 별것 아닌 일로 밝혀졌습니다. 여자는 목사의 동생이었습니다. 구, 구두는 황태자비의 것과 똑같았지만 말입니다. 그 여자도 도쿄에서 살다가 잠시 내려왔다고 하니, 아마 같은 가게에서 구두를 샀을지도 모르죠."

"으음!"

"제가 창밖에서 확인했는데요, 분명히 나비 모양의 금제 장식이 달린 검은색 구두가 놓여 있었어요. 모리 형사님이 말씀하신 바로 그 구두였죠. 그래서 저는 몸을 숨기고 고개만 내민 채 감시를 계속했습니다. 좀 있으니 목사가 들어오더군요. 목사가 여자에게 뭐라고 몇 마디 했는데, 그건 너무 작은 소리라 알아들을 수 없었어요. 조금 후 여자가 목사를 끌어다 옆에 앉히곤 어깨에 팔을 두르며 오빠라고 불렀고요. 틀, 틀림없는 남매였습니다."

"창밖에서 봤다고? 자네가 직접 그 여자의 얼굴을 봤나?"

"얼굴을 직접 보지는……."

"얼굴을 직접 본 건 아니다? 그럼 왜 남매라고 단정하지? 어깨에 팔을 둘러서?"

"모, 목사가 도쿄에서 여동생이 요양차 와 있다고 했어요. 또 그녀가 목사를 오빠라고 불렀고요. 납, 납치범과 황태자비 사이에는 있을 수 없는 일이잖습니까?"

"음, 그런데 자네는 왜 창밖에서 그 방을 엿봤나?"

"처, 처음에는 좀 이상했습니다. 다다미방인데 구두가 방 안에 놓여 있었거든요. 신발장이 아닌 방 안에 말입니다. 그리고 산책을 하러 나갔다는데 운동화는 그냥 있었고요. 그래서 아무래도 미심쩍어 오늘 다시 가본 겁니다. 아니나 다를까, 슬리퍼가 있더군요. 그러니 어제는 슬리퍼를 신고 산책을 나갔다는 얘기죠."

"그 목사의 이름이 뭔가?"

"하야시, 하야시 목사라고 했어요."

다나카는 하마터면 수화기를 떨어뜨릴 뻔했다. 긴장감이 팔뚝에 팽팽하게 전해졌다. 임석호의 후손 임선규. 다나카는 그 임(林)이라는 성이 일본과 중국, 한국에서 다 같이 쓰인다는 걸 알고 있었다. 일본에서는 하야시, 중국에서는 린, 한국에서는 임이었다.

"음, 그래. 하야시라면 임이 아닌가?"

다나카는 자신에게 다짐하듯 물었다.

"네?"

"아니, 아니야. 그런데 그 목사관은 어디에 있나?"

갑자기 다나카의 목소리가 삼엄해졌다. 곤도가 목사관의 위치를 설명하자, 다나카는 산장의 위치를 다시 한 번 확인하고는 서둘러 전화를 끊었다. 그러고는 즉각 관할 파출소에 전화를 걸었다.

"소장, 지금 즉시 목사관으로 올라가는 길을 철저히 봉쇄하시오. 그리고 상대가 눈치채지 못하도록 날랜 순사 둘을 보내 목사관에 있는 여자가 황태자비인지 여부를 확인하시오. 하지만 절대 경거망동하지 말고, 만약 그 여자가 황태자비로 확인되면 즉시 내게 연락하시오."

전화를 끊는 다나카의 얼굴이 상기된 것을 보고 모리가 의

아하다는 듯이 물었다.

"경시정님, 곤도 순사가 분명 남매 사이라고 확인하지 않았습니까?"

다나카가 하야시라는 성이 한국어로는 임이라는 사실과 임석호의 후손 임선규는 신학대학을 중퇴한 자라는 걸 상기시키자 모리는 그제야 눈이 휘둥그레졌다.

기쿠 마을의 파출소장 무라카미는 전화를 받자마자 신속히 움직였다. 전 순사에게 비상을 걸어 무장시킨 뒤 우선 목사관으로 올라가는 길을 봉쇄했다. 그런 다음 두 명의 날랜 순사를 데리고 직접 산장을 향해 걸어올라갔다. 이미 어둠이 짙게 깔렸지만 순찰차는 소리 때문에라도 상대방이 동정을 눈치챌 염려가 있었다. 방위청 장교 출신인 파출소장은 기민하게 목사관 앞 숲길에 도착하자 동작을 멈추었다.

목사관은 어둠에 잠겨 있었다. 소장은 두 순사와 함께 숲을 빙 돌아 건물 뒤로 다가갔다. 주차장에는 두 대의 차가 주차되어 있었다. 한 대는 낯익은 목사의 차였으나 나머지 한 대는 이 지방의 차가 아니었다.

소장은 권총을 꺼내들었다. 손짓으로 두 순사에게도 권총을 뽑으라고 지시했다. 차분하게 건물의 구조를 파악한 소장은 조용히 건물 벽에 몸을 밀착시켰다. 그리고 창을 향해 다가

갔다.

건물의 앞면에 두 개의 큰 방이 있고 뒤로 두 개의 작은 방이 있었다. 소장은 먼저 뒤에 있는 두 방을 살폈다. 둘 다 비어 있었다. 소장은 건물을 끼고 돌아 앞으로 나왔다. 앞의 두 방중 하나는 환하게 불이 켜져 있었다. 소장은 불이 켜진 방의 창가로 서서히 다가갔다. 그리고 고개를 약간 들어 방 안의 상황을 살폈다. 하야시 목사와 또 한 명의 남자가 얘기를 나누고 있었다.

소장은 다시 천천히 움직여 나머지 방을 살폈다. 불은 꺼져 있었지만 방 한구석의 희미한 스탠드 불빛으로 사물을 대충 파악할 수는 있었다. 창을 통해 방 안을 들여다보던 소장은 가쁜 숨을 몰아쉬었다. 분명 한 여자가 누워 있었다.

하지만 여자는 창을 등지고 누워 있어 얼굴을 확인할 수는 없었다.

소장은 얼굴이 보일 때까지 기다리기로 하고, 여자의 인상 착의와 방 내부를 샅샅이 살펴보았다.

소장은 손짓으로 순사들을 불러 현관문을 지키도록 지시하고는 참을성 있게 기다렸다.

기다리는 동안 소장은 저 여자와 자신의 운명 사이에 가로놓여 있는 기구한 관계를 수도 없이 반추했다. 만약 여자가 황태자비라면 자신은 정녕 천국과 지옥의 갈림길에 서 있는 셈이었다. 이제껏 황태자비가 자신의 관할 구역 안에 납치되어 있었는데도 수색 한 번 안 하고 있었으니 목이 열 개라도 모자랄 지경이었다. 그러나 만약 황태자비를 구출해내는 데 공을 세운다면 앞으로의 경찰 생활은 탄탄대로일 것이었다.

소장은 신중히 몸을 움직여 산장에서 떨어진 곳으로 자리를 옮긴 후 다나카에게 전화를 걸었다.

"다나카 경시정님, 저 무라카미 소장입니다."

"어떻게 됐소?"

"아직 얼굴은 확인하지 못했습니다."

"키는 어느 정도입니까?"

"중키입니다. 약 백육십 센티미터 정도."

"머리 모양은?"

"단발 커트인데 약간 긴 편입니다."

다나카는 숨을 죽이고 책상에 놓여 있는 사건 보고서에서 황태자비의 납치 당시 복장 조견표를 재빨리 훑었다.

"머리핀을 꽂고 있었소?"

"……네."

"무슨 모양이었소?"

"정확하지는 않지만 사쿠라 모양이었던 것 같습니다."

숨을 죽이고 있던 다나카의 입에서 탄성이 터져나왔다.

"키, 구두, 단발머리, 머리핀까지 다 같아. 분명 황태자비야!

마사코라고!"

"그런데 이상합니다."

"뭐가요?"

"방문이 조금 열려 있는 게 왠지…… 감금된 것 같지 않았습니다."

"무슨 사연이 있어 그런 식으로 감금되었는지는 모르겠지만 황태자비가 틀림없소. 소장은 계속 거기서 감시하시오. 산장으로 가는 도로는 봉쇄했소?"

"물론입니다."

"인근 경찰서에 지원 요청은 내가 하겠소. 소장은 절대로 경거망동하지 마시오. 그냥 감시만 하면 됩니다."

"알겠습니다."

다나카는 소장의 전화를 끊자마자 급히 인근의 몇몇 경찰서에 병력 증파를 요청하고 의료진까지 대기시키도록 했다.

"모리, 헬리콥터를 대기시켜!"

"알겠습니다."

다나카는 집무실 침대에서 자고 있는 수사부장을 깨웠다.

"뭐야? 황태자비를 찾았다고?"

"거의 틀림없습니다. 저는 지금 헬기로 출동하겠습니다."

"어디지?"

"덴리시 옆의 기쿠 마을입니다."

"가만, 나도 같이 가지."

수사부장이 결정적 현장을 놓칠 리 없었다.

"그럼 같이 가시죠."

두 사람이 막 자리에서 일어날 때였다. 전화벨 소리가 날카롭게 울렸다. 다나카가 전화를 받았다.

"다나카입니다."

"저 무라카미 소장입니다."

소장의 들뜬 목소리에 다나카의 표정이 아연 긴장됐다.

소장은 자신의 발언에 한층 무게를 두려는 듯 다시 한 번 자신을 밝혔다.

"현장의 무라카미 소장입니다."

"알아요. 얘기해요."

"황태자비가 맞습니다. 지금 막 얼굴을 확인했습니다."

"지금 헬기로 가는 중이니 기다리시오. 절대로 움직이지 말고 기다려요."

"알겠습니다."

다나카는 잔뜩 긴장한 채 자신의 얼굴을 뚫어지게 쳐다보고 있는 수사부장에게 말없이 고개를 끄덕였다.

"정말이란 말이지! 마침내 자네가 황태자비를 찾아냈단 말이지!"

"제가 아니라 곤도 순사가 찾아냈습니다."

"가만, 이럴 게 아니라 총감님께 보고해야지."

수사부장의 목소리는 떨리고 있었다.

"경시정님, 헬기 대기시켰습니다."

모리도 흥분한 얼굴이었다. 헬기로 뛰어가면서 경시총감에게 전화를 거는 수사부장의 목소리는 프로펠러의 진동음에도 불구하고 또렷이 밤하늘로 울려퍼졌다. 헬리콥터는 깊이 잠든 도쿄의 밤하늘을 맹렬한 속도로 날아올랐다.

비밀 지령

부우우웅.

산장 아래에서 감시 중이던 파출소장은 진동이 느껴지자 얼른 휴대폰을 들었다.

"무라카미 소장입니다."

"나 경시감이오."

카리스마가 느껴지는 묵직한 목소리였다.

"아 네, 경시감님!"

"경시청 내 방으로 전화를 걸어주시오. 교환을 통하시오."

"네, 알겠습니다."

소장은 뭔가 이상하다는 느낌이 들었다. 경시감이 작전 중인 자신에게 전화를 한 것도 이상했고, 교환을 통해 경시청으로 전화를 다시 하라는 것도 범상치 않은 일이었다. 하지만 경시감이 전화를 걸어왔다는 사실에 흥분한 소장은 경시청 교환에게 경시감과의 전화 연결을 부탁했다.

"경시감님, 저 무라카미 소장입니다."

"전화를 끊으시오. 내가 다시 하겠소."

"네? 아, 알겠습니다."

소장은 이 도깨비 같은 상황을 어떻게 이해해야 할지 몰랐다. 하지만 잠시 후 그는 경시감의 의도를 파악했다. 그는 지금 비밀 이야기를 하려는 것이었다. 경시청으로 전화를 걸라고 한 것은 신분 확인을 위한 것일 터였다. 과연 경시감은 즉각 전화를 걸어왔다.

"수고가 많소. 현장 상황은 어떻소?"

"감시 중입니다. 납치범들은 아직 눈치를 못 채고 있습니다."

"납치범은 몇 명이오?"

"둘입니다."

"황태자비는 어떤 상황이오?"

"혼자 주무시고 계십니다."

"범인들과는 떨어져 있소?"

"그렇습니다."

"그곳의 병력 상황은 어떻소?"

"저 외에 열두 명이 현장을 감시하고 있습니다."

"인원은 충분하군. 그렇다면 지금 바로 작전을 개시하시오."

"네? 다나카 경시정님이 지금 헬기를 타고 이쪽으로 오고 계십니다. 저보고 기다리라고 했습니다."

"소장, 내가 누구요?"

"경시감님이십니다."

"파출소장의 인사권이 누구에게 있소?"

"물론 경시감님께 있습니다."

"소장은 납치범이 거기에 그렇게 오랫동안 은신하고 있는 동안 도대체 무얼 했소?"

"……."

"그게 문제가 되면 소장의 앞날은 어떻게 되겠소?"

"……."

"다나카 경시정이 가서 범인을 잡으면 그만 영웅이 될 게 아니오? 반면 당신은 속죄양이 되고 말겠지. 내 말 알겠소? 지금 당장 작전을 개시하시오."

소장은 당황했지만 이내 판단을 내렸다. 자신의 처지에 관한 한 경시감의 안목은 정확했다. 경시감의 말대로 속죄양이 될 수는 없는 일이고, 또 경시감의 명령을 거부할 수도 없었다. 게다가 작전은 어려울 것이 없었다. 황태자비는 격리되어 있고, 납치범 둘을 순식간에 습격해 포박하면 상황은 끝이었다. 사실 소장 역시 범인들을 당장 체포하고 싶었지만 만일의 경우를 대비해 다나카의 지시를 기다리고 있는 중이었다.

"알겠습니다, 경시감님."

"작전이 성공하면 당신은 앞으로 내가 보살펴주겠소. 내가 정년이 돼도 당신이 경찰에 있는 한, 아니 공무원직에 있는 한 영원히 보살펴줄 사람이 많다는 것을 기억하시오."

"알겠습니다. 이 은혜 잊지 않겠습니다."

"그럼 지금 당장 작전을 개시하시오. 그런데 소장이 은밀히 해야 할 일이 있소."

"무슨 일입니까?"

"아무에게도 알리지 말고 소장이 직접 해야 할 일이오."

"……"

"범인들을 죽이시오."

"네?"

소장은 소스라치게 놀랐다.

"경시감님, 제 판단에는 범인들을 얼마든지 생포할 수 있는 상황입니다."

"상관없소. 죽이시오."

"경시감님, 하지만……"

"이것은 내가 내리는 지시가 아니오. 이 나라를 이끄는 분들로부터 내려온 거요. 알겠소? 이 나라를 위한 거란 말이오."

소장은 다시 한 번 중대한 판단의 기로에 섰다. 이윽고 그는 결심했다. 경시감이 직접 자신에게 내리는 명령이 아닌가. 게다가 경시감은 이 비밀 지령이 자신보다 훨씬 높은 사람들에게서 내려온 거라고 얘기하지 않는가. 소장은 목소리에 힘을 주어 대답했다.

"지시대로 하겠습니다."

"명심하시오. 반드시 납치범들을 죽여야 하오."

"알겠습니다."

"그리고 이 지시는 절대로 보안을 유지하시오. 당신의 생명을 걸고."

"네."

전화를 끊는 소장의 얼굴에 독기가 서렸다.

한편, 밤하늘의 어둠을 가르며 전속력으로 날아가는 헬리콥터 안은 긴장으로 가득 찼다. 모리도 헬기가 현장에 조금씩 가까워짐에 따라 긴장감이 고조되었다. 수사부장은 말할 것도 없었다. 인생을 가르는 너무도 큰 사건이었다.

다나카는 무라카미 소장에게 계속 전화를 걸었으나 통화 중이었다. 중요한 작전을 수행하는 소장이 휴대폰으로 누군가와 계속 통화를 하고 있다는 사실이 마음에 들지 않았다.

"모리, 자네도 이 번호로 계속 전화를 걸어봐."

두 사람은 계속 휴대폰의 버튼을 눌러댔다. 이윽고 모리의 전화기에 발신음이 들리기 시작했다. 모리는 휴대폰을 다나카에게 넘겼다.

"다나카 경시정이오. 그쪽 상황은 어떻습니까?"

"……."

소장은 순간적으로 말이 없었다. 다나카의 머리에 퍼뜩 이상한 예감이 스쳤다.

"왜 대답이 없소? 무슨 문제라도 있소?"

"아, 아닙니다."

소장은 당황하고 있었다.

"무슨 일이오?"

"아닙니다."

뭔가 수상함을 눈치챈 다나카가 다그쳤다.

"방금 누구와 통화했소?"

"통화요? 별것 아닙니다."

"누구와 통화했냐니까?"

"집사람과 통화했습니다."

순간 극도의 불안감이 다나카를 엄습했다.

"거짓말! 소장, 당신 왜 그래? 왜 거짓말을 하는 거야? 도대체 무슨 일이야?"

"아무 일도 없습니다."

"무슨 소리야? 지금 당신은 분명히 거짓말을 하고 있어. 그토록 중요한 현장에서 부인하고 그렇게 오래 통화하는 사람이 어디 있나? 그게 말이나 되는 소리야?"

"……."

"이봐요, 소장. 여기 경시청 수사부장님 바꿔드릴 테니까 기다리시오."

휴대폰을 넘기면서 다나카는 날카로운 눈빛으로 수사부장에게 다짐시켰다.

"분위기가 심상치 않아요. 무슨 일이 있어도 반드시 현장을 지키라고 하세요. 섣부른 짓을 했다간 형사처리하겠다고요."

"알았네."

그러나 휴대폰을 넘겨받은 수사부장은 상대방의 목소리조차 듣지 못했다.

"이런, 전화를 끊었잖아! 건방지게 감히 파출소장 주제에 내 전화를 끊다니!"

수사부장은 벌컥 화를 냈다.

"뭔가 큰 문제가 있는 것이 분명합니다."

다나카는 다시 통화 버튼을 눌렀다. 그러나 전화는 불통이었다.

"모리, 빨리 경시청에 연락해서 초지급으로 이 친구 통화 기록을 뽑으라고 해."

모리는 경시청 통화추적팀에 대고 고함을 질렀다. 자세한 내용은 몰라도 다나카의 표정과 태도로 보아 대단히 절박한 상황이라는 것을 알 수 있었다. 통화 기록은 금방 확인되어 모리에게 전달되었다.

"아니, 이 번호는?"

그것은 경시청 전화번호였다. 모리는 전화번호를 수사부장에게 내밀었다.

"부장님, 이 번호는……?"

"경시감님 방이잖아?"

수사부장은 영문을 모르겠다는 듯 다나카를 쳐다보았다.

"경시감님이 현장의 소장에게 격려 전화를 하셨을까요?"

모리의 추측에 다나카는 고개를 가로저었다.

"거기 소장과 통화한 휴대폰 번호로 전화를 걸어봐."

모리가 전화번호를 입력한 뒤 통화 버튼을 누르자 전화는 바로 연결됐다. 다나카는 휴대폰을 건네받았다. 저쪽에서는 말이 없었다.

"경시감님, 다나카 경시정입니다."

당황한 경시감의 목소리가 흘러나왔다.

"아, 다나카 경시정! 그래 어딘가?"

"아직 헬기 안입니다. 의외로 시간이 많이 걸리는군요. 현장에 도착하면 다시 전화드리겠습니다."

"알겠네. 수고하게."

전화를 끊은 다나카는 불길한 예감에 사로잡혔다. 다시 소장의 전화번호를 눌렀으나 이미 소장은 휴대폰의 전원을 꺼둔 상태였다.

"아아!"

"아니, 다나카 왜 그러나?"

"이건 격려 전화가 아닙니다. 음모예요."

"음모라니? 무슨 음모?"

"경시감님은 현장 소장과 세 차례 통화했어요. 한 통은 경시청의 전화로, 두 통은 휴대폰으로. 이건 분명 격려 전화가 아닙니다."

다나카는 경시감의 의도가 무엇인지 곰곰이 생각해보았다.

"한 가지 분명한 게 있습니다."

"그게 뭔가?"

"소장이 제 지시와는 반대로 행동할 거라는 사실입니다."

"뭐라고?"

"그렇지 않고서야 부인과 통화했다고 거짓말을 할 이유도 없고 휴대폰을 꺼둘 리도 없죠. 저를 피하고 있다고요. 음, 아마 경시감님이 무언가를 지시했을 겁니다. 무슨 지시를 했을까요? 작전을 개시하라고? 아니, 그런 정도는 아닐 테고, 그렇다면 황태자비를? 아니, 그것도 아니지. 그렇다면?"

다나카는 이번 사건이 정치적인 의도와 연관되어 있음을 상기했다.

"어쩌면 경시감님이 범인을 살해하라고 지시했을지도 모르겠군요."

"범인을 살해하라고요? 지금 범인들이 인질극을 벌이고 있답니까?"

모리가 놀라 끼어들었다.

"그건 모르겠어. 아니, 그럴 리는 없어. 범인이 인질극을 벌이고 있는데 그자를 살해하라고 명령할 수는 없지. 이건 현장에 없는 사람이 그렇게 함부로 명령할 수 있는 사항이 아니야. 상황은 아까와 똑같아. 적어도 아직까지는."

다나카는 직감적으로 사태를 파악했다. 수사부장은 경시총감에게 전화를 해 상황을 알렸고, 이후 경시총감은 총리에게 보고했을 것이다. 그리고 총리는 또다시 누군가에게 알렸을 테고, 그 누군가가 경시감을 통해 지시를 내렸을 것이다. 범인의 요구사항을 묵살하던 정부의 태도가 결국 이렇게 나타난 것이었다.

'대체 그 한성공사관발 제435호 전문이 무엇이기에?'

그러고 보니 그간 황실의 태도도 이상했다는 생각이 들었다. 범인이 그 문서를 밝히라고 요구한 다음부터는 경찰에 대한 황실의 암묵적 채근조차 사라져버렸다. 총리 역시 언젠가부터 입을 다물지 않았던가. 처음에는 외무차관에 대한 조사 명령까지 내렸던 총리가 입을 다물어버린 것이다.

정치. 지금 이 상황은 정치와 관련되어 있었다. 다나카는 맥이 풀렸다. 두 길 중 어디로 가야 할지 판단이 서지 않았다. 정부는 납치범이 잡힌 후 그의 범행 동기와 비밀문서 등이 세상에 알려질 것을 극도로 꺼리고 있음이 분명했다. 납치범은 어쩌면 애초부터 발각되기를 원하고 있었을지도 모를 일이었다. 이렇게 쉽사리 곤도 순사한테 노출당할 납치범이 아니지 않은가. 그렇다면 모른 체하고 정부의 선택을 지켜주어야 할 것인가. 그러나 다나카의 가슴속에서는 또 하나의 길이 선명하게 드러났다. 그것은 그가 평생을 가슴에 품고 살아야 할 수사관으로서의 길이었다.

실체적 진실의 발견.

수사관의 길은 정치와는 다른 쪽으로 나 있었다. 다나카는 어떤 사건이든 수사관에게 진실 규명 외에 다른 길은 없다고 믿었다. 오늘 자신이 암암리에 전개되는 음모를 알고도 외면한다면, 앞으로 자신은 어떤 진실로부터도 자유롭지 못할 것임을 깨달았다.

'범인 살해를 저지해야 한다.'

결심을 굳힌 다나카는 곰곰이 방법을 생각했다. 그러나 현장에 있는 소장이 아예 전화기를 꺼놓고 있는 것으로 보아 지금이라도 당장 작전을 개시할지 모를 일이었다. 가슴이 탔다.

"모리, 소장에게 계속 전화해봐."

"계속 하고 있는 중입니다. 그러나 아예 전화기를 꺼놓아서 연락이 되지 않는데요."

'방법이 없을까?'

속수무책이었다.

"모리, 헬리콥터가 바로 착륙할 수 있도록 현장의 위치를 다시 정확히 확인하게."

"알겠습니다."

그러나 헬리콥터는 아직 한참을 더 날아야 기쿠 마을에 도착할 것이다.

'그 방법이 있지 않은가. 하지만……'

결국 다나카는 이를 악물었다. 일생일대의 결단을 내려야 하는 순간이었다.

"부장님!"

수사부장은 다나카의 비장한 목소리에 아연 긴장했다.

"경시감은 소장에게 범인을 살해하라고 지시한 것이 분명합니다. 이것은 작전 지시가 아니라 살인 지령입니다."

"……."

"이 살인 지령을 막아야 합니다."

"그러나 방법이 없지 않나. 소장이라는 놈은 전화기를 꺼놓았다면서? 현장 상황은 어떨까?"

"아직은 그대로일 겁니다. 곤도 순사의 보고나 소장의 보고를 종합해보면 범인은 황태자비를 자유롭게 해주고 있습니다. 황태자비는 지금 독방에서 혼자 주무시고 계십니다. 소장은 그 후로 지금까지 현장을 감시하고 있고요. 인질극이라도 벌어졌다면 소장은 얼씨구나 하고 저에게 보고했을 겁니다. 범인을 죽일 명분이 생겼으니까요.”

“그런데 살인 지령을 막을 방법이 있나?”

“네, 있습니다. 문제는 수사관으로서의 가치판단입니다.”

“가치판단이라고?”

“그렇습니다. 이것은 분명 작전이 아니라 살인입니다. 그 사실을 아는 한 우리에게는 살인을 저지해야 할 책임이 있습니다. 부장님, 도와주십시오.”

“어떻게 도우면 되겠나?”

“그 귀마개를 벗으십시오. 프로펠러 소리 때문에 아무것도 들리지 않게 말입니다. 그래야 나중에 문제가 되더라도 부장님이 안전하실 수 있습니다. 모리, 자네도 귀마개를 벗게. 어서!”

“알겠습니다.”

다나카는 휴대폰을 꺼냈다.

“기쿠 마을의 목사관이 몇 번입니까?”

납치범의 방식

소장은 산길 아래의 순사들을 불러모았다. 순사들은 잔뜩 긴장한 상태로 어둠 속에서 몸을 움직였다. 모두 모인 것을 확인한 소장은 나이 든 순사들을 골라냈다.

"작전이 시작되면 황태자비 전하의 방 앞을 지켜라."

그리고 건장한 순사들만 남자 소장은 특이한 작전 명령을 내렸다.

"십 미터 뒤에서 나를 따르라. 만약 범인들이 흉기를 휴대하고 있다면 집중 사격하라."

소장은 순사들과 나란히 가면 범인들을 죽일 수 없을지도 모른다고 생각했다.

"소장님, 저희가 함께 가는 게 안전할 텐데요."

"아니야. 여럿이 있으면 오히려 우왕좌왕하게 돼."

순사들은 이해할 수 없는 소장의 지시에 그저 고개를 갸우뚱했다.

소장은 잔뜩 긴장한 표정으로 권총을 집어넣고 한 순사의 자동소총을 건네받았다.

"반드시 십 미터 거리를 유지해!"

그래야만 부하들이 자신의 비밀스러운 행동에 걸림돌이 안 될 것이었다.

소장은 탄창을 점검하고 출입문을 향해 한 걸음 한 걸음 조심스럽게 나아갔다.

따르르릉.

선규의 눈이 전화기에 고정되었다. 펑더화이 역시 선규를 쳐다보면서 의아한 표정을 지었다.

"누구죠, 이 늦은 시간에?"

펑더화이는 고개를 가로저었다. 받지 말라는 뜻이었다.

따르르릉.

벨은 그치지 않았다. 선규는 잠시 기다리다가 수화기를 들었다.

"하야시 목사입니다."

수화기에서는 긴박감이 느껴지는 목소리가 흘러나왔다.

"내 말을 잘 들으시오. 나는 수사본부의 다나카 경시정이오. 밖에 경찰이 깔렸소. 그들은 당신들을 죽이려 하오. 잘 생각하시오. 당신들을 체포하는 게 아니라 죽이려 한단 말이오. 내가 갈 때까지만 버티시오."

선규는 손짓으로 펑더화이에게 밖을 가리키며 급히 불을 껐다. 고개를 조금 내밀어 밖을 내다보던 펑더화이의 안색이 순간 경직되었다. 어둠 속에 천천히 발걸음을 옮기는 한 무리의 사람들이 보였던 것이다. 펑더화이는 급히 선규의 옆으로 다가왔다.

"선생님, 어떻게 된 일입니까?"

"모르겠어. 다나카 경시정이라는 자의 말로는 저들이 우릴 죽이려 한다는군."

"그럴지도 모릅니다. 아니, 틀림없이 그럴 겁니다. 생포하기보다는 우리를 죽이는 게 저들로서는 편할 테니까요."

"으음……."

선규는 어떻게 해야 할지 판단이 서지 않았다. 이미 여기까지 올라왔다면 온 산에 병력이 쫙 깔렸을 것이다. 그때였다. 갑자기 펑더화이가 후닥닥 일어나 옆방으로 나 있는 문고리를 잡아 비틀었다.

우지직.

펑더화이는 문을 거칠게 밀어젖혔다.

"어머나!"

잠에서 깬 마사코는 갑자기 뛰어들어온 펑더화이를 보자 아연실색했다. 펑더화이는 언제 꺼냈는지 날이 예리하게 선 칼을 손에 들고 있었다. 마사코는 놀란 중에도 평정심을 잃지 않으려 애썼다. 선규가 황급히 뛰어들어와 펑더화이의 팔을 잡았다.

"무슨 짓이냐!"

"차라리 잘됐어요."

"……."

"저놈들이 우리를 죽이려 한다고 그랬다죠? 잘됐습니다. 내 일까지 기다릴 필요조차 없습니다."

"무슨 얘기야?"

펑더화이의 목소리에서 살기가 느껴졌다.

"지금 황태자비를 처단해야 합니다. 우리가 죽기 전에 말입니다. 이대로 죽으면 그야말로 개죽음입니다. 우리는 또다시 비웃음거리가 되고 맙니다."

"뭐라고?"

"제가 미국으로 떠날 때 선생님도 약속하지 않았습니까?"

선규도 펑더화이에게 했던 약속을 잊지 않고 있었다. 하지만 일이 실패할 경우 황태자비를 살해하겠다는 약속은 펑더화이를 미국으로 보내기 위한 방편이었을 뿐이었다.

"저는 선생님이 결코 황태자비를 죽일 수 없다는 것을 잘 알고 있습니다. 그래서 제가 돌아온 겁니다."

"안 돼!"

선규는 천천히 몸을 돌려 마사코의 앞을 가로막았다. 마사코의 눈에 눈물이 맺혔다. 마사코는 자신도 모르게 선규의 손을 잡았다. 그의 두터운 손등을 타고 따스한 체온이 전해져왔다. 선규는 재빨리 팔을 뻗어 스탠드를 껐다.

"선생님, 비키세요. 저는 반드시 황태자비를 죽여야 합니다."

평더화이의 눈에는 독기가 어려 있었다. 선규는 눈을 감았다. 맞잡은 손을 통해 마사코가 가늘게 떨고 있는 것이 느껴졌다. 처음 가부키자에서 황태자비를 납치할 때부터 위기의 순간 자신의 어깨에 스스럼없이 팔을 두르며 오빠라고 부르던 모습까지 파노라마처럼 스쳐갔다.

"평, 황태자비는 선량한 일본인을 대표하는 사람이다."

"압니다. 저도 충분히 압니다. 하지만 어쩔 수 없습니다. 그냥 돌려보낼 수는 없습니다."

"그러면 어떻게 하겠다는 거냐?"

"죽여야만 합니다. 선생님, 제발 허락해주십시오. 황태자비를 그냥 돌려보내면 우리 중국인과 한국인은 다시 한 번 비겁한 존재가 됩니다. 선생님, 제발 이번만은 해야 합니다."

절규에 가까운 애원을 하면서 평더화이는 몸을 돌려 창밖을 돌아보았다. 경찰관들이 창을 통해 안을 감시하고 있었다.

소장은 총을 겨누고 있었으나 황태자비 때문에 총을 쏠 수는 없었다. 평더화이가 칼을 빼든 이상 경거망동할 수 없었다. 소장은 정조준을 하느라 쉴 새 없이 몸을 움직였다.

펑더화이는 한 걸음 한 걸음 황태자비에게로 다가가 그녀의 등 뒤로 돌아갔다. 그리고 날카로운 칼날로 황태자비의 목을 겨누었다. 황태자비는 선규의 손을 꽉 쥐었다. 선규는 펑더화이를 자극하지 않도록 침착한 목소리로 말했다.

"펑! 이건 아니다. 우리는 황태자비를 살려 보내야 해. 그게 우리가 할 도리야."

"선생님. 그렇게 위선적으로 비겁하게 말하지 마십시오. 저는 일본 황태자비를 난징대학살에 비길 만큼 잔혹하게 죽일 겁니다. 그래야 일본인들이 난징의 진상을 압니다. 또한 그게 바로 역사가 원하는 겁니다."

"역사가 원한다고?"

"그렇습니다."

"그건 잘못된 생각이야. 역사는 복수로 치유되지 않아."

"선생님, 저는 역사의 복수를 하려는 게 아닙니다. 우리 중국인들의 비겁함에 복수하고자 하는 겁니다. 백 년 전 외국의 군대가 제 나라 백성들을 살육해도 고개조차 못 들던 고관들. 나라의 위신이 깎이고 민족의 정기가 훼손돼도 경제 때문에 아무것도 할 수 없다는 오늘날의 정치인과 관리들. 댜오위다오가 나와 무슨 관계냐며 오로지 연예인에만 환호하는 한심한 젊은이들. 저는 황태자비를 죽이고 저 역시 죽음으로써 그 비겁함에 참회하고자 하는 겁니다."

펑더화이의 얼굴은 벌겋게 달아올랐다.

"아니다. 나라와 사회에 대한 너희 중국인과 우리 한국인의 열정은 결코 일본에 뒤지지 않는다. 온 세계인은 이제 삼십 년 안에 중국이 미국을 제치고 세계의 유일한 초강대국으로 일어설 거라고 확신한다. 남미, 아프리카, 중동 할 것 없이 거의 모든 나라가 새로운 강국 중국을 받아들이고 있다. 그리고 한국 청년들 역시 일본의 어느 시대 어느 청년들도 따라올 수 없는 에너지를 지니고 있다. 격랑의 한국 현대사만 봐도 사회정의와 민주화에 대한 젊은이들의 폭발적인 열망은 세계 역사상 유례가 없을 정도였다. 지난 민주화운동기에 서울을 꽉 메운 학생과 시민들의 물결을 보며 나는 얼마나 눈물을 흘렸는지 모른다. 프랑스대혁명인들 이랬을까 싶었다."

펑더화이는 선규의 설득에도 불구하고 자신을 추스르듯 단호하게 말했다.

"선생님이 무슨 말씀을 하셔도 저는 우리나라의 비겁함을 받아들일 수 없습니다! 선생님도 인정하십시오! 중국인과 한국인은 정말, 정말 비겁하다는 사실을! 영원히 일본인 같은 용기를 가질 수 없다는 사실을 말입니다!"

선규는 긴 한숨을 내쉬었다. 잠시 망설이던 그는 단호한 표정으로 입을 열었다.

"그래? 비겁함이라면 한국인을 지칭할 필요조차 없다. 그 비겁한 피는 바로 나의 혈관에 흐르고 있으니까."

"선생님, 그런 말씀 마세요. 선생님이야말로 누구보다 용감하신 분입니다."

"아니다. 나는 왕궁을 버리고 도망친 지휘관의 후손이다. 내가 내 핏줄의 비겁함 때문에 얼마나 많은 밤을 괴로워했는지 너는 모른다. 조국을 버리고 일본으로 올 수밖에 없었던 것도 다 그 때문이었다. 나도 너처럼 조국을 증오했고 한국인들을 미워했다. 그러나 나를 그 깊은 절망의 심연에서 이끌어내준 사람이 있었다."

"……"

"그 사람이 바로 펑더화이 너였다. 나는 컴컴한 바다에서 등대를 찾듯 목숨을 걸고 그 불한당들을 향해 칼을 휘두르던 네 모습에서 중국인의 패기는 끊어지지 않았다는 것을 느꼈다. 아니, 끊어지기는커녕 보이지 않는 곳에서 연면히 이어져 내려오고 있다는 사실을 생생히 깨달았단 말이다. 그 꽃다운 젊음을 버릴 각오 하나로 일본으로 건너와 고뇌하는 너를 보며 비로소 나는 비겁했던 나의 핏줄이 역사에 저지른 과오를 갚을 방법을 깨달았다. 나는 비겁했던 나의 핏줄이 너의 영웅적 행위에 필요한 들러리인 걸 깨달았다."

"……"

"진정한 용기는 남을 죽이는 데 있는 게 아니다. 난징대학살로 죽어간 그 수많은 희생자들도 네가 황태자비를 살해하는 걸 바라지는 않을 게다. 황태자비를 한칼에 살해하는 건 일본인들의 방식이지, 절대 너희 중국인이나 우리 한국인의 방식이 아니다. 그건 용기가 아니란 말이다."

펑더화이의 얼굴에 쓴웃음이 번졌다. 황태자비를 겨눈 칼끝이 미세하게 떨리고 있었다.

"선생님, 황태자비를 그냥 놔주는 것이 선생님의 방식이라면 그렇게 하지요. 중국인들도 한국인들도 이제 또 그렇게 잊어버리고 살아가겠지요. 그러나 선생님, 누가 뭐래도 우리는 역사 앞에 비겁했습니다. 선생님, 용기는 자유를 주지만 비겁함은 굴종을 가져올 뿐입니다."

그 말이 끝나는 순간, 갑자기 펑더화이는 자신의 목을 칼로 찔렀다.

"윽!"

"안 돼!"

"아아!"

마사코는 비명을 지르며 두 손으로 얼굴을 가렸다.

선규가 황급히 펑더화이의 손을 잡았지만 이미 목에서는 피가 콸콸 솟고 있었다.

"펑!"

펑더화이는 미끄러지며 몸을 덜덜 떨었다.

"선생님, 죽음으로라도 우리 중국인의 비겁함에 참회할 수 있다면⋯⋯ 저는 백번이라도 죽겠습니다."

선규는 놀라움과 허망함이 교차하는 표정으로 주저앉아 펑더화이를 끌어안았다. 그의 눈에서는 쉴 새 없이 눈물이 흘러내렸다. 펑더화이는 계속 몸을 심하게 떨면서 희미해져가는 눈길로 선규의 눈을 응시했다.

"서, 선생님, 저, 저는 정말 황태자비를 죽여야 한다고⋯⋯ 겨, 결국 이렇게⋯⋯."

"미안하다, 펑."

펑더화이는 떨리는 손길로 가슴을 더듬었다. 간신히 피에 젖은 사진 한 장을 꺼내든 그는 황태자비를 향하여 손을 내밀었다.

"다, 단 한 번도 당신의 나라는 사과한 적이 없지만, 이, 이것을 보고도 그렇게 잡아뗄 수 있는 건가요⋯⋯."

마사코는 자신을 향하여 내미는 펑더화이의 손을 잡았다. 마지막 순간에도 펑더화이는 힘겹게 남은 힘을 끌어모아 황태자비의 손바닥 안으로 그 사진을 밀어넣었다.

"펑!"

선규가 절규하며 그를 잡은 손에 힘을 주었고, 파르르 떨리는 펑더화이의 눈썹 위로 선규의 눈물이 떨어졌다. 바로 그때였다.

쨍그랑!

유리창이 깨지면서 총성이 울렸다. 창가에서 펑더화이에게 정조준을 하고 있던 소장이 방아쇠를 당긴 것이다.

"으윽!"

탄환이 펑더화이의 복부에 박히면서 그의 몸은 선규의 팔에서 미끄러져 바닥에 쓰러졌다.

"펑!"

선규가 펑더화이에게로 몸을 기울임과 동시에 그를 겨눈 두 번째 총탄이 날아왔다.

하지만 선규가 몸을 기울인 탓에 탄환은 그를 맞히지 못하고 빗나갔다.

"안 돼!"

마사코의 비명이 총성에 뒤이어 어두운 밤하늘에 울려퍼졌다. 소장은 재조준을 하려다가 황태자비가 납치범의 앞으로 나서 가로막자 흠칫 놀랐다.

"쏘지 말아요!"

마사코의 외침에도 불구하고 독기가 오른 소장은 다시 조준을 했다. 이제 한 사람만 더 처치하면 자신의 임무는 훌륭하게 완수되는 것이었다.

"안 됩니다. 소장님. 너무 위험합니다. 잘못하면 황태자비 전하께서 다칠 수 있습니다."

곁에 있던 순사들이 만류했지만 소장은 아랑곳하지 않고 납치범을 겨냥했다.

절명한 줄로 알았던 펑더화이가 몸을 떨면서 간신히 입술을 움직였다.

"서, 선생님. 이, 이 칼로 황태자비의 모, 목을 겨누십시오. 그, 그래야 저, 저놈들이 초, 총을 쏘, 쏘지 못할…… 으윽."

그러나 선규는 조용한 동작으로 펑더화이의 칼을 손에 쥐더니 가만히 바닥에 내려놓았다.

소장은 총을 문에 대고 몇 발 쏘았다.

탕탕탕!

요란한 총성과 함께 문고리가 떨어져나갔다. 소장은 회심의 웃음을 지으며 문을 발로 차버렸다. 그리고 자동소총을 권총으로 바꿔 쥐고 방으로 들어왔다. 다른 순사들도 소장을 따라 우르르 뛰어들었다.

"어서 황태자비 전하를 모셔!"

납치범의 손에 아무런 흉기도 없는 것을 확인한 소장은 의기양양했다. 이제 하나 남은 납치범을 향해 방아쇠를 당기기만 하면 모든 것은 끝이었다.

순사들이 황태자비를 둘러싸려는 순간, 소장의 뺨에 불이 일었다.

"살인자!"

황태자비였다. 소장이 당황한 사이 황태자비의 목소리가 이어졌다.

"여러분은 이 사람들을 보호하세요! 저항할 수 없는 이들을 살해하면, 누구든 내가 그냥 두지 않을 겁니다!"

소장은 뜻밖의 상황에 놀랐지만 빠른 속도로 머리를 굴렸다. 지금 와서 포기하면 이도저도 아니란 생각이 들자 소장은 기필코 납치범을 처단해야 한다고 생각했다. 경시감의 지시대로 하는 것만이 자신이 살아날 길이었다. 오랜 기간 인질로 잡혀 있었던 황태자비의 지시는 불복한다 해도 얼마든지 변명할 수 있을 것이고, 이 대립 상황만 끝나면 황태자비가 다시 납치범에 대해 뭐라고 할 수는 없을 것이다.

"전하를 둘러싸!"

순사들은 순식간에 황태자비를 감쌌다. 어떤 상황이 벌어질지 누구의 명령을 들어야 할지 몰랐지만, 황태자비를 보호하는 것이 무엇보다도 중요하다는 것은 분명했다.

순사들이 비킨 틈 사이로 소장의 총구가 임선규를 겨누었다. 소장은 바로 방아쇠를 당겼다.

탕!

선규는 순간적으로 몸을 돌렸지만 왼팔에 총알이 맞았다.

"윽!"

선규는 신음과 동시에 쓰러져 있는 펑더화이를 온몸으로

덮었다.

"서, 선생님……."

펑더화이는 선규의 몸에 덮인 채 절명했다.

"안 돼!"

선규의 절규에 이어 또 한 방의 총소리가 울렸다.

탕!

"아악!"

마사코는 울부짖으며 눈을 감았다. 도저히 있을 수 없는 상황이 눈앞에서 벌어지고 있었다. 이것은 구출 작전이 아니었다. 잔혹한 살인이었다.

임선규는 자신에게 언제나 최대한의 예의를 갖추었다. 아니, 그것은 단순한 예의가 아니었다. 인간에 대한 기본적인 사랑이고, 비록 기묘하긴 했지만 자신과의 인연에 대한 애정이었다. 그런데 오히려 경찰이 펑더화이와 임선규를 무참하게 살해했다는 사실에 마사코는 울부짖지 않을 수 없었다.

마사코는 두 눈을 부릅떴다. 그러나 그녀의 눈에 들어온 것은 꿈같은 광경이었다. 쓰러진 사람은 임선규가 아니라 소장이었던 것이다. 더욱 놀라운 것은 다나카가 바로 눈앞에서 자신을 바라보고 있다는 사실이었다.

"황태자비 전하, 이제야 왔습니다. 용서하십시오."

"아악!"

마사코의 입에서는 절로 한숨이 흘러나왔다. 긴장이 풀린 그녀는 다나카의 품에 쓰러졌다. 다나카는 대기시킨 앰뷸런스 요원들에게 조심스럽게 그녀를 인도하고는 임선규에게로 눈길을 돌렸다. 마사코를 바라보는 그의 눈길에는 안도감이 담겨 있었다.

선규는 피가 흐르는 자신의 팔은 아랑곳하지 않은 채 죽은 펑더화이의 곁을 떠나려 하지 않았다. 그는 또다시 반복되는 역사의 악연 앞에 무력한 자신이 절망스러웠다. 자신이 한국인이라는 것을 부정하고 싶었던 지난날처럼 펑더화이 역시 자신의 굴욕적인 역사를 감당할 수 없었으리라.

그렇다. 비록 펑더화이는 자신의 목에 칼을 들이댔지만, 그것은 역사 앞에 비겁했던 모든 사람을 겨눈 것인지도 모른다. 선규는 아직 뜨거운 펑더화이의 몸을 부둥켜안은 채 마음속 깊이 약속했다.

'펑. 너의 죽음은 지난 세월의 굴욕과 울분의 역사를 마감하는 증거다. 이제 우리는 절대 역사 앞에 등을 돌리는 일이 없을 것이다. 펑, 이제 새로운 싸움을 시작하마.'

435호를 숨기고 있는 자

　동궁으로 돌아온 황태자비는 천황 이하 모든 사람으로부터 위로를 받았다. 특히 남편인 황태자는 몸 둘 바를 몰랐다. 납치범을 잡지 못한 것은 그렇다 치더라도 납치범의 요구에 대해 황실이 내각을 움직이지 못한 데 대한 미안함 때문이었다. 그러나 황태자비는 불평하지 않았다. 총리도 수없이 고개를 숙였지만 황태자비는 잔잔한 미소로 답했을 뿐이다.

　하지만 황태자비는 이 문제를 결코 마음속에서 떠나보내지 않았다. 황태자비는 조선 왕비의 비극적인 죽음을 잊어버릴 수가 없었다.

　특히 펑더화이의 죽음은 황태자비의 가슴에 커다란 파문을 일으켰다. 아니, 그것은 반란이라고 할 수 있을 정도였다. 이 반란의 정점에서 황태자비는 황태자와 정면으로 마주 앉았다.

　"만약 전하께서 저를 이 나라의 황태자비로 생각하신다면 「한성공사관발 제435호 전문」이 어떤 내용인지 알려주셔야만 합니다. 아니면 저는 평생 이 나라의 주인이라는 생각을 하지 못할 겁니다."

"태자비, 나도 가슴이 아프오. 하지만 천황께서도 그 전문의 내용에 대해서는 아무런 말씀이 없으시오."

"이 나라에 저의 목숨보다 중요한 비밀이 있다는 사실은 받아들일 수 있으나, 황태자비인 제가 그 비밀을 알아선 안 되는 사람이라는 사실은 받아들일 수 없습니다."

"천황께서는 들추어내서는 안 될 역사의 비밀이라 하셨소."

"전하, 역사에 있어 가장 중요한 것은 사실이라고 생각합니다. 사실이 잘못되었다면 당연히 바로잡아야죠. 과거에 침묵하는 자에게는 미래가 없습니다."

"으음."

잠시 망설이던 황태자는 결국 결심을 마친 단호한 표정으로 말문을 열었다.

"사실은 내가 따로 알아보았소."

"……."

"안타깝게도 그 원문은 찾아볼 수 없었소. 다만 그것이 조선 왕비 시해 당시 조선의 내부 고문관이었던 이시즈카 에조의 비밀 보고서라는 정도만 겨우 알아냈을 뿐이오."

마사코는 문서 작성자의 이름이라도 알아냈다는 사실에 만족할 수밖에 없었다. 그녀는 외무성에서 근무했던 경력 덕분에 자료 추적에는 일가견이 있었다. 일단 마사코는 이시즈카 에조라는 이름을 바탕으로 동원할 수 있는 모든 인원을 진두 지휘하며 열정을 쏟아냈다.

마사코는 기록상에 나타난 이시즈카 에조의 모든 보고서를 검토했지만 전문 435호의 존재는 확인할 수 없었다. 하지만 결코 포기할 수는 없었다.

마사코는 이시즈카 에조의 이력을 유심히 살폈다. 그는 조선에 가기 전 법제국의 참사관이었고, 일본으로 돌아온 후에도 법제국에서 근무했다.

이시즈카 에조의 이력에서 법제국이라는 단어를 보는 순간 마사코의 머리를 얼핏 스치는 게 있었다.

'다카하시 교수!'

다나카는 황태자비가 휴식을 취하도록 기다린 후, 피해자 진술을 듣기 위해 동궁을 찾아갔다.

"황태자비 전하, 거듭 사과드립니다. 일찍 납치범을 검거하지 못하고……."

황태자비는 손짓으로 다나카를 만류했다. 대략의 진술이 끝나자 황태자비는 수행비서마저 물리치고 다나카와 마주 앉았다.

"다나카 선배, 아직 저를 후배로 생각하나요?"

"물론입니다."

"그러면 우리 허심탄회하게 이 사건을 정리해볼까요? 수사
관과 황태자비의 관계가 아닌, 예전처럼 정의를 추구하고 우
리나라가 나아가야 할 길을 토론하던 도쿄대학교 시절로 돌아
가서 말이에요."

다나카는 고개를 끄덕였다. 황태자비 본연의 기질이 나타난
다고 생각하자 예전의 추억이 떠올랐다. 황태자비는 무엇보다
도 허위를 싫어하는 강직한 성격이었다. 학문 토론에 있어 그
녀의 섬세함은 진리 추구의 날카로움으로 나타나곤 했다.

"저는 임선규 목사의 인격에 감동했어요."

다나카는 묵묵히 고개를 끄덕였다.

"그의 범행 동기는, 아니 앞으로 나는 범행이니 납치범이니
하는 말은 쓰지 않겠어요. 그는 범죄자가 아니니까요."

다나카는 여전히 침묵했다.

"그가 이번 일을 결행한 동기는 바로 우리 일본의 잘못된 역
사교과서 때문이에요. 다나카 선배는 문제가 된 그 교과서에
대해 어떻게 생각하나요?"

"……"

"선배, 제발 옛날처럼 얘기해요, 우리."

다나카는 마사코의 얼굴에 간절히 어려 있는 진실과 정의
에 대한 욕구를 읽었다. 그녀는 진정 진실과 올바름에 목말라

하고 있었다.

"문제가 많다고 생각합니다."

"나는 납치되어 있는 동안 새 역사교과서를 읽어봤어요. 그 교과서에는 전쟁을 옹호하는 분위기가 가득 차 있어요. 게다가 정신대라는 단어조차 없어요. 일본의 중국과 한국 침략을 옹호하고 미화하고 있어요. 그렇게 허위와 야욕으로 가득 찬 것이 우리나라의 교과서가 될 수 있단 말이에요? 그것은 결코 우리 일본을 위한 일이 아니에요."

"국내에서도 반대가 많습니다. 지식인들이 교과서 채택 반대 운동도 벌이고 있습니다."

"문제는 정부와 언론이에요."

"……"

"이런 일이 벌어지는 한 일본은 세계적으로 고립될 수밖에 없어요."

"……"

"나는 이번 사건을 겪으면서 절대로 그냥 방관해서는 안 된다고 생각했어요."

"……"

"그래서 나는 임선규 목사를 돕기로 결심했어요."

"네? 뭐라고요?"

"임선규와 펑더화이의 행동이 범죄가 아니라는 사실을 분명히 밝히겠어요."

"안 됩니다. 그들은 분명히 황태자비 전하를 납치했습니다. 우리 일본의 황실을 유린하고……."

"아니에요! 나는 납치당하지 않았어요. 나는 그들에게 동조했어요. 나 스스로 그들과 함께 있었던 거예요."

다나카는 소스라치게 놀랐다. 그는 급히 문을 열고 주변을 둘러봤다.

"목소리를 낮추세요. 그런 말이 퍼져나가면 황실은, 아니 우리 일본은 붕괴되고 맙니다."

"황실의 붕괴나 일본의 붕괴보다 더 중요한 것이 진실이에요. 우리 정부가 이런 허위를 주장하고 있는 한 차라리 붕괴되는 게 나을지 몰라요. 내가 아는 진실은, 그들은 절대 범죄자가 아니라는 거예요."

다나카는 얼굴을 찌푸렸다. 황태자비의 각오는 확고했다. 그녀는 이제 황실의 꽃에서 다시 대학 시절의 마사코로 돌아가고 있었다.

"나는 재판에서 그들의 증인으로 설 거예요."

이제 황태자비는 극언도 마다하지 않았다. 다나카는 만약 황태자비의 말대로 된다면 어떤 일이 일어날 것인가 하는 생각만으로도 끔찍했다. 우선 황태자비는 폐비가 될 것이다. 그리고 납치범과 황태자비의 관계에 대해 수많은 억측이 분분할 것이다. 결과적으로 일본은 쑥대밭이 되고 말 것이다. 그러나 대학 시절의 그녀가 보여준 모습을 생각해보면 지금 황태자비는 그런 걸 염두에 둘 사람이 아니었다.

"마사코, 그건 안 돼!"

다나카의 입에서 자신도 모르게 마사코라는 이름이 튀어나왔다. 이제 다나카는 모든 사회적 굴레를 벗고 진지하게 한 인간으로 마사코와 마주 앉은 것이다.

"그들을 돕지 않고 그냥 있을 수는 없어요. 한 인간의 길이 황실의 길보다 더 중요해요. 선배도 결국 그렇게 하고야 말았잖아요. 그래서 그들에게 전화를 해준 것 아니에요?"

"그래, 하지만 지금 마사코가 얘기하는 식으로 그들을 도울 수는 없어."

"그럼 가만있으라는 말이에요? 또다시 허위의 가면을 쓰고 역사를 왜곡하는 자들과 똑같아지란 말이에요?"

"……."

"선배, 한 가지 약속해줘요."

"무엇을 약속하란 말이야?"

"내가 방법을 찾아내면 그 실행은 다나카 선배가 해줘요. 어떤 일이든지요."

다나카는 마사코의 눈을 정면으로 응시했다. 도저히 거절할 수 없는 눈빛이었다.

"그래, 약속하지."

다나카는 직감적으로 마사코가 뭔가 밝혀냈다는 것을 알아차렸다.

"우익 사학계의 거두 다카하시 교수를 아세요?"

"물론이지."

"외무성 문서고에서 그 사람을 본 적이 있어요."

"그런데?"

"당시 그 사람은 외무성 촉탁으로 자기 맘대로 비밀문서들을 헤집었어요. 나는 그의 무례함에 화가 나 과장한테 항의했지만 소용이 없었죠. 나는 혹시나 하는 심정에서 그 사람의 저서를 살펴봤어요. 다카하시는 『일본의 법제사』를 쓰면서 법제국 장관이었던 스에마쓰 가네즈미의 회고록과 편지들을 참고했어요."

"그래서?"

"중요한 것은 조선 왕비가 시해될 당시 조선의 내부 고문관이었던 이시즈카 에조라는 사람이에요."

"이시즈카 에조가 누구지?"

"이시즈카 에조, 그가 바로 그 435호 전문을 써서 보낸 사람이에요."

"435호 전문 작성자라고?"

"그래요. 황태자께서 천신만고 끝에 얻어내신 정보예요. 더

들어보세요."

"……"

다나카에게 마사코의 열정이 밀물처럼 전해져왔다.

"이시즈카 에조는 조선에 가기 전 법제국의 참사관이었어요. 내가 틀림없이 확인했어요."

"그러니까…… 이시즈카 에조는 법제국 장관이었던 스에마쓰 가네즈미와 밀접한 관계가 있는 사람이라는 뜻이군."

"그래요. 그리고 다카하시 교수는 스에마쓰 가네즈미의 열렬한 연구자고요."

다나카는 황태자비가 무슨 얘기를 하려는지 알 수 있었다.

"그러면 이시즈카 에조의 비밀 보고서에 대한 방증 자료들을 스에마쓰 가네즈미 부근에서 찾을 수 있다는 얘긴가?"

"찾을 수 있다가 아니라 찾아졌을 가능성이 있다는 거죠. 바로 다카하시 교수에 의해서."

"그럼 마사코는 이시즈카 에조의 비밀 보고서, 즉 435호 전문을 외무성에서 빼간 사람이 바로 다카하시라고 생각하는 건가?"

"그래요. 그는 외무성의 촉탁이었고 스에마쓰 가네즈미의 열렬한 연구자였으니, 그 심복인 이시즈카 에조가 스에마쓰 가네즈미에게 보낸 전문을 틀림없이 알고 있었을 거예요."

"으음……"

충분히 가능한 얘기였다.

"선배가 도와줘요."

"435호 전문을 찾는 일 말인가?"

"그래요."

"으음……."

"내일이면 유네스코의 마지막 심사위원회가 열려요. 그때까지 그 문서를 찾아야 해요."

불가능해 보이는 일이지만 꼭 해내야만 하는 일이었다. 물론 마사코를 위해서이기도 하지만 다나카 자신이 생각해도 그것이 정의였다. 수사를 하다 보면 실정법에 걸려 정의보다는 불의의 손을 들어주어야 하는 경우도 많다. 그러나 다나카는 언제나 법의 정신을 수사의 잣대로 여겨왔으며, 법의 정신 역시 궁극적으로는 정의였다. 이 수사의 종결점이 불의의 승리보다는 정의의 실현이 되어야 한다는 것은 누구보다 다나카 자신의 희망이자 당위였다. 중국과 미국에서 난징대학살의 진상을 알게 된 다나카로서는 펑더화이와 임선규를 범죄자로만 치부할 정당성을 찾기가 궁색했다.

그날 밤 다나카는 조사실에서 임선규와 단독으로 마주 앉았다.

"당신은 어떻게 435호 전문의 존재를 알게 됐죠?"

"433호와 434호는 명성황후 시해사건에 참여한 자들이 보낸 전문이고, 436호와 437호는 그 후의 정세를 보고한 전문이오. 일본인들이 웬만해서는 명성황후의 시체까지 불태우지는 않았을 것이오. 그래서 나는 435호 전문이 시해 현장에 대한 기록이고, 함부로 공개할 수 없는 비밀을 담고 있을 거라고 생각했소."

　"조선 정부의 내부 고문관 이시즈카 에조가 법제국 장관 스에마쓰 가네즈미에게 보낸 비밀 보고서 435호 전문이 지금 어디에 있을 거라고 생각합니까?"

　"……."

　"일본 신국사관의 거두인 게이오대학교의 다카하시 교수가 가지고 있을 거라고 생각하지 않습니까?"

　"……."

　선규는 다나카가 지금 무슨 의도로 이 말을 건네는지 알 수 없었다.

　"잠깐 쉽시다."

　다나카는 조사실을 나와 곧 수사부장에게 전화를 걸었다.

　"범인이 매우 중요한 진술을 한다고 합니다. 경시감님을 모시고 조사실로 내려오시죠."

　"알았네. 그 친구 다른 사람한테는 입도 뻥긋 안 하더니 자네한테는 다 털어놓을 셈인가 보네. 생명의 은인이라 그런가."

수사부장은 경시감과 함께 즉각 조사실로 왔다. 다나카는 조금 전의 차분한 표정과는 달리 잔뜩 흥분한 모습이었다.

"자, 이제 435호 전문이 어디에 있는지 말해!"

순간 멈칫거리던 선규는 다나카의 눈을 바라보고는 이내 그 의도를 눈치챘다.

"조선 정부의 내부 고문관 이시즈카 에조가 법제국 장관 스에마쓰 가네즈미에게 보낸 비밀 보고서 435호 전문은 게이오 대학교의 다카하시 교수가 가지고 있소."

"당신은 그 문서의 공개를 주장했는데 그 이유는 뭡니까?"

이후 다나카와 선규 사이에는 별로 중요치 않은 신문이 이 어졌다. 경시감은 두 사람의 신문을 지켜보다 슬그머니 자리를 떴다.

따르르릉, 따르르릉.

다카하시 교수는 벨이 한참 울리도록 전화를 받지 않았다. 전화기는 계속 숨 가쁜 신호음을 토해냈다. 노교수는 시계를 보고는 눈살을 찌푸리며 전화를 받았다. 한참 깊은 밤이었다.

"다카하시 교수님이십니까?"

"그렇소만……."

"문부과학상입니다."

"문부과학상이 이 밤에 웬일이오?"

다카하시는 불길한 예감이 들었다.

"지금 즉시 문서를 이동시켜야 합니다. 경찰이 바로 들이닥칠지 모릅니다."

"뭣이? 경찰이 어떻게 알았단 말이오?"

"저도 모르겠습니다. 어쨌든 지금은 길게 얘기를 나눌 시간이 없습니다. 어서 다른 곳으로 이동시키세요. 어서요!"

"알았소."

다카하시는 노인답지 않게 민첩하게 움직였다.

모리는 일 계급 특진과 동시에 도쿄경시청으로 발령이 난 곤도와 함께 다나카의 명령대로 다카하시의 집 앞에서 기다리고 있었다.

"지금부터 정신 바짝 차려."

"알겠습니다."

출동한 지 이십여 분쯤 지났을 때 차고 문이 열리면서 다카하시의 차가 나왔다. 모리는 즉각 자동차의 앞을 막아섰다. 놀란 다카하시가 차 문을 잠그려 했지만 곤도가 재빠른 동작으로 조수석 문을 열었다.

"수색영장입니다. 그 가방을 이리 주십시오."

다카하시는 안색이 하얘져 가방을 집으려 했지만 또다시 곤도가 한발 빨랐다. 곤도는 재빨리 가방을 뒤졌다.

"모리 형사님, 이겁니까?"

"조심해!"

순간 다카하시는 곤도가 막 봉투에서 빼낸 낡은 종이를 홱 낚아채려 했다.

"어딜!"

곤도는 재빠르게 종이를 등 뒤로 숨겼다.

"이럴 줄 알았어요. 전쟁놀이에서 얻은 경험입니다. 놈들은 늘 교활하거든요."

가슴을 쓸어내리는 모리를 향해 곤도는 미소를 지었다.

다나카로부터 435호 전문 사본을 건네받은 마사코는 밤새 뒤척이며 잠을 이루지 못했다. 황태자비라는 신분은 천근만근의 무게로 여린 마사코의 몸을 눌러왔다. 마사코는 두 길 중 하나를 택해야만 했고, 그 선택은 극과 극이었다. 한쪽에서는 남편인 황태자를 비롯한 천황, 그리고 황실을 지지하고 환호하는 국민의 함성이. 다른 한쪽에서는 마지막까지 절규하던 펑더화이의 눈망울이 떠올라 도저히 잠을 이룰 수 없었다.

번민의 밤이 지나 새벽이 되었을 때 마사코는 마침내 결정을 내렸다. 마사코는 늘 손가락에 끼고 다니던 결혼반지를 한참 동안 들여다보다 가만히 빼 화장대 서랍 속에 넣었다.

에조의 비밀 보고서

유네스코의 최종 심사는 예정대로 도쿄에서 열렸다. 사실 이제는 더 이상 심사라고 할 것도 없었다. 이미 결론은 나 있는 것이나 마찬가지였다. 이제껏 비공개로 진행되어오던 심사는 수많은 사람들의 요청으로 마지막 심사에 한해 공개하도록 결정되었다.

심사의 초기 단계부터 맹활약해온 사이토 교수는 많은 청중을 앞에 두고 자신감 넘치는 발언으로 끝을 맺었다.

"역사 해석의 다양성이야말로 인류가 추구해야 할 가장 중요한 가치 중 하나입니다. 우리는 오늘 유네스코가 현명한 결정을 내리리라는 것을 믿어 의심치 않습니다."

그러나 한국과 중국의 학자들도 그냥 물러서지는 않았다. 이들은 마지막 심리를 앞두고 세계적으로 유명한 미국인 역사학자 스펙터 박사를 참고인으로 의뢰했다.

스펙터 박사는 국가 간의 문제에도 윤리적 한계가 있다는 이론으로 세계적인 명성을 얻었으며, 실제 미국 정부는 그의 이론에 의거하여 제삼세계 국가들의 윤리성을 심사해 외교 관계를 설정하는 중이었다. 그는 일본의 정신대와 강제 징용의 비윤리성을 집중적으로 거론했다. 그러나 사이토는 교묘한 언변으로 스펙터의 김을 빼버렸다.

"모든 게 끝난 이 시점에서 또다시 그 지루한 각론으로 들어가야 합니까? 하지만 필요하다면 다시 설명을 하지요. 정신대? 강제 징용? 스펙터 박사는 뭘 몰라도 한참 모르는군요."

사이토는 오히려 스펙터를 힐난했다.

"당시 조선 농촌의 상황이 어땠는지나 알고 하는 소립니까? 조선은 가난했어요. 하루 세끼는커녕 어른 아이 할 것 없이 굶기 일쑤였고, 농사는 지어봐야 지주한테 소작료도 못 바쳐 신세한탄하는 사람들이 줄을 섰습니다. 못 먹어 죽는 사람도 허다했지만 고향을 떠나봐야 뾰족한 수가 있는 것도 아니어서 죽지 못해 사는 사람이 대다수였다 이거요. 그때 일본은 한창 공업이 발달하기 시작해서 많은 노동력이 필요했습니다. 그래서 일본인들이 조선의 농촌을 돌면서 지주에게 진 빚을 다 갚아주고 용돈도 주고 옷도 사 입히고 평생 처음 쌀밥에 고깃국도 먹여 일본으로 데려온 거요. 자유 계약에 의해서 말입니다. 일본에서는 정당하게 일을 시키고 월급도 다 줬어요. 당시 조선인들은 일본에 오고 싶어 줄을 서곤 했단 말입니다."

사이토는 준비해온 월급명세서와 전표를 보란 듯이 허공에 대고 흔들어댔다.

"정신대도 마찬가지예요. 여기 보세요. 이게 군인들이 여자들에게 돈을 준 전표요. 여자들은 이걸 모아 돈으로 바꿔 고향으로 돌아갔어요. 지금 전 세계에 있는 미군 부대를 보시오. 미군 부대가 있는 곳이면 한국, 일본 할 것 없이 여자들이 돈을 벌지 않소. 정신대 역시 그것과 똑같소. 우리가 싫다는 사람들을 강제로 잡아온 게 아니란 말이오."

"그러면 당신들이 조선을 약탈한 것은 어떻게 설명할 거요?"

"약탈이라고요? 하하하!"

사이토는 큰 소리로 웃었다.

"우리는 조선을 약탈하지 않았습니다. 약탈한 것은 당신네 미국, 영국, 유럽 제국들이오. 당신들이야말로 인도니 중국이니 남미니 아시아니 전 세계를 약탈하지 않았소? 우리는 열강의 침략으로부터 아시아를 지켜야 한다고 생각했단 말이오. 아시아에서는 우리 일본이 앞섰으니 다 같이 힘을 합해 서구 열강의 약탈로부터 우리 아시아의 자원을 보호하자는 게 우리의 이념이었소."

"아시아가 힘을 합한다고요? 그렇다면 난징대학살은 어떻게 설명할 거요?"

"말조심하시오. 학살이 아니라 전투요. 전투 중 민간인이 죽은 경우는 역사상 허다해요. 당시 난징시민들은 중국군과 합세해 무지막지한 전투를 벌였소. 우물에 독을 풀고 창녀를 가장해 폭탄을 터뜨리는 테러리스트가 한둘이 아니었소. 그들을 소탕하는 과정에서 일어난 전투를 학살이라고 호도하지 마시오."

"명성황후는 왜 죽였소?"

"명성황후? 아, 그 조선 왕비 말이군요. 조선 왕비는 열강 중 하나인 러시아를 끌어들인 여자요. 당시 조선 왕비를 제거하고 일본과 조선이 힘을 합쳐야 한다는 것은 아시아의 숭고한 이상이었소. 우리는 안타깝지만 하는 수 없이 조선 왕비를 제거해야 했으며, 우리의 지사들은 눈물을 흘리며 조선 왕비를 베었소."

스펙터 박사를 비롯한 유네스코 학자들은 사이토의 간교한 발언에 치를 떨었지만 증거가 없는 한 현실적으로 방법이 없었다. 위원회는 드디어 막을 내리려 했다. 이때 갑자기 좌중이 소란해졌다.

"황태자비다!"

"황태자비가 오셨어!"

청중들은 물론 유네스코 심사위원이나 한·중·일 삼국의 학자들도 모두 놀랐다. 황태자비가 심사위원회에 나타날 줄은 아무도 몰랐던 것이다. 모두가 일어나 황태자비에게 경의를 표했다. 황태자비는 갑자기 소란을 일으켜 미안한 듯 고개를 숙이고는 얼른 수행원이 안내하는 자리에 가서 앉았다.

이번 행차에는 경호원들 외에 다나카와 모리, 그리고 곤도도 동행하고 있었다. 지난번 가부키자에서의 경호에 불만을 가지고 있던 모리는 쉴 새 없이 눈동자를 굴리며 감시의 눈길을 보냈다.

막 발언을 마친 사이토는 득의만면한 모습으로 황태자비에게 고개를 숙였다.

한국 대표 박원순 변호사는 자신의 눈을 믿을 수 없었다. 마치 꿈과 같은 일이 벌어지고 있었다. 박 변호사는 양복 주머니에 넣어둔 메모지를 꺼냈다.

박 변호사님, 오늘 황태자비가 증인으로 출석할 것입니다. 그
분은 이제까지의 일본 측 논리를 일거에 무너뜨릴 증거를 가
지고 오실 겁니다. 분투하시기 바랍니다. ─ 다나카

박 변호사는 누군가가 이 메모지를 전해주었을 때 장난이라고 생각했다. 세상에 그런 일은 일어날 수 없었기 때문이다. 하지만 지금 메모지를 다시 꺼내든 박 변호사의 두 손은 떨리고 있었다. 망설여지는 순간이었다. 자리에서 일어나 황태자비를 증인으로 신청해야 할지 어떻게 해야 할지 판단이 서지 않았다. 잘못하면 큰 망신이 될 수도 있었다.

한일 간에 첨예하게 대립하고 있는 이런 예민한 사안에 일본의 황태자비가 한국 측 증인으로 서는 장면을 상상한다는 것조차가 희극이었다.

그러나 메모지의 이름에 몇 번이나 거듭 눈길을 보내던 박 변호사는 마치 주술에라도 이끌린 듯 자리에서 벌떡 일어났다. 메모의 맨 뒤에 있는 다나카라는 이름은 바로 파출소장을 쏘고 임선규의 목숨을 구한 수사책임자였다. 박 변호사는 다나카를 믿기로 했다.

"위원장님, 새로운 증인을 한 사람 신청합니다."

위원장은 몇 사람의 위원에게 의견을 물어보고는 고개를 가로저으며 자리에서 일어났다.

"이제껏 우리는 수많은 증인의 증언을 듣고 여기까지 왔습니다. 지금 이 자리는 더 이상 각론을 논할 자리도 아니고 새로운 증언을 들을 자리도 아닙니다. 한국 대표께는 미안한 말이지만 증인 요청은 철회해주시기 바랍니다."

"지금 제가 신청하는 증인은 이제까지 출두했던 그런 증인이 아닙니다. 이 증인의 출두 자체가 일본 측 주장을 반증할 겁니다. 하지만 무엇보다 중요한 것은 이 증인이 이제 일본 측에서도 부인할 수 없는 결정적 증거를 가지고 왔다는 사실입니다. 그렇습니다. 이 증인의 출두 자체가 있을 수 없는 일이고, 세계의 토픽이 되는 그런 분입니다. 하지만 그 모든 것보다 중요한 것은 증인이 일본 측 주장의 허구와 그 침략성을 단적으로 증명하는 결정적 증거를 가지고 오셨다는 사실입니다."

사람들은 박 변호사가 안간힘을 쓰고 있다고 생각하면서 동정을 보냈다.

"마지막 몸부림이군."

사이토는 나지막한 목소리로 조롱했다. 하지만 그는 내심 한국 측의 증인 요청을 위원회가 받아들였으면 했다. 황태자비가 보는 앞에서 박 변호사와 그의 증인을 박살내주고 싶었던 것이다. 공명심에 들뜬 그는 손을 번쩍 들면서 자리에서 일어났다.

"존경하는 위원장님, 저는 한국 대표의 마지막 증인 요청을 위원회가 받아들여주었으면 합니다. 그들로 하여금 이 청원에 대해 한 점 아쉬움이 없도록 해주는 게 위원회의 임무라고 생각합니다."

위원장은 잠시 위원들과 상의한 후 고개를 끄덕였다.

"증인 신청을 받아들이겠습니다."

박 변호사는 자리에서 일어섰다. 황태자비를 바라보는 그의 눈길에 긴장과 불안감이 흠씬 묻어났다.

"마사코 황태자비를 증인으로 신청합니다!"

청중과 일본 학자들, 심사위원들은 말할 것도 없고 한국과 중국의 학자들도 모두 자신의 귀를 의심했다. 몇몇 학자가 박 변호사 옆으로 모여들었다.

"박 대표, 지금 제정신이오?"

박 변호사는 아무런 대답도 하지 않았다. 아니, 할 수가 없었다. 그 역시 황태자비에게 눈길을 보내고 있을 뿐 얼이 빠져 있었다. 이미 엎질러진 물이라고 생각한 한국과 중국의 학자들도 모두 황태자비만 쳐다보고 있었다.

수행비서가 자리에서 일어나는 것이 보였다. 그리고 영민한 모습의 황태자비가 조용히 그 뒤를 따르는 것을 보는 순간 모든 사람은 다시 한 번 소스라쳤다.

"정신 차려요, 박 변호사. 어서 질문대로 가셔야지."

황태자비는 벌써 증인석에 다소곳이 앉아 있었다. 박 변호사는 눈앞에 전개되는 상황이 믿기지 않았지만 질문대에 서서 옷매무새를 가다듬었다.

"경칭은 생략하겠습니다. 마사코 씨, 지금 이 자리는 한국 정부가 일본의 '새 역사교과서를 만드는 모임'에서 집필한 역사교과서를 심사해주도록 유네스코에 청원하여 만들어졌습니다. 이 점은 알고 계십니까?"

"네, 잘 알고 있습니다."

황태자비는 또렷하게 대답했다.

"그리고 지금 마사코 씨는 한국 측 증인으로 나오셨습니다. 맞습니까?"

"네."

간단하지만 힘 있는 대답이었다.

"그러면 증언을 시작해주십시오."

박 변호사는 심장이 쿵쾅거렸다. 좌중의 모든 사람도 숨소리 하나 없이 황태자비의 입에 눈과 귀를 모았다.

황태자비는 수행비서가 건네준 낡은 문서를 펼쳤다. 그의 곁에는 다나카와 모리, 그리고 곤도가 사방을 경계하며 서 있었다. 물론 문서를 보호하기 위해서였다.

뛰는 심장을 진정시키려는지 가볍게 한숨을 쉰 황태자비는 가냘프지만 단호한 목소리로 또박또박 말했다.

"이 문서는 일본의 낭인들이 조선의 명성황후를 시해할 때, 그 광경을 지켜보았던 전직 법제국 참사관이자 당시 조선 정부의 내부 고문관이었던 이시즈카 에조가 한성공사관에서 법제국 장관이었던 스에마쓰 가네즈미에게 보낸 전문입니다."

황태자비는 쥐 죽은 듯이 조용한 장내를 한번 돌아본 후 차분하게 문서를 읽어내려갔다.

스에마쓰 장관님. 정말로 이것을 쓰기는 괴로우나 건청궁 옥호루에서 조선 왕비를 시해하는 과정에서 일어난 일에 대해 보고를 드리고자 합니다. 조선 왕비는 강제로 저고리가 벗겨져 가슴이 훤히 드러난 상태로 머리채를 잡혀 바닥에 쓰러졌습니다. 낭인 하나가 거센 발길로 조선 왕비의 가슴을 밟고 짓이기자 또 하나의 낭인이 조선 왕비의 몸에 칼을 써 두세 군데의 상처를 냈습니다. 일은 그 후에 시작되었습니다. 낭인들은 조선의 가장 고귀한 여인을 앞에 두자 갑자기 숙연해졌습니다. 하지만 이내 낭인들은 조선 왕비를 완전히 발가벗겼습니다. 한 낭인이 발가벗겨진 왕비의 음부를…… 손가락을 넣고 급기야는…… 꿈틀거리는 조선 왕비를 앞에 놓고 낭인들은 대일본 만세를 불렀습니다.

황태자비의 목소리는 떨리고 있었다. 간신히 눈물을 참아가며 온 힘을 다해 마지막 구절을 읽고 난 황태자비는 결국 오열하고 말았다. 청천벽력이었다. 삽시간에 장내는 아수라장으로 변했다. 유네스코의 심사위원들은 너무나 엄청난 사실 앞에 말을 잊어버렸다.

그러나 황태자비는 애써 울음을 그쳐냈다.

"그것이 다가 아닙니다."

황태자비의 눈물에 젖은 음성이 마이크를 통해 이어지자 장내는 숨소리조차 들리지 않는 완전한 정적에 휩싸였다.

"이 사진을 보아주십시오."

황태자비의 손에 들려 있는 사진은 바로 펑더화이가 죽기 직전 떨리는 마지막 손길로 전해준 바로 그 사진이었다.

"저는 이 사진을 보면서 제가 일본인이라는 사실에 통탄을 금할 길이 없었습니다. 얼마나 울었는지, 얼마나 죽고 싶었는지 모릅니다."

마사코가 들고 있는 사진에선 어린이와 노인을 포함한 이백여 명의 마을 사람들이 가로 세로로 정확히 줄을 맞춰 죽어 있었다. 아이들은 아이들끼리, 젊은이들은 젊은이들끼리, 나이든 이들은 나이든 이들끼리, 여자들은 여자들끼리 줄을 맞춘 채 앉거나 누운 자세로 정연하게 죽어 있는 사진은 기괴하기 그지없었다.

"아메이 마을의 사연은 여기서부터 시작됩니다."

황태자비가 이번에는 낡은 신문 한 장을 꺼내들었다. 임선규가 산장에서 읽으라고 주었던 바로 그 신문이었다.

"이 기사의 제목을 보십시오. '백 인 참수의 놀라운 기록*'입니다. 저는 이것이 도대체 무엇인가 그 뜻을 알아차리는 데 한참 걸렸습니다. 알고 보니 우리 일본군의 두 장교가 각각 중국인의 목을 베는 시합을 벌였는데 105 대 106으로 승부가 안

---

*편집자주: 1937년 중일전쟁 당시, 일본 언론은 일본군의 사기를 높이기 위해 경쟁적으로 살인을 부추겼다. 그중 무카이 도시아키(向井敏明) 소위와 노다 츠요시(野田毅) 소위의 '백 인 참수 경쟁'은 오사카매일신문과 동경일일신문이 수차례에 걸쳐 보도한 사건이다. 1937년 12월 13일 자 동경일일신문에 실린 '백 인 참수의 놀라운 기록(百人斬り 超記錄)'이라는 제목의 기사 역시 그중 하나다. 스즈키 지로우(鈴木二郎) 기자가 쓴 이 기사는, 일본 패전 이후 열린 난징 전범재판에서 증거 자료로 채택되어 기사 속의 두 소위는 사형됐다.

나 연장전에 돌입했다는 내용입니다. 그런데 이 연장전 기사는 마침 한 무리의 일본군이 아메이 마을에 들어서기 직전 존 매기 목사에 의해서 마을 사람들에게 알려졌습니다. 일본군이 이 마을에서도 또다시 연장전을 치르려고 하자 존 매기 목사가 기겁하며 '오버타임'을 외쳤고, 그 뜻을 이해한 마을 사람들이 울부짖으며 모두 한자리에 모였습니다. 그들은 사람을 죽이는 시합에서 벌레처럼 목이 잘리느니 차라리 모두 자살하기로 결정한 것입니다. 이 사진을 보십시오. 가족의 마지막을 보지 않으려 이 마을 사람들은 나이순으로 모여 마지막 순간을 맞이했습니다. 존 목사는 차마 이들을 말리지 못했습니다. 죽는 것이 사는 것보다 오히려 낫다고 그 자신 판단했기 때문이었습니다. 존 목사는 목이 덜 졸려 살아난 한 아이를 업고 나왔는데, 이 아이는 평생을 '오버타임'만 외치다 정신병원에서 죽었습니다."

박 변호사는 후들거리는 다리를 간신히 지탱해가며 황태자비가 있는 증언석으로 가 전문과 신문을 확인했다. 세상에 이런 문건들이 존재한다는 게 믿기지 않았다. 그러나 문서에는 분명 작성한 사람의 이름이 선명하게 쓰여 있었다.

'조선 정부 내부 고문관 이시즈카 에조.'

또한 신문 기사 상단에는 '동경일일신문'이라는 글자가 분명히 인쇄되어 있었다.

아수라장이 되었던 장내가 갑자기 숙연해졌다. 황태자비가 다시 마이크를 잡았기 때문이었다. 황태자비는 눈물로 얼룩진 얼굴을 닦지도 않은 채 흐느끼며 말을 이었다.

"저는 누구보다도 우리 일본을 사랑합니다. 저는 일본 국민이라는 사실이 자랑스러웠습니다. 이것은 비단 저뿐만이 아닐 겁니다. 우리 모두에게 일본은 신앙이요 희망이요 미래입니다. 그런데 우리의 신앙인 일본이 그런 엄청난 일을 저질렀습니다. 여기 이 기사에 널려 있는 단어들을 보십시오. 아무리 변명을 하려 해도 사람의 목숨을 두고 '시합'이니 '경쟁'이니 '놀라운 기록'이니 '연장전'이니 하는 용어들을 사용한 걸 어떻게 설명할 수 있단 말입니까? 조사해보니 동경일일신문뿐 아니라 아사히도 이런 걸 중계하며 경쟁을 했습니다. 한마디로 모든 일본인이 이 살인 시합을 즐긴 것입니다. 저는 일순간 모든 걸 잃어버렸습니다. 그러나 저는 문득 용기가 솟아났습니다. 해야 할 일이 생각난 것입니다. 바로 우리의 역사를 바로잡는 일입니다. 교과서 하나만이 문제가 아닙니다. 우리 일본은 지금 이런 일들을 덮어버리려는 분위기로 가득 차 있습니다. 이런 허위의 바탕 위에서는 어떤 번영도 죄악의 산물일 뿐입니다. 우리는 그런 짓을 저지르고도 사과는커녕 속임수와 왜곡으로만 일관해왔습니다. 우리는 지난 제국주의 시대에 잠시 강탈했던 댜오위댜오와 독도를 우리 영토로 주장해서는 안 됩니다.

이번에 우리가 다시 역사를 왜곡한 이 교과서를 받아들인다면 우리 일본은 이 세상에 존재할 가치도 없는 나라가 되고 맙니다. 저는 이 자리를 빌려 비탄에 돌아가신 명성황후와 중국의 국민들에게 진심으로 사과를 드리고자 합니다. 그리고 평생 그들의 가슴을 위로하며 살 것을 맹세합니다. 늘 그들에게 피해와 괴로움만 끼쳤지만 이제는 진정 좋은 이웃으로 거듭날 것을 맹세합니다. 존경하는 유네스코 위원 여러분, 이 교과서를 불량으로 판정해주십시오. 그리고 일본 정부에 강력히 교과서의 폐간 또는 완전 수정을 권고해주십시오. 그것이 진정으로 우리 일본을 위하는 길입니다."

방청석의 사람들은 황태자비의 말이 끝나자 하나둘 자리에서 일어났다. 그리고 여기저기서 박수 소리가 터져나오기 시작했다. 눈물을 흘리는 사람도 있었다. 급기야는 실내가 거대한 박수의 물결로 가득 찼다.

그 박수에는 역사 왜곡에 대한 부담감을 느끼면서도 구체적으로 거부할 동기를 갖지 못하고 살아온 선량한 일본인들이 지난날을 시원하게 털어버리려는 의미가 담겨 있었다.

역시 대다수의 일본인들이 왜곡된 역사로부터 중국과 한국에 대한 편견을 가져왔음이 드러난 것이다. 그들은 진실을 제대로 알기만 한다면 왜곡된 역사를 절대 받아들이지 않을 사람들이었다.

한국과 중국의 학자들 역시 일어나 박수를 쳤다. 그것은 선량한 일본인들에게 보내는 아낌없는 애정의 박수였다.

"한·중·일의 역사를 도외시한 채 일본만을 선택하고 있는 미국 정부의 전략은 죄악이오. 우리는 반드시 미국 정부의 잘못을 되돌립시다."

스펙터 박사를 비롯한 미국인 학자들 또한 주먹을 불끈 쥐었다.

역사의 강은 멈추지 않는다

유네스코의 마지막 심사가 그렇게 역전된 다음 날, 총리는 조용히 검찰총장을 불렀다.

"황태자비 납치사건을 어떻게 생각하시오?"

"무슨 말씀이신지……."

"기소를 할 건가 말이오?"

"물론입니다. 엄연한 실정법 위반입니다. 납치, 협박 등 여러 건으로 기소할 수 있습니다."

"허 참, 내 말을 못 알아듣는군."

"무슨 말씀이신지?"

"기소를 하면 재판이 붙을 거 아니오?"

"네, 그렇죠."

"그러면 납치범은 왜곡된 역사교과서를 바로잡기 위해, 즉 일본의 역사 왜곡으로부터 올바른 역사를 지키기 위해 범행했다고 자랑스럽게 떠들어댈 게 아니오?"

"당연히 재판에서는 그렇게 진술하겠죠."

"그걸 알면서도 기소를 하겠다는 말이오? 전 세계가 주목하는 가운데 일본이 난징에서 사람의 목 치기 시합을 하고 신문이 그걸 신기록이다, 연장전이다 하며 중계하고, 또 조선의 국모를 살해한 것도 모자라 몹쓸 짓까지 했다는 사실이 세상에 알려지면 그야말로 해외 토픽감이 아니오?"

"……."

"더군다나 재판이 시작되면 황태자비 전하가 가만히 계실 것 같소?"

"그건 또 무슨……?"

"만에 하나 황태자비 전하가 범인 측 증인으로 나오시기라도 하면 어떻게 할 거요? 일본의 잘못이 너무 커서 스스로 범인들과 함께 있었다고 주장이라도 하시면 어쩔 거냐 말이오?"

"설마 그런 주장이 판사에게 납득될 리 있겠습니까?"

"답답하군요. 이런 재판은 판결이란 전혀 중요하지 않소. 그것이 재판 과정에서 드러나는 게 문제란 말이오. 그러면 아마온 세계가 우리 일본을 규탄하고 나설 거요. 물론 공소유지야 되겠지만, 기소도 나라 사정을 봐가면서 해야지, 그렇게 무조건 기소했다가 세계적 조롱거리가 되면 어쩌겠소? 그러면 센카쿠와 다케시마가 우리 것이라는 주장도 물 건너가는 것 아니겠소?"

"죄송합니다. 거기까진 생각지 못했습니다."

"문제는 또 있소. 동경일일신문의 기사가 공개된 후 우리 국민들 여론도 확 바뀌었소. 아마 재판을 하게 되면 범인을 석방하라는 요구가 빗발칠지도 모르오. 그러니 방법을 강구해야 하오."

검찰총장은 잠시 머뭇거리다 그래도 뭔가 할 말이 있는지 입을 열었다.

"그러나⋯⋯."

그러자 총리가 다시 말을 이었다.

"총장은 내 말을 이해하지 못하겠소? 이 범행의 유일한 증인은 황태자비 전하요. 범인 중 한 명은 이미 사망했고. 그러니 무슨 방법이든 강구할 수 있을 것 아니오. 이 사건을 조용히 마무리 지으려면 그자를 풀어주고 한국으로 추방할 방법을 마련해야 된단 말이오."

그제야 총장이 고개를 끄덕였다.

"잘 알겠습니다."

총장이 엉거주춤한 자세로 집무실을 나간 후 총리는 다이얼을 돌렸다.

"황태자 전하, 검찰총장에게 지시를 했으니 적절한 방법을 찾을 겁니다."

"고맙소. 황태자비의 간청을 들어줄 수 있게 되었구려."

며칠 후 임선규는 풀려났다. 피해 당사자인 황태자비의 선처 호소가 무엇보다 크게 작용했고, 이십 년의 일본 체류 시 많은 이웃을 구제해서 지역 주민들의 신망이 두터웠다는 점, 또한 현장에서 임선규가 펑더화이의 황태자비 살해 기도를 적극적으로 저지했다는 경찰관들의 진술에 힘입어 대국적인 차원에서 기소를 포기한다는 검찰의 발표가 있었다.

풀려난 임선규는 극비리에 비행기로 안내되었다. 중국행 비행기에 오르는 임선규의 손에는 펑더화이의 유골과 황태자비의 수행비서가 전달해준 편지 한 장이 들려 있었다.

비행기가 동해를 거쳐 중국 상공에 들었을 즈음, 임선규는 편지를 꺼냈다. 겉봉에는 '선규님, 그리고 하늘의 펑에게'라고 쓰여 있었다.

임선규, 펑더화이 두 분과의 만남은 제게 역사에 대한 새로운 눈을 뜨게 해준 참으로 소중한 시간이었습니다.

이 글을 쓰고 있는 지금도 저는 저희 황궁의 한쪽 정원에서 키워서 우린 차 한 잔을 곁에 두고 있습니다. 저는 차를 무척 좋아합니다. 말갛게 우러난 차 한 잔을 앞에 두는 때가 저에게는 더없이 행복한 시간이지요. 아니, 많은 일본인은 다도를 존중한답니다. 그러한 다도가 사실은 중국과 한국에서 전해졌다는 것을 깨닫고 저는 처음에 많이 놀랐습니다. 그것이 두 나라의 고요한 선사에서 전해졌다는 사실을 알게 되면서, 저는 두 나라에 더욱 호감을 가지게 되었습니다.

그런 두 나라와 우리 일본 사이에 실재하는 아픈 역사에 대해서는 부끄럽게도 저는 잘 알지 못했고, 또한 굳이 알려고도 하지 않았습니다. 두 분은 그런 저에게 우리 일본이라는 나라, 그 속의 우리 일본인들, 그리고 일본과 두 나라의 역사에 대해 진지하게 생각해보는 계기를 마련해주었습니다. 저는 불면의 밤을 보내며 과연 무엇이 옳은지에 대해, 그리고 지금 내가 무엇을 해야 하는지에 대해 곰곰이 생각해보았습니다.

1895년 10월 8일 새벽 조선 땅 경복궁 깊은 곳, 조선의 국모에게 상상조차 하기 힘든 엄청난 일이 있었다는 사실을 생각하면 지금도 가슴이 아려옵니다. 그 순간 그녀의 참담함이 어떠했을지, 그 처참한 광경을 지켜본 조선인들의 마음이 어떠했을지, 지금도 심장이 떨립니다. 죄송합니다. 죄송합니다. 또한 중국의 난징에서 저희가 벌였다는 그 참극을 생각하면 결코 잠을 이룰 수가 없었습니다. 어떻게 이런 일이 가능했던 것인지……

이렇듯 상상만으로도 가슴이 무너져내리는 참으로 엄청난 비극들을 처음 접했을 때는 도무지 믿기지가 않았습니다. 더군다나 우리가 그러한 역사의 진실을 아직까지 은폐하고 왜곡하려고만 하고 있었다니, 감히 하늘을 우러러보기조차 민망했습니다.

'과거에 눈을 감는 자는 현재에도 장님이 된다'는 말을 떠올려 봅니다. 역사란 은폐한다고 덮어지지 않는다는 것을 저는 잘 알고 있습니다. 진실로 부끄러운 것은 잘못을 인정하는 것이 아니라 부인하는 것임도 잘 알고 있습니다.

조선의 명성황후와 일본의 황태자비인 저, 우리 두 사람은 동시대의 인물은 아니지만 저는 그분에게서 저의 모습을 보았습니다. 그분이 목숨이 끊어지는 마지막 순간까지 왕자의 안위만을 물었다는 이야기를 들었을 때, 너무나 가슴이 아팠습니다. 또한 짐승 같은 군인들에게 강제로 몸을 유린당한 팔만이나 되는 난징의 여성들이 죽어가며 가족들의 이름을 부르는 아우성은 환청이 되어 지금도 저의 귀에 들려오는 것 같습니다.

한성공사관 435호 전문과 동경일일신문의 기사. 그것은 흘러가 버린 역사의 차가운 기록이었습니다. 오랜 세월 깊은 곳에 묻혀 있다가 두 분에 의해 이제 비로소 한 줄기 햇살을 받고 세상에 드러났습니다. 그리고 마침내 과거가 아니라 오늘의 살아 있는 역사가 되었습니다.

저는 살아 있는 한 이 진실을 결코 잊지 않을 것입니다. 오늘도 우익단체에서는 역사의 진실을 왜곡하고 있지만 오에 겐자부로를 비롯한 일본의 많은 지식인과 시민들은 이 '무서운' 범죄를 묵과하지 않겠다는 성명서를 발표할 예정입니다. 이를 통해 우리 대다수의 일본인은 왜곡된 역사교과서를 인정하지 않는다